MESHUGAH

Isaac Bashevis Singer

メシュガー

アイザック・B・シンガー　大崎ふみ子／訳

吉夏社

目次

メシュガー

メシュガー――イディッシュの単語で、気が狂った、ばかな、正気を失った、を意味する。

第一部

第一章

たびたび起きたことだが、てっきりヒトラーの収容所で亡くなったと思っていた人物が実は生きていて、元気に姿を現わすのだった。たいていの場合、私は驚いた様子を見せまいとした。いったいなんのためにその場をドラマやメロドラマのようにしたり、相手にあなたは死んだものと思っていましたなどと知らせる必要があろうか。しかし一九五二年のあの春の日に、ニューヨークのイディッシュ新聞社[1]の私のオフィスのドアがひらいてマックス・アバーダムが入ってきたとき、私はぎょっとして青ざめたに違いない。というのも彼が轟くような声でこう言ったからだ。「怖がるなよ、あの世から来ておまえさんを絞め殺そうってんじゃないんだから！」

私は立ち上がって、抱擁するような身振りをしたが、彼が片手を差し出したのでその手を握った。彼は相変わらずゆったり垂れたネクタイを締め、つばの広いフラシ天の帽子をかぶっていた。私よりもずっと背が高かった。ワルシャワで最後に会ったときとあまり変わっていなかったが、白いものがちらほら黒いあごひげに混じっているのが見て取れた。腹だけはもっと大きくなって、以前よりも突き出ていた。そう、これはまさにあのマックス・アバーダムだ、ワルシャワで画家や作家のパトロンだった男、音に聞こえた大食漢で大酒飲み、女たらし。指のあいだに葉巻をはさみ、チョッキには懐中時計の金鎖を下げ、カフスボタンには宝石がきらめいている。マックス・アバーダムはしゃべるのではなく叫んだ――それが彼の流儀だった。彼は大きな声でこう宣言した。「救い主が来たりて、わしは死者のなかからよみがえったのさ。自分のところの新聞も読んどらんのか、それともひょっとしておまえさん自身が死人なのか？　もしそうなら、墓に戻れ」

「生きてます、生きてますよ」

「これで生きていると言えるのかね？　タバコの煙だらけのオフィスに引きこもって校正刷りを読むのがさ。死体ならできようがね。外は春だ、とにかく暦ではそうなっとる。ニューヨークには春などないって気づいていたか？　ここじゃあ、凍りつくか焦げちまうか、どっちかだ。さあ、いっしょに昼飯を食おう、さもなきゃニシンみたいに引き裂いちまうぞ」

「上で、この校正刷りを待っているんです。あとほんの五分でできるから」

彼に対して親しげに「あんた」と言えばいいのか、きちんと「あなた」と呼びかけるべきなのかわからなかった。彼はほぼ三十歳も年上なのだ。彼の大声は離れたオフィスにも届いていて、仲間のジャーナリストたちが何人か、あいているドアから首を突っ込んだ。彼らは私に笑いかけ、そのうちの一人は目くばせをしてみせたが、どうやら私のところにまた一人頭のおかしい訪問客が来たと思ったらしい。新聞で身の上相談のコラムを受け持つようになってから、私のオフィスにはしばしば奇妙な人たちがやってきた——夫が姿を消して半狂乱になった妻たちや、世界を救済する計画を思いついた青年たち、驚くべき発見をしたと思い込んだ読者たちだったりした。ある訪問客が明かしたところでは、スターリンはハマン（ペルシア王アハシュエロスの廷臣。ユダヤ人の殲滅をはかり逆に絞首刑に処せられた。旧約聖書「エステル記」参照）の生まれ変わりなのだった。私は急いで私の記事「科学者の予言では人の寿命はやがて二百歳」の校正刷りに目を通し、それをエレベーター係に手渡して、十階まで届けてくれるようにたのんだ。

下りのエレベーターに乗ると、作家や植字工で込み合っていて、みな昼食をとりにカフェテリアへ行こうとしていた。だがマックス・アバーダムは彼らの声を上回る大声で叫んだ。「わしがアメリカにいるのをほんとに知らなかったのか？　どこに住んでるんだよ——〈混沌の世界〉（作者シンガーは一九二八年に「混沌の世界のなかで」という短篇小説を発表している。本書七六頁参照）にか？　おまえさんに連絡をつけようと何週間もやってたんだ。イディッシュの新聞社ってのはどこも同じだな。電話をかけてつないでくれってたのむと、そのままお待ちくださいって言われるが、何も起きない——忘れちまうのさ。どこに住んでるんだ、月の上か？　おまえさんのオフィスには専用の電話はないのか？」

外に出て、我々もカフェテリアに行こうと誘うと、マックス・アバーダムは憤慨した。「ウエーターみたいにトレイを運ぶほど零落しちゃおらん。おい、タクシー！」タクシーに乗り、ほんの数ブロック進むと二番街のレストランに着いた。運転手は、自分はワルシャワの出身で、マックス・アバーダムと彼の家族を知っている、と言った。おまけにその運転手は私のコラムの読者だった。マックスは彼に名刺を渡し、チップをはずんだ。マックスが選んだレストラン、ラパポートでは、彼はなじみ客だった。テーブルに案内されると、籠に盛られた焼きたてのロールパン、調理された豆の椀、ピクルスやザウアークラウト（塩漬けにして発酵させたキャベツ）が用意してあった。ウエーターが我々に笑いかけたのは、マックスを知っていたからだ。マックスは自分用にオレンジジュースとゼリー状のスープに浸された鯉の冷製を注文し、私には、菜食主義者なので、野菜を添えたオムレツをたのんでくれた。食べながら、彼はライターで葉巻に火をつけた。口をもぐもぐさせ、葉巻をふかし、そして叫んだ。「それじゃ、おまえさんはアメリカでコラムニストになったたってわけだ。この前の日曜日にラジオでぼそぼそしゃべってるのを聞いたぞ、感情の抑制の仕方だのなんだの、そんなたわごとをな。なあおまえさん、わしはすべてを失ったかもしれんが、ちょっとばかりの分別はまだ持っとる。頭のてっぺんまで借金まみれだが、全能なる神に何も借りはない。神がヒトラーどもやスターリンどもを送ってよこし続けるのなら、神はやつらの神であって、わしの神じゃない」

「どこにいたんですか」と私は尋ねた、「戦争のあいだは？」

「いなかった場所なんてあるもんか。ビアリストク（ポーランド東部の都市）、ヴィルナ（リトアニアの首都、元ポーランド領）、コヴノ（カウナス。リトアニアの都市）、上海、そのあとではサンフランシスコさ。ユダヤの難儀なら端から端まで全部味わった。

上海じゃあ、印刷工になった。『シタ・メクベツェト』（中世以降の学者によるタルムード（ユダヤ教で聖書に次ぐ権威を持つ書物）の注解の集成）を印刷したし、『リトバ』や『ラシャ』もだ。校正刷りや植字のことならなんでもわかる。このわし自らが活字箱の前に立って、手で活字をひろったんだからな。ユダヤ人が狂ってるってことは先刻承知していたが、中国でイェシヴァ（ユダヤ教の専門教育機関）を創設して『祭日に産み落とされた卵』（タルムードを構成するミシュナーで論じられている議論の一つ）についてつべこべ言って、そのあいだに家族の方は焼却炉に押し込まれていたなんて——そこまでとは思いもしなかった。わしが逃げ出せたのは、ワルシャワでの昔のライバル、商売がたきだったんだが、そいつがアメリカ行きのビザを手に入れてくれたからだ。親友どもはわしをほったらかして、そのままやきもきするに任せたが、敵が助けてくれたってわけだ。もう何があっても驚かんさ」

　彼は葉巻をはじいて灰を皿に落とした。「もしだれかが予言して、わしが上海で植字工になるだろうとか、ユダヤ人が自分の国を建国しているだろうとか、ニューヨークでわしが株の投機をやるだろうなんて言ったら、そいつを笑ってやったことだろうぜ。しかしこういうばかげたことがみんな起きたんだ——もし夢を見ているんでないならな。食えよ、アーロン、もたもたするな。アメリカじゃあ、どこへ行ってもまともなコーヒーを飲めやしない。おい、ウエーター！　注文したのはコーヒーだ、出がらしなんかじゃないぞ！」

　食事を続けながら、彼は断片的に一九三九年から一九五二年のあいだに経験したことを語った。妻と子供たちを一九三九年の九月にワルシャワに残してきたこと、義父や大勢のほかの男たちといっしょにプラガ橋（ワルシャワでヴィスワ川にかかる橋）を渡ってビアリストクに逃げたこと、そしてそこはすでにボルシェヴイキ（ロシア共産党員）の手中にあったこと。そこでは彼がかつて金を与えて援助してやった何人かの作家が彼を告発し、資本主義者、ファシスト、人民の敵として糾弾したこと。逮捕され、モスクワのルビアンカ（旧ソ連の秘密警察本部）刑務所で壁の前に立たされて射殺される寸前までいったが、KGB（旧ソ連の国家警察）の党役員が彼の昔の会計係で、彼に気づいて救ってくれたこと。東に逃げ、数々の奇跡ののちに上海にたどり着いたこと。

マックスの妻と娘二人はシュトゥットホフ（ナチスドイツによる強制収容所）で死んだ。のちにアメリカで、彼はあるサンフランシスコの彫刻家の未亡人に出会ったが、その彫刻家の作品をかつて彼は買ったことがあったのだった。二週間後に彼らは結婚した。「狂気の沙汰だった、まったく狂気の沙汰だったよ」とマックスは叫んだ。「悪霊どもがわしの目をくらませたに違いない。ある日その女と結婚式の天蓋の下に立ち、翌日には深い沼のなかに落ち込んだとわかったって次第さ。うろうろしているのがいやになったんだ。上海では朝鮮から来た女がいて、すばらしくいい女だったが、いっしょにアメリカに連れてくることができなかった。今の女房、プリヴァは、いつも病気で、おまけに精神を病んどる。自分を霊媒だと思い込んでいて、霊たちが送ってよこす振動を受け取っていると言う。死んだ亭主とウィジャ盤（心霊術で使用する占い盤）で会話するんだ。幽霊の絵も描く。ニューヨークでわしはまた故郷にいるんだとわかったよ――みんなここにいるんだ、ウッチ（ポーランド中部の都市）の連中もワルシャワの連中もね。

「遠い親戚まで見つけた。くさるほど金のある大金持ちで、ほんものの大富豪、ウォルブロマーとかってやつだ。わしに抱きついてきて、まるでわしが行方不明の兄弟だと言わんばかりだった。たくさんの建物を所有しているほかに、ずっと前に買った株も持っていて、ウォール街の大暴落のあとに買ったのだが、今ではうなぎのぼりさ。わしに多額のローンを組んでくれて、それでわしは株の相場師になった。わかったのは、ここの大勢の難民たちはドイツからちょっとばかりの賠償金を受け取って、それをどう扱っていいかまるで知らないってことだった。わしが管理してやることになったんだ。わしが株を買い、証券や投資信託を買って、今はすべて値上がりしている。もちろん株は永久に上がるってわけじゃない。だがとりあえずは、わしの顧客のわずかのドルは銀行に入れてあるより三倍は稼いでいる。ウエーター、このコーヒーは冷めきってるぞ！」

「冷めるままにしておいたからですよ」とウエーターが言った。

マックス・アバーダムは葉巻を置いて、小さな金属製の箱を取り出し、錠剤を二つつまむと、口に放り込んだ。水のコップを持ち上げて、ごくりと一飲みし、こう言った。「わしは薬と信仰で生きている――神じゃなくて、わし自身の狂った幸運に寄せる信仰さ」

レストランを出ると、オフィスに戻らねばならないとマックスに言ったのだが、彼は耳をかさなかった。「今日という日はわしのものだ。おまえさんを何週間も探したんだ。新聞に広告を出すことまで考えた。日曜日に、おまえさんの声をラジオで聞いたとき、仕事は全部放り出すことに決め、その翌日にイーストブロードウェイまでタクシーに乗ったというわけだ。真っ昼間に地面の下にもぐって地下鉄に乗るなんて、まるで穴倉のネズミみたいなことをわしはできん。顧客の多くは女で、ポーランドからの難民だが、ドルでの勘定がわかってない。ゲットー（ユダヤ人強制居住地区）や強制収容所で半分おかしくされちまったんだよ。手数料を差し引かせてもらうと説明したら、わしに感謝して、まるでわしが博愛主義者で慈善をほどこしているみたいにありがたがる。わしはそうした会社――わしが株を扱っている会社――が何を作っているのか全然知らん。わしの株式仲買人はハリー・トレイビッチャーで、そいつが何を買うべきかを言うと、わしはそれを買い、売れと言えば売る。ときには自分の頭を使って、金融ジャーナルやいわゆる専門家の書いたものを読んだりもする。危ない橋を渡っていると思うよ。遅かれ早かれ気の変な顧客たちの多くをがっかりさせるだろうとわかっているが、女をがっかりさせるのはいつだってわしの商売だったからな。自分のことばかりしゃべっちまってる。おまえさんの調子はどうなんだい?」

「ぼくも女たちをがっかりさせるんですよ、残念ながら」

マックス・アバーダムの黒い目がぱっと輝いた。「おまえさんが先《せん》だってラジオでしゃべっているのを聞いて、おまえさんが堅ぶつか、説教師か、アメリカの聖人か、さもなきゃ何かほかの出来損ないになったと思ったぜ。オズワルド・シュペングラー（一八八〇‐一九三六。ドイツの哲学者・歴史家。『西洋の没落』（一九一八‐二二）の著者）が第一次世界大戦後に予言したことがすべて第二次大戦後に起きた。トロツキーの永久革命がわしらの目の前で演じられている。すべてが社会的なものか、精神的なものか、あるいは神の狂気の結果なのか、わしは知らん。教授連中に決めさせればいい。わしにわかるのはわしの目が見るものだけだ」

「何が見えますか?」

「世の中はメシュガー（イディッシュで「正気を失った」の意）になりつつある。そうなるに決まってたのさ」

マックス・アバーダムはため息をついた。「あまり食べちゃいかんと言われてるんだ」と彼は言った。「心臓がきちんとポンプの役目を果たしてくれんものだからね。だがユダヤ料理を出されると、何かも忘れちまう。そういう意味ではわしは我らが先祖のイサクに似ているな。ヤコブがイサクにブリンツ（チーズや果物などを巻き込んだ薄焼きパンケーキ）やクニッシュ（肉やジャガイモなどを衣に包んで焼いたり揚げたりしたもの）やカーシャ・ヴァーニシュケス（蝶結び型の麺の入ったソバの挽割り）を出したとき、イサクは目が見えないふりをして、ヤコブにエサウに与えるはずの祝福をやってしまった（「創世記」第二七章参照）。わしが金の管理をしている女たちはみんな、わしにちょっとばかり惚れてるんだ。どうしようもないさ。女たちは夫を亡くし、子供を亡くし、兄弟姉妹を亡くした。再婚するには年を取りすぎている者がほとんどだ。人間というやつはだれかを愛さずにはいられない。そうでなきゃろうそくの火みたいに消えちまうんだ。そう、それでわしが彼女らの生贄というわけだ。そんな目で見るな。わしはジゴロじゃないぞ、とんでもない。わしは女たちの町やその界隈の出身だ。彼女らの身内とは顔見知りだった。彼女らと同じイディッシュを話す。べつに否定もせんよ。わしだって惚れている。わしって男はどんな女にも惚れちまうんだ。十二歳から八十九歳までならどんな女でもけっこう。若いころもそうだったし、今でもそうさ。こんなふうにのぼせ上がるせいでどれほどの厄介ごとを忍んできたか、どれほどの不幸を引き起こしてきたかは、第七天に座して我々を苦しめる神様のみがご存知だ。女たちに話しかけ、ジョークを飛ばす。一人一人に請け合って、わしの目にはあなたはまだ娘さんのように見えると言ってやる。それは真実でもある。女たちがみんな若かったのがどれほど昔だって言うんだい？　ほんの昨日《きのう》さ。若いころを知っている女もいるし、何人かとは寝たよ。配当金を郵送してもらうのはいやだって言うんだ。わしが自分で小切手を届けなくちゃならん。くすくす笑ったり、もじもじしたり、まるでわしが花婿みたいな様子を見せる。さあ、会わせたい人がいるんだ」

「オフィスに戻らなければいけないんですよ」

「今日はどこにも行かせないよ、たとえおまえさんが逆立ちしてみせたってね。おまえさんが半日いないからって、新聞社はつぶれたりせんよ。まず第一に、プリヴァに引き合わせたい。あいつはわしにとっては災いだが、おまえさんの忠実な読者だ。おまえさんの作品は、どんなペンネームで書いたものも全部読んでる。毎朝、新聞を買ってやらなきゃならんのさ、さもないと悪霊を呼び出して、わしをひと山の骨に変えちまうだろう。今朝あいつに、これからおまえさんを探しに行って、連れてくるかもしれないと言ったら、大騒ぎになった。アーロン・グレイディンガー本人が来るんですって！　ってね。あいつにとっておまえさんは全能の神のほんの一段下にいるだけなんだよ。おまえさんのおかげで生きているって何度も言ったんだ。もしおまえさんとおまえさんが書き散らしたものがなかったら、あいつはとうの昔に自殺して、わしは男やもめになっていただろうな。だからわしと来なくちゃならん。それから、今日は顧客の一人に小切手を届けなくてはならない。彼女もおまえさんの読者だよ。知っているはずだ、ワルシャワの〈作家クラブ〉によく来ていたから。『文芸付録』ってみんなで呼んでいた女だ」

「名前は？」

「イルカ・シュメルケス」

「イルカ・シュメルケスが生きているのか！」と私は叫んだ。

「そうさ、生きてるよ、あれを生きてると言うならね」

「それでユドル・シュメルケスは？」

「ユドル・シュメルケスは天国でベーグルを焼いている」

「うーん、たしかに今日は驚きの連続だ」

「おまえさんに手紙を書いたが返事をもらえなかったと言ってたぜ。返事は書かない。電話帳に名前は載せない。ほんとにどこに隠れてるんだよ？」

外は五月で、すでに暑すぎるほどだった。だがガソリンや熱くなったアスファルトのにおいとともに、イーストリバーから漂ってくる春の香りを嗅ぐことができる気がしたし、ひょっとするとキャッツキル山脈（ニューヨーク州の山地、保養地）から漂ってきているのかもしれないとさえ思えた。二番街では一歩ごとにさまざまな記憶が結びついていて、それらはさほど昔の思い出ではなかった。近くにはカフェ・ロイヤルがあり、そこはかつてイディッシュ演劇の役者たちや作家たちが常連だった。通りの向こう側にはイディッシュ芸術劇場があって、モーリス・シュオルツ（一八九〇‐一九六〇。ニューヨークのイディッシュ演劇の最後の大物俳優）が以前は何年もそこで演じていた。ナチがワルシャワのユダヤ社会にやったことを、同化が少しずつニューヨークで成し遂げつつあった——だが宗教的なユダヤ性も世俗的なユダヤ性も消滅しそうになかった。ニユーヨークにはまだイディッシュ新聞が四紙あったし、週刊誌と月刊誌もいくつか出ていた。モーリス・シュオルツ、ヤコブ・ベン‐アミ、レベデフ、バーサ・ガースティンや、そのほかのイディッシュ演劇の役者や女優たちがイディッシュの芝居に出演していた。イディッシュの本が出版されていた。難民たちがまだソビエト・ロシアから到着し続けていたし、ポーランド、ルーマニア、ハンガリーからも来ていた。彼らの出身地でない地域などあったろうか。パレスチナは今ではユダヤ国家で、すでに戦争をして勝利を収めていた。私はいくつかの一身上の、また文学上の危機を経てきていた。三〇年代にここに到着してから、近い身内や友人たちをポーランドでもアメリカでも亡くした。私は孤立と絶望に自ら落ち込んだ。けれども新たな活力の泉がいくつも私のなかで湧き起こったかに思われた。

マックス・アバーダムがタクシーを呼んだ。彼が私を車内に突き飛ばしたので、私はシートに倒れ込んだ。マックス自身が車に飛び込んだとき、火のついた葉巻が彼の口から落ちた。運転手がきつく言った。「だんな、私のタクシーで火事はごめんですよ！」

「この世のいかなる火も我々を焼き尽くすことはない」と、マックスが預言者ふうに応じた。彼は運転手にウエストエンド街（マンハッタンの西側を南北に走る通り）八〇番台の住所を告げ、新たな葉巻に火をつけようとして苦しそうに息をした。彼は私に言った。「おまえさんの名前は上海でも人の口にのぼっていた。わしはおまえさんの小さな本を再版しようとした——なんという題名だったかな？　才能ある人間が完全に忘れ去られることはない。わしの記憶力はわしとかくれんぼをするんだ。ときどき老いぼれてきたと思うよ」

「ぼくもですよ」

「その年で？　わしに較べりゃ、まだ胎児だよ」

「もう四十を過ぎました」

「四十は六十七じゃない」

大きな建物の前でタクシーを降り、エレベーターで十二階に行った。マックスがドアのベルを鳴らしたが、だれも応えなかった。彼は鍵を取り出して、ドアの錠をあけた。広い玄関ホールに入ると、床には立派なペルシア絨毯が敷いてあった。天井は高くて彫刻がほどこされ、壁には絵がいく枚か掛けられていた。私たちの方に白髪だが若々しい顔の女性がやって来た。花柄のローブをはおり、ポンポンのついた室内履きをはいていた。ダイヤが両方の耳たぶにきらめいていた。ほっそりとした顔、長い首、細身の体、すべてが裕福さに輝き、昔の貴族的なユダヤ人といった様子を発散していた。美術館で目にする肖像画を私は思い浮かべた。私を見ると、彼女は奥に引っ込むような動きをしたが、マックスが叫んだ。「さあ、きみの偉大なる英雄だよ！」

「まあ、そうよ、わかるわ！」

「これはプリヴァ、わしの女房だ」

プリヴァは近づいて、ほっそりとした片手を差し出したが、その手の指は長く、爪にはマニキュアが塗られていた。彼女はつぶやいた。「よくお出でくださいました」

信じがたいことだが、夫も妻もヒトラーのヨーロッパからの難民なのだ。永久不変を思わせる雰囲気が八部屋からなる広々とした住まいに満ちていた。やがてわかったことだが、ここはアバーダム夫妻が家具や調度つきで借りたもので、プリヴァの遠い縁者だった金持ちの女性のものだった。その女性が亡くなったとき、娘が彼らにすべてを二束三文で売り渡した——テーブル、椅子、カーペット、ランプ、壁に掛けられた絵や本棚の本にいたるまですべてである。プリヴァ自身も出身はラビ[2]と裕福な商人の家系だった。彼女の最初の夫は医者で、医学論文をワルシャワのヘブライ語新聞『ハツェフィラー』に発表し、のちには『ハヨーム』に発表した。戦争中にプリヴァは夫を亡くし、やはり医者だった息子も亡くし、ワルシャワの大学で医学部の学生だった娘も亡くした。プリヴァはかつては金持ちの女性がよくするように、暑い夏の数か月を海外のさまざまな温泉に出かけて過ごす生活をしていた。イディッシュ、ロシア語、ポーランド語、ドイツ語、フランス語を話した。少女時代にはドイツ文学を有名なテレサ・ローゼンバウムのもとで学んだ。ヘブライ語も少し知っていた。プリヴァはワルシャワの豊かなユダヤ人社会をニューヨークにいくらか持ち込んできていた。私に語ったところでは、子供のころにアイザック・ペレッツ（一八五二‐一九一五。イディッシュ・ヘブライ語作家）を知っていたし、ヒルシュ・ノンベルク（一八七六‐一九二七。イディッシュのエッセイスト・短篇作家）も、ヒレル・ツァイトリン（一八七一‐一九四二。ユダヤ人作家・思想家・ジャーナリスト）も知っていた。信じられないかもしれないが、ナチを逃れてロシアを横断する逃避行をしたにもかかわらず、古い写真をアルバムごとなんとか手放さずにいた。彼女がひと言しゃべるごとに数々の思い出が私によみがえってきた。私の計算では彼女はマックスよりも年上であるはずだった——七十歳を超えているのではないだろうか。彼女はこう言った。「あのひどい戦争のせいですべてを失ったわ。でも頭脳が働くかぎり、記憶は残る。記憶って何かしら？　ほかのあらゆるものと同じね――謎よ。かつては年を重ねれば安らぎを見出せると思っていたの、でもあまりにも不思議なことに取り囲まれているので、安らぎなんて口にもできない。畏怖の気持ちに圧倒されて眠りにつく、そして畏怖の気持ちで目を覚ます。私の見る夢はあらゆる謎のなかで最大の謎だわ」

「夢というのはずっとそういう状態のままではないかと思いますよ」と私は言った。

「あなたがお書きになるものを読んだわ、全部よ、どんなペンネームのものもすべてね。あなたご自身もちょっとした謎だわ」

「ほかの人と同じ程度にすぎませんよ」

「ずっとよ」

「言っただろう」とマックス・アバーダムが叫んだ。「アーロン、おまえさんはわしらの生活の一部なんだよ。おまえさんのことを口にしないでは一日だって過ぎやしないんだ」マックスはプリヴァの方を向いた。「ツロヴァはどこだい？」

「スーパーに行ったの」

「彼女をメイドにできてうちは運がいい」とマックスが説明した。「ここでメイドを見つけるのは、それもユダヤ人のメイドなんて、奇跡だよ。だけどあまりに多くの奇跡がわしらの人生に起きたから、もう驚かんさ。ワルシャワではツロヴァは経営者だったのさ、メイドじゃなくてね。女性用品の店をやっていた——下着とか、ハンドバッグとか、レースとか、そういったものだ。この家では彼女はなんでも好きなようにやっていて、一家の女主人も同然だ。わしらの娘であり、姉妹であり、看護師だ。彼女はおまえさんの新聞の医学記事を読んでいて、医者の書く言葉はなんでも神聖犯すべからずなんだ」

「彼女とあなた、アーロン・グレイディンガーさん、二人のおかげで、私は生きていられるのよ」とプリヴァが口をはさんだ。「ツロヴァは昔風の人なのだけれど、直観力があってね。男たちが彼女を追いかけるから、その気になればいつでも結婚できるのだけれど、私たちといっしょにいたがるの。マックスの言った店は彼女のものではなく、老夫婦のもので、なかなか繁盛していたけれど、その夫婦は戦争で亡くなったわ。ツロヴァは生まれつき他人に奉仕するタイプの人なのね。そういうのがその人たちの宿命なのだわ」

「その人たちの宿命はわしらの幸運だ。彼女がいなければどうにもならん」とマックスが言った。「おまけに、死者たちと仲がいいんだぜ。彼女がテーブルを浮き上がらせたり死者たちとかくれんぼをすると、みんなあの世からやってくるんだ」

「それであなたは笑うわけ？　彼女は生まれつきの霊媒なのよ」とプリヴァが言った。

「そのとおり、そのとおり、そのとおり。死者は生き、食い、愛を交わし、ビジネスをやる」とマックスが冗談を言った。「両手をテーブルに乗せさえすれば、死者たちが世界のいたるところから群れをなしてやってくるんだ」

「そんな皮肉を言わないで、マックス。私たちのアーロン・グレイディンガーだって、こういう事柄を信じているのよ。あなたは何十通も、そうした事柄についての手紙を新聞で公表していらっしゃる。お茶をいれるわ。夕食を召し上がるってお約束してくださいね」

「ほんとうに、無理なんです」

「どうして？　なつかしいワルシャワ料理をあなたのために準備するわ」

「あいにく、もう約束があるので」

「そう、無理にとは言わないわ。でも、すぐに訪ねてきてくださらなくちゃだめよ。ツロヴァはあなたの書くものを全部読んでいるわ。その気になれば、彼女は皇帝に出せる料理だって作れるし、タルムード曰く、真の皇帝とは学識ある人々――著述家たち、気概ある者たち――である」

「我々の古い学問についてよくご存知なんですね」と私はお世辞を言った。

「ああ、子供のころから勉強したかったのよ、でも父が――安らかでありますように――、女の子は聖なる書物を学んではならないと考えていたの。ミツキエヴィッチ（一七九八・一八五五。ポーランドの詩人）、よろしい。スウォヴァツキ（一八〇九・四九。ポーランドの詩人）、よろしい。レッシング（一七二九・八一。ドイツの批評家・劇作家）、よかろう。けれども女の子がゲマラ[3]を覗くなんて――それは罪である。それでも私は自分でハガダー（旧約聖書の教訓的な解説・物語・伝承・格言等）を見つけて、そこに知恵をたくさん見出したわ、レッシングつまり『賢者ナータン』（レッシング作の詩劇）にあるよりもね」とプリヴァは言った。

　廊下でドアのあく音がした。ツロヴァだった。スーパーから持ち帰った紙袋のがさがさいう音も聞こえた。プリヴァが出ていって出迎えた。マックス・アバーダムは腕時計に目をやった。「さあて、こんな具合さ。女房を望んだら、施設が手に入った」

「立派な女性ですよ」

「立派すぎるよ。おまけに健康じゃない。女房なら離婚できるが、施設じゃ縁が切れん。あいつが誓って言うには、ロシアにいたとき零下二十度の冬の森のなかで材木挽きをやったんだそうだ。ここでは貴婦人になった。絶えず医者に診てもらい、ありとあらゆる想像上の大義名分に寄付をして、果てしなく親戚や友人の命日を守っている。狭心症を患っていて、しょっちゅう病院に駆け込まなきゃならんのだ。サンフランシスコ、そこで出会ったんだが、そのときわしは気分がひどく落ち込んでいて、ただひたすらいくらかの休息がほしかった。よろこんで老人ホームに入って息絶えるまでそこで横になっていたことだろう。だがまったく突然に、荒々しい力が目覚めたんだ。自分から歩いていって罠にはまり、その罠には出口がなかったたってわけさ」

ドアがひらき、プリヴァが入ってきた。ツロヴァの腕をつかんでいて、まるで内気な花嫁を導いて花婿と定められた者のところへ連れてきたかのようだった。私は彼女を中年過ぎの女性だろうと想像していたが、若く見え、色黒で、黒い髪は短く切っていた。頬骨は高く、鼻は低く、とがった顎をしていた。目は斜めに上がっていて、タタール人の目のようだった。黒いドレスに赤いビーズの首飾りをつけていた。プリヴァが言った。「これがうちのツロヴァよ。ワルシャワ時代から知っているの。もし彼女がいなければ、私はずっと以前に死者の仲間入りをしていたでしょうね。ねえツロヴァ、こちらが作家のアーロン・グレイディンガーよ」

ツロヴァの斜めの目がぱっと輝いてほほえんだ。「存じ上げています。毎週日曜日にラジオであなたの話を聞いています。お書きになるものは全部読んでいます。アバーダムの奥様があなたの本を一冊くださいました」

「お近づきになれてとてもうれしいです」と私は言った。

「最近お書きになったもののなかに、ワルシャワの炒めた小麦粉のスープがなつかしくてたまらないとありました。ワルシャワで召し上がったものよりもっとおいしいのを私は作って差し上げます」とツロヴァは言った。

「ああ、それはありがとう。今日はあいにく、約束がありまして。でもまたの機会があるよう願っています」

「私の家では炒めた小麦粉のスープを週に二度、月曜日と木曜日に食べていました」

「ツロヴァはこの世にいるなかで最高の料理人よ」とプリヴァが満足げに言った。「彼女の作るものはなんでもまるで天国の料理みたいな味がするわ」

「別に特別なことはないのよ」とツロヴァが言った。「きつね色に焼いた小麦粉と炒めたタマネギがあればいいだけで、あとはニンジンとパセリとイノンド（セリ科の植物で実や葉は香味料。アニス）を加えるの。炒めた小麦粉のスープはクロップス（ミートローフ）とよく合うわ」

「やめてくれよ、ツロヴァ。聞いているとよだれが出てくるよ」とマックスが叫んだ。「医者に十キロ減量しろと言われているんだ。きみがこんなごちそうの話を持ち出したら、減量のことなんか考えられないじゃないか」

「中国の人は何を食べていたの？」とツロヴァが尋ねた。

「ああ、彼らが何を食べてたかなんて、知るもんか——炒めたゴキブリにアヒルのミルクさ。あるガリツィア人（ガリツィア出身のユダヤ人を指す。ガリツィアとはポーランド南東部・東部からウクライナ地方にかけての地域を指す歴史的名称。第一次世界大戦後ポーランドに編入された）と最近話をしたが、食い物の話になったら、そいつが言うには、そいつのシュテトル[4]ではキリシェとポムペシュを食ってたんだとさ」

「いったい全体それはなんなの？」とプリヴァが聞いた。

「まったくわからない」とマックスが答えた。「ことによるとアーロン、おまえさんならどんな食べ物か知っているんじゃないか？」

「まるでわかりません」

「一つの世界がまるごと永遠に消えてしまったんだ、豊かな文化全体がね」とマックスが言った。「今から一世代もしたら、東ヨーロッパのユダヤ人がどんな暮らしをしていて、どんなふうにしゃべり、何を食べていたかなんて、だれにわかるだろう？　さあ、わしらは行かなきゃ」

「いつ戻ってくるの？」とプリヴァが尋ねた。

「わからん」とマックスが答えた。「やらなきゃならんことが百もあるんだ。わしの小切手を待っている人たちがいるのさ、つまりその人たちの小切手だがね」

「真夜中に帰ってくるのはやめてね。おかげで起きてしまって、そのあとは夜じゅうまったく眠れないのよ。あなたはすぐに眠れるけれど、私は横になったまま夜明けまで考えごとをしてしまうの」

「新発明でも思いつくんじゃないか。女のエジソンになれるかもしれんぞ」

「ふざけないで、マックス。私が夜に考えることは有害なのよ」

第二章

エレベーターで下におりて、ウエストエンド街を歩いていくと、マックスが私の腕をとった。「アーロン、ミリアムのことで絶望的な苦境に陥っているんだ」

「ミリアム――だれです？」と私は尋ねた。「それにマックス、絶望的って、どうして？」

「ああ、わしにとってミリアムはまだ子供だ――若くて、かわいくて、知的でね。だがあいにく若いアメリカ人の詩人と結婚していて、同じくらい若いやつだが、今はそいつと離婚したがっている。もしわしが結婚していなかったなら、彼女は天から授けられた祝福だったろうなあ。だがわしはプリヴァと離婚できない。ミリアムは自分はこの世で独りぼっちだと思っている。両親は離婚していてね。父親はどこかのうんざりするような女と暮らしていて、その女は自分を芸術家だと思い込んでいるが、よくいる手合いの一人で、ちょっとばかり染みやら汚れやらを塗り付けては自分のことを現代のレオナルド・ダ・ヴィンチだと思っているんだ。一方、母親の方は、役者を自称しているやつとイスラエルに行ってしまった。彼女の夫、つまりミリアムの夫は、自分は詩人だとうぬぼれている。啓蒙主義のユダヤ人たちはいつでもわしらのことを夢想家《ルフトメンシュ》だと文句を言い、手に職もなければ専門職でもないと言って非難してきた。だがアメリカのこの新しい世代が生み出したような夢想家《ルフトメンシュ》はほかのどこにもおらん。彼女の夫の詩を読んでみようとしたが、一貫性も音楽性もない。

「こういう抜け作《シュレミール》どもは同時にあらゆるものなんだ——未来派であり、ダダイストであり、おまけに共産主義者だ。指一本持ち上げて働くわけでもないくせに、プロレタリア階級を救おうとする。一生懸命に独創的になろうとするが、オウムみたいに互いの真似をしている。ミリアムはかわいい娘だが、実のところ、まだ子供だ。あいつのせいで、つまりあの夫のせいで——なんて名前だったかな？　スタンリーだ——、それから家庭が崩壊したせいで、彼女は大学をやめた。今はそのスタンリーがどっかの女編集者とカリフォルニアだかどこだかに駆け落ちしてしまって、ミリアムはベビーシッターをやっている。二十七歳の娘がやる仕事かね、だれかほかの者の子供の世話をするなんて？　男どもは彼女を追っかけ回しているが、わしは彼女を愛しているし、彼女もわしを愛している。わしの何が気に入ったのか、わしには絶対にわからんだろうな。彼女のおやじと言っても楽に通るし、じいさんと言ったっていいくらいだ」

「ええ、ええ」

『ええ、ええ』なんて、ロバみたいに鳴くのはやめろ。こんなことを打ち明けたのはおまえさんにだけだ。おまえさんは助言をばらまくようになったんだから、ひょっとするとわしに、この問題をどう処理すればいいか教えられるんじゃないか」

「自分自身の問題だって処理できないんですよ」

「そう言うだろうと思っていた。ミリアムはアメリカ生まれじゃない。戦後、一九四七年にここに来たんだ。すばらしいイディッシュを話すよ。ポーランド語とドイツ語ができて、英語は訛りがない。どんなことをくぐり抜けてきたかは彼女が自分で話すだろう。父親は品性のないやつで、ちっぽけないかさま野郎さ。ワルシャワのプゼホドニア通りに事務所を構えていた。証券取引所の一員だったんだ。つまり、彼の話では、だ。目先が利いたから戦争前にスイスの銀行に金を蓄えておいた。母親の方は自分には演技の才能があると信じ込んでいた。おじが一人、一九四五年のワルシャワ蜂起で亡くなっている。ポーランドのユダヤ家庭にはみんなそれぞれ語るべき物語がある。だがわしら自身が狂っていて、世界を狂気に追いやっているんだ。タクシー！」

「今度はどこに連れていくんですか？」と二人でタクシーに身を落ち着けてから、私は尋ねた。

「イルカ・シュメルケスのところだ。彼女宛ての小切手を持っていて、もう一週間も持ち歩いているんだ。小切手がポケットの中でくしゃくしゃになって、ときどき銀行が受け取りを拒否することがある。イルカのところにはほんの十分だけとしよう。夕食までいてくれと言うだろうが、きっぱり断るよ。それからミリアムのところへ行く。どっちの女もおまえさんの熱烈な読者だよ。ミリアムは大学でおまえさんについての論文まで書いたんだ」

「もしそんな人たちのところへ行くとわかっていたら、ほかのシャツやスーツを着てきたのに」

「おまえさんのシャツはちゃんとしとるよ、スーツだって大丈夫だ。ワルシャワで着ていたものと較べたら、粋な男になったもんだ。ネクタイだけ直せばいい。ほら、こんなふうに！」

「ひげも剃ってない」

「気にするな、ミリアムはあごひげには慣れっこだ。あの役立たずの亭主のスタンリーが最近あごひげを生やした。イルカ・シュメルケスはワルシャワで知っていたんだから、彼女のために身支度を整える必要はないさ」

　タクシーはブロードウェイ（マンハッタンをやや斜めに走る通り）と一〇七丁目の角で止まり、私たちは共同住宅のなかに入ったが、そこはエレベーターがなかった。階段を二つ上がった。するとマックス・アバーダムが立ち止まって一息ついた。彼は指で左胸をトントンと叩いた。「わしのポンプがいかれとる。ちょっと待ってくれ」

　階段をまたのぼり出すと、マックスは文句を言ってあえいだ。「どうしてわざわざ四階なんぞに住みつかなきゃならなかったんだ？　こういう人たちは金には細かいが、しみったれでもある——今日明日にも飢饉がアメリカ中に広がると思ってびくびくしているんだ」

　四階でマックスがドアをノックすると、すぐにイルカ・シュメルケスがドアをあけた。小柄で丸顔、鼻は低く、目は黒い。顔が小さいわりに口が大きい。収容所を生き延びたのだから五十代終わりに違いなかったが、もっと若く見えた。真っ黒な髪は最近染めたようだった。襟ぐりの深い、袖なしの黒いドレスを着ていた。どうやらこのときのために着飾ったらしい。驚いた目で私を見て言った。「まあ、お客様をお連れになったのね。思ってもみなかったわ」彼女がほほえむと、並んだ入れ歯が見えた。左頬にかすかなえくぼが浮かんだ。

私たちは長い廊下を歩いた。台所からはローストした肉のにおいがし、ニンニク、炒めたタマネギ、ジャガイモのにおいが漂ってきた。部屋に案内されると、そこにはワルシャワでタプチャンと呼ばれていたものが備えてあった——日中はソファとして、夜間にはベッドとして使われるものである。やがてわかってきたが、このアパートは彼女のものではなく、また、私たちがいる部屋は彼女の居間であり、食堂であり、寝室でもあるのだった。若い女性がドアをノックして言った。「シュメルケスさん、ホールに電話がかかっていますよ」

「私に？　ちょっと待って」そしてイルカ・シュメルケスは姿を消した。

「まだなかなかいける女だろう」とマックスが評した。「夫は、あほなやつだったが、トロツキー主義者になることにあこがれ、それでスペインで粛清されちまった。やつらはみんな、より良い世界を作りたいと思って、殉教者として死んだ。だれのために身を捧げていたんだろう？　だれが墓で報いてくれるんだい？」

「たぶん全能の神もトロツキー主義者なんですよ」と私は言った。

「へえ？　スペインで何が起きたかはわしらには決してわからんのだろうな。スターリンはあそこに本物の宗教裁判所を作っちまった。みんな、ファシズムと闘おうと思ってやってきて、自分たちの同志によって処刑された。わしらユダヤ人はいつでも砲火の最前列に立たされる。何がなんでも世界を救済せねばならないと思っていて、それ以上でも、それ以下でもない。どのユダヤ人にも救世主の死霊が宿っているんだ」

イルカ・シュメルケスが部屋に戻ってきたとき、彼女の靴のかかとが異様に高いと私は気づいた。彼女は言った。「いく日、いく晩が過ぎても、だれも電話をかけてやろうとは思わない。ところがあなたがたみたいなこんな大事なお客様がいらしたちょうどそのときに、電話に呼ばれる。それもだれからの電話？　むだ話をしたいと思ったただのおしゃべりばあさんよ！」

「息子さんのエデクはどこ？」とマックスが尋ねた。

「どこですって？　図書館よ。あの子にはいやになるわ。そこら中からしょっちゅう本を持ち込んでくる。四番街に行くと、五セントで本が手に入るし、十セント出せば三冊なので、古本の山を抱えて帰ってくるのよ。何もかも知らなくちゃいけないのね。先日はオハイオだかアイオワだかの列車に関する黄色くなった本を読んでいたわ、数字とかマイルだらけの本をね。どうしてうちのエデクがそんな昔のオハイオの列車について知らなければならないの？　あの子は病気よ、病気なのよ。ありがたいことにあの猫背の女が出ていってくれたから、その部屋をエデクに回すことができたの。そこはもう本でいっぱいよ」

「小切手を持ってきたよ」とマックスが言った。

「それはたしかに役に立つわ。でも大切なかた、あなたと、あなたが連れてきてくださったお客様の方が私には小切手よりもありがたいわ。アーロン・グレイディンガー、あなたには何が起きたの？　新聞に書くようになってから、もう私たちみたいなちっぽけな人間のことは知りたくないのね。私を電話に呼びにきたさっきの若い女性はあなたの読者よ。もしあなたがこの私の部屋にいるってわかったら、大騒ぎしたことでしょう。待って、何かお出しするものを持ってくるわ。いつもよりたくさん準備したの、まるで私の心が私に、あなたたち二人が来るって知らせたみたいにね。すぐ戻ってくるわ！」そしてイルカ・シュメルケスはまた姿を消した。

「何かちょっと食わなきゃならんな、否応なく」とマックスは言った。「飢えを経験した人たちは食べ物を最大の祝福と考える。出してくれる食べ物のせいでわしは具合が悪くなるから、小切手は郵便で必ず送ると言い続けているんだがね。今わしに必要なのはもう一本葉巻を吸うことだ。ライターはどこへ行った？　ふむ、ラパポートに置いてきちまった！」

　私たちは紅茶を飲み、バブカ（レーズン入りスポンジケーキ）を食べた。若いエデクが図書館から戻ってきた。背が低く、ぽっちゃりしていて、すでに腹が出ていた。ズボンの一番上のボタンを留められないのだとわかった。丸みを帯びた頭は濃いもじゃもじゃの黒髪だ。大きな目は斜視で、頬は宦官の頬みたいにつるつるしているように思えた。彼はロッキングチェアに腰をおろし、しゃべりながら椅子を揺らした。彼は私に言った。「あなたの書かれた記事や物語はすべて読みました。もっとも、連載小説は読んでいませんが。忍耐心がなくて、次の回まで一週間待つことができないんですよ。どうして本を出さないのですか？　あなたの年齢のアメリカの作家たちはすでに世界的に有名になっています。ぼくのかかりつけの医者には息子がいて、二十七歳ですが、著書を映画会社に八万ドルで売りました。もしぼくに八万ドルあったら、世界一周旅行をしますよ。地理の本は随分読みましたが、ぼくの信じるところでは、どんな地図にも載っていない場所がまだまだたくさんあります。

「ぼくはある組織に入っているのですが、そこは地球が丸いことを否定しています」と彼は続けた。

「たった四十人しかいませんが、この問題を徹底的に議論しています。地球が丸いなんて証拠はまったくないんですよ。単なる理論にすぎません。ぼくの意見では、アトランティスはプルタークが伝えているようには海に沈んだりしなかったのです。そうではなく、我々がまだまったく、それがどこにあるか知らないだけです。旅行者たちの文書が現存していて、彼らは地球がうつろになっている地域に行き当たり、古代文明を発見したのだそうです。こんなことは民間伝承だと思われるかもしれませんが、たくさんの真実が民間伝承として片づけられています。アフリカのまじない師たちが何年にもわたって薬を使ってきましたが、それらの薬はこちらではごく最近になって発見されました。それに聖書が言及している場所についてはどうでしょう、たとえばオフル（ソロモン王が黄金と宝石を得た地方。推定ではアラビア南部かアフリカ東海岸。「列王紀上」第九章二八節ほか）とかは？　アシケナズ（アルメニア東部にあった古代王国）はどこにあるのでしょう？　アシケナズはドイツではないですよ。ドイツは当時はまだジャングルでした。ホドゥ（「エステル記」第一章一節。インドと訳されている）はインドかもしれないし、そうでないかもしれないが、クシ（旧約聖書ではエチオピアとされる）がエチオピアでないことは明確です。アナク人は、モーセ五書（旧約聖書の最初の五書。「創世記」「出エジプト記」「レビ記」「民数記」「申命記」）が言及している人々ですが、単なる伝説ではありません。巨人は過去にいましたし、今日《こんにち》でもいるのですが、どこかに隠れて暮らしているのです——たぶんヒマラヤ山脈かブラジルの原生林、あるいはおそらくアフリカの奥地のどこかにね。足跡が見つかっています、異様に足幅が広く長いのです。なぜ彼らが身を隠したがるかをきっとお尋ねになりたいでしょう、お教えしますよ。人類の出現以来、多くの人種が一掃されてきました。白人種は競争相手を容認できないのです。ヒトラー主義は人類と同じくらい古いものです。この数百年のあいだにインディアンはほとんどが殺されてしまいました。もしヒトラーが戦争に勝っていたら、彼は黒人を一掃してしまっていたことでしょう。彼はまた我々ユダヤ人をも一つの人種と考えていました。だから我々を最後の一人まで消し去ろうとしたのです。巨人たちはこうしたことをすべて承知しています。それゆえ彼らはほかの人種を避けるのです。聖書で言及されている斥候たちは戻ってきて、巨人たちに較べると自分たちはイナゴのような気がすると報告しました（「民数記」第一三章三三節）。我々の白人の人種差別主義者や熱狂的愛国主義者たちはイナゴのような気がすることを好みません。だが、なにゆえ巨人たちは繁殖して我々を滅ぼしてしまわないのか——それはまた別の問題です。自然は一人一人の巨人を生み出すのに長い時間がかかるのかもしれません。もしかすると巨人の女は胎児を九か月ではなく何年も身ごもっているのかもしれない——ひょっとすると百年ってことさえありうる。ロシアのある地域が最近発見されましたが、そこの住人は百年生きるし、二百年か、あるいはひょっとするともっと長くさえ生きるのです。彼らは記録を取らないし、子供たちには出生証明書がありません」

「エデク、お茶をおあがり。冷めるわ」とイルカが言った。

「冷めてないよ。我々は偏見と闘う、そして首までどっぷり偏見に浸かっている」とエデクは言った。

「ルイ十四世の時代の二人の教授が流星を発見しましたが、王はこう宣言しました、『空から石が真っ逆さまにころがり落ちてくることがあると信じるより、教授たちが嘘をついていると信じる方が容易だ』なぜぼくがこんなことを話してるのかですって？　サンバチオン川のためです。『ユダヤ百科事典』は、サンバチオン川とイスラエルの失われた十支族（紀元前七二二年にアッシリアに滅ぼされて捕囚とされ、戻らなかったとされる北イスラエル王国の人々）は伝説なのだと言います。だがぼくはそうだという確信がまるで持てません。その地から来た人たちがいて、彼らはその川が岩を空中に吹き上げているのを見たし、王、すなわちアヒトフ・ベン・アザリアからの手紙を持ち帰ってもいます。聖書にははっきりと述べられています、どこだったか覚えていませんが。『エフライム（失われた十支族の一つ）の子孫はもろもろの民のなかに入り混じる』（「ホセア書」第七章八節）とね」

「もしエフライムの子孫がもろもろの民と入り混じるのなら、どうやって彼らは自分たちの王国を持てるのだろう？」と私は尋ねた。

「それとこれとはかかわりがありません。イギリス人が実は失われた十支族だと主張する人々もいます。だからイギリス人はあんなに聖書を愛するのです。先日ぼくは四番街で、ある本を五セントで買いましたが、それはこれまで読んだなかで最高の本でした。『霊的な結婚』という本です。著者がだれかは忘れてしまいました。だれかがその本を盗んだのです」

「そんな古い本をだれが盗むのかね？」とマックス・アバーダムが訊いた。

「何でも盗むんですよ。フロイトは自分の理論をまるごとゲマラのベラホートの二ページ、ハ・ロッフの章から盗みました。スピノザが盗んだのはシル・ハ・イフードからで、それは〈贖罪の日《ヨム・キプール》〉[5]の夜に朗唱されるものです。ぼくの理論では、盗むことが務めである霊たちがいるのです。夜、テーブルに本を置いておくと、朝には消えている。とうとうぼくは、ほんとうに良い本を見つけたら地下鉄の駅のロッカーに鍵をかけてしまっておくようになりましたよ。だがそこからさえ、取られる。それにまた、ぼくにはほかの理論もあって、ヒトラーは人間ではなく悪霊だったと考えているのです。やつの死体はどこへ消えたか？　だれにもわからない。戦後やつは悪魔どもが住まう場所へ飛び去ったのです。それについて手紙を書いてあなたの新聞に送りもしたが、載せてもらえませんでした」

「もうたくさん、おまえ！」とイルカが言った。

「ママ、いつの日か真実を知るよ、でもそのときには遅すぎるだろう。いったいどうして六百万ものユダヤ人が屠り場に引かれていく羊みたいに進んでいったのか？　いったいどうして、ホロコースト（ナチスドイツによるユダヤ人大虐殺）のあいだにはわずかな抗議の声さえ上げなかったまさにその国々が、のちにはユダヤ人国家設立のために賛成票を投じた国であるのか？　このことを先生に尋ねたけれど、ぼくに答えられなかったよ。ママ、グレイディンガーさんにぼくの腕時計について話してもいいかな？」

「やめて、エデク」

「グレイディンガーさんは悪魔について書いている。この話は役に立つかもしれないよ」

「エデク、大事な話じゃないわ」

「どんな腕時計だったんです?」と私は尋ねた。

「エデクは友だちからもらった時計を持っていたの」とイルカが答えた。「ある日、その友だちが亡くなると――結核だったのよ――時計がエデクの手首から落ちて壊れてしまった。私はこれまで時計を一つならず失くしてきたけれど、霊のせいになんてしないわ」

「ママ、あの時計には金属のバンドがついていて、ぼくの手首にしっかりと巻きついていた。バンドはまだ少しもいたんでいなかったのに時計がパチッとはずれて落ちたんだ。それに言い忘れているけれど、これはイリシュが息を引き取ったと同時に起こった。まさにその瞬間にだ。事実です」

「同じように事実なのは、キッチンに行ってお客様に何かお出しする準備をしなきゃいけないってことだわ」

「シュメルケスさん、どうか、失礼せねばなりませんので」と私は言った。

「わしもだ」とマックスが言った。

「まあ――二人とも急いで行かなきゃならないの?」とイルカが尋ねた。「そう、あなたが光栄にも連れてきてくれたお客様をとがめるわけにいかないわね。このかたのことはワルシャワの〈作家クラブ〉とここでの作品との両方で知っているの。もっともこのかたは私のことをご存知ないけれどね。そしてそれから……」

「でも私はあなたをほんとうに存じ上げています。一度ワルシャワで紹介してもらいましたから」と私は言った。

「そんなによく覚えていらっしゃるなんて、まるで思わなかったわ。そう、私たちはたしかに紹介されました。あなたはそのときとても若くて、駆け出しだった。一度このアメリカであなたに手紙を書いたのだけれど、返事を期待したわけじゃないの。我がイディッシュの文人たちは郵便物に返事を出したりしないもの。たぶん、郵送料が払えない人もいるんじゃないかしら。でもあなた、マックス、あなたまで帰って私の顔をつぶしちゃだめよ！」

「ママ、ぼくは部屋に戻るよ」とエデクが言った。

「ええ、おまえ。あとで呼ぶわ、食事の準備ができたらね」

「ママ、帰らせちゃだめだよ！」とエデクは言って、もう自分の部屋のドア近くにいた。

「私に何ができるっていうの？　自由に使えるコサックもいないのだからって、父が——安らかでありますように——よく言っていたわ。できるのはただ、この人たちにたのみ込むことだけよ」

「行かないでください、マックス。ママはしょっちゅうあなたのことをしゃべっている。窓のそばに立って、外を見る、ちょうどポーランドの小さなシュテトルでみんなよくやっていたようにね。そしてこう言うんだ、『マックスはどこにいるのかしら。どこかで迷子にでもなったのかしら？』ってね。ヤブロナでは、窓辺に三十分も立っていれば、シュテトル中の人が通っていったものだ。でもこのニューヨークでは、窓越しにだれかを見つけるなんて——なんと言うのかな——時代錯誤だ。知っている人が通りかかる確率なんて、たとえ近所に住んでいる人であっても、百万分の一、ひょっとすると十億分の一くらいかもしれない。ぼくは数学者ではないけれど、統計学に興味があるし、蓋然性にかかわる全領域に関心がある。世界が存在するにいたる確率はどれほどだったのだろう？　さようなら」

　エデクはドアを閉めた。イルカ・シュメルケスは頭を横に振った。「あの子は病気なの、病気なのよ。あの子の経験してきたこと、私があの子とともに経験してきたことは、だれも知ることはないでしょう。神でさえもよ、もし神が存在するとしてね」

「イルカ、行かなきゃならん」とマックスが叫んだ。

「叫ばないで。耳は聞こえているわ。いつまた会えるのかしら？　もし次の小切手まで延ばすつもりなら、遅すぎるかもしれないわよ」

「どうしたんだい？　まさか、病気か？」

「病気だし、すべてがいやになったの」

「あす来るよ。夕食に」

「本気なの、それともからかっているの？」

「からかってなんかいない。愛していること、わかってるだろう」

「何時に来てくれるの？」

「二時だ」

「そう、私をかついでいるのでなければいいけれど。グレイディンガーさん、光栄でもあり驚きでもあったわ。うちの下宿人が、あなたがここにいたと聞いたら、そして私があなたを引き留めず、彼女に紹介しなかったと知ったら、絶対に許してくれないでしょう」

「神のお計らいがあればまた会えますよ」と私は言った。

「このごろはだれでも神にたのむのよね。メシアの時代がやってきたと信じてしまいそうよ」そしてイルカは私たちに笑いかけた。一瞬彼女は再び若く見え、私が覚えているワルシャワの〈作家クラブ〉のころのようだった。

第三章

今度はマックスはタクシーを呼ばなかった。ミリアムはセントラルパークウエスト（セントラルパークの西側に沿う通り）の一〇〇丁目に住んでいたからだ。マックスはブロードウェイのドラッグストアに入って彼女に電話をし、そのあいだ私は外で待っていた。難民たちがこの界隈に住みついていた――ポーランドから、ドイツから、世界の半分に及ぶところから来ていた。ウエストエンド街にはパリ・ホテルがあって、ドイツからの難民はそれを「第四帝国」とあだ名で呼んでいた。マックスがドラッグストアで長く手間取っていたので、私は歩道に立ち、トラックがうなりを上げて通っていくのを見ていた。草地になった分離帯がブロードウェイのまんなかにあり、年取った女性がパンくずを撒いていたが、それを彼女は茶色の紙袋に入れて持ってきていた。鳩たちが屋根から舞いおりて、老女の周りに群がり、パンくずをつついていた。ガソリンと犬の糞から立ちのぼる悪臭が、始まったばかりの夏のかぐわしい香りと混ざり合った。通りの向こうでは、花屋の外に生き生きとしたライラックの鉢がいくつか歩道に並べられていた。地下鉄の排気格子にまたがって置かれたベンチには人々が座っていたが、ニューヨークの雑踏と喧噪のただなかで、どうやらすることが何もないようだった。ある老人はイディッシュ新聞を覗き込んでいた。白髪に黒い帽子をかぶった女性はドイツ語の『アウフバウ』（東ベルリンで一九四五・五八年に出された雑誌）のページをぱらぱらとめくっては、拡大鏡で読もうとしていた。黒人が頭を仰向けにしてベンチにもたせかけ、眠っていた。ときおり、轟音を立てる地下鉄が下を通っていった。どこからともなくトラックが一台姿を現わして、埃っぽい舗道に水を撒いた。

　何年もニューヨークに暮らしてきたが、私はなじめずにいて、人が生涯ここで暮らしたとしてもこの岸辺に上陸した初日と同じくよそ者のままでありうる町に慣れることができずにいた。理由など何もないまま、私は通り過ぎるトラックに書かれた文字を読み始めた――セメント、オイル、パイプ、ガラス、ミルク、肉、リノリウム、気泡ゴム、電気掃除機、屋根材。そしてそれから霊柩車が通りかかった。それはゆっくり通り過ぎていき、窓に覆いがかけられ、ボンネットには花輪が置いてあった――葬儀だが、付き添う者はだれもいない。マックスがドラッグストアから出てきて、待っているようにと私に合図した。彼は花屋に入っていき、花束を抱えて出てきた。私たちはセントラルパークウエストを目指して進み始めた。マックスがため息をついた。「そう、これがニューヨークだ――永遠なる精神病院。わしらに何ができる？　アメリカがわしらの最後の逃げ場なのさ」

私たちは黙って歩き続け、ブロードウェイとセントラルパークウエストを隔てている区画を三ブロック進んで、十六階か十七階の大きなマンションまで来た。正面にはひさしが張り出しており、制服姿のドア係がいた。ドア係はどうやらマックスをよく知っているようだった。私たちに挨拶して、まるで一家のあるじみたいにドアをあけ、私たちをなかに招き入れた。マックスはすばやくチップを彼の手に握らせた。ドア係は礼を言い、天気がいかにすばらしいかに触れて、それからすぐに明日はラジオの予報では雨であるとつけ加えた。同じ情報はエレベーター係の男からも聞かされた。マックスがぴしゃりとした口調で言った。「明日どうなるかなんてどうでもいい！　さしあたりは今日だ。わしの年齢になったら生きているその日その日に感謝せねばならんのさ」

「おっしゃるとおりです。人生は短いですから」

十四階でエレベーターを降りると、私には目新しい光景が目に入った。長い通路の、各住居に通じるドアとドアのあいだに、ひじ掛け椅子が置いてあった。壁には鏡が掛けてあり、金色の額縁に収まった絵もいくつか飾られていて、花瓶を置いたテーブルまであった。マックスが言った。「アメリカ、だろ？　ワルシャワなら、こんなものはみんな、置いたその日に盗まれたことだろう。アメリカの泥棒はこんなガラクタに飛びついたりせんのさ。ほしいのは現金だ。コロンブスに祝福あれ」

マックスが玄関の呼び鈴を鳴らした。ドアがひらくのに一分ほどの間があった。その合間にマックスは、空いている左手の指であごひげをなでつけた。私もすばやくネクタイの結び目を整えた。ドアがあくと、私たちの前にミリアムが立っていた。背が低く、身長のわりに横幅があって、胸が出ており、顔は少女のようでせいぜい十六歳くらいに見えた。若々しい陽気さがあって、化粧はまったくしておらず、茶色の髪はいくらかぼさぼさだった。濃い青色の目からは訪ねてきた大人を歓迎する子供のようなうれしさが輝き出ていた。彼女は私を一瞥し、そのまなざしは「それで、あなたはだれ？」と問いかけるようなものだったが、それでいて同時に、私がだれであろうとも歓迎されていると保証してくれるまなざしだった。ミリアムの指にはインクの染みがついていて、ちょうど故郷の小学生の指がよくそうなっていたのに似ていたが、それに加えて爪は（多分噛んだために）ひどく短くなっていた。着ている服もワルシャワの女学生のスタイルだった。ゆったりとしていて、へりには波型の縁取りがしてあり、ほんのわずかも優雅さを気取ったところがなかった。私たちを見ると、彼女はワルシャワのイディッシュで叫んだ。「またお花を？　まあ、殺してあげなきゃ治らないの！」そのときになって私は彼女の人差し指の結婚指輪に気がついた。

「いいとも、殺してくれ！」とマックスが大声で言い返した。「すごく大勢の人間がニューヨークで殺されているんだから、もう一つ死体が増えるだけだろうさ。さあ花束を受け取ってくれ。わしはおまえさんの花束を運ぶ役目の召使いじゃない。そしてドアをもっと広くあけろよ、おばかさん！」

「ああ、びっくりしちゃったのよ、だから……」

ミリアムは花束をマックスの手からさっと受け取ると、ドアを大きくひらいた。なかに入ると玄関ホールは狭く、ノートや本でいっぱいのテーブルを一つ置くのがやっとの広さだった。あいたドアからは寝室が見え、そこの大きなベッドはまだ整えられておらず、その上には服が散らかり、パジャマやハンガー、新聞、雑誌、ストッキングが散らばっていた。リンゴが二つ、そのまま枕の上に置いてあった。窓はセントラルパークに面していて、部屋は太陽の日差しがあふれていた。もう一つのドアを通してとても小さな台所と机とソファが見えた。深鍋が一つその台所設備の前の床に置いてあった。家に敷物はまったくなく、寄木張りの床は真新しく見え、磨きたてというふうで、引っ越してきたばかりの家の床のようだった。ミリアムがソックスははいているが、靴をはいていないことに私は気づいた。彼女は花束を手に持ったままあちこち走り回って花瓶を探した。けれどもそれから花をベッドの上に投げ出した。なかばしゃべり、なかば叫ぶようにこう言った。「一晩中眠らなかったの、だからなのよ。昨晩ここで火事があったの。年取ったご婦人がね、孤児共済会の会長なんだけれど、ストーブを消し忘れて、突然煙が出て消防士が来て、真夜中にロビーまで降りていかなきゃならなかったの」彼女は私の方を向いた。「ミリアムといいます」

彼女は中途半端に膝を曲げてお辞儀らしいことをし、片手を私に差し出した。しかしどうやらその手に何か持っていたことを忘れてしまったらしかった――鉛筆が一本床に落ちた。機嫌よく彼女はマックスに文句を言った。「私を紹介してもくれなかったわね！　あなたのほうが私より混乱してるわ。でも、このかたがだれだかわかっている。私はミリアムよ、それで十分」彼女は私と自分自身の両方に話しかけた。「わかっていただきたいのだけれど、私はあなたの世界一のファンよ。あなたが書くものは一語一語すべて読むわ。ワルシャワではイディッシュの学校で勉強した。そこではイディッシュ作家たちを全部読んだ、一人残らずね。学校は私にリトアニアのイディッシュをしゃべらせようとしたけれど、私はできなかった。読むことはできたけれど、でも話すのは――だめ。夜遅く家に帰って、あなたのイディッシュ新聞を買い忘れたと気づくと必ず、ブロードウェイに戻って探すの。この前なんか、ほとんど一時間も歩いたけれど、だれも新聞を売っている人がいなかった。すると突然、ゴミ箱に一部あるじゃないの。ああ、お笑いよね！」

「何がおかしくて笑うんだ？」とマックスが轟くような声で言った。「新聞は読み終わったら、捨てるもんだぜ。ニューヨークはブレンデューやエイシュシキじゃあない、あそこじゃ、みんな自分の新聞をずっと手放さなかったな！」

「そのとおりね、でも想像してみて。私は歩いて、探して――ろうそくを持って探すみたいに（イディッシュの表現で「徹底的に探す」の意）――この人の小説の続きを探し求めて、そうしたらそこのゴミ箱のなかにあったのよ、まるで私を待っていたみたいにね。私はすぐに通りで、街灯の下でそれを読み始めた。よく気づくのだけれど、あなたは言葉にうるさくこだわらないわね。みんながしゃべるように書いている」

「作家はそうであるべきです。ピューリタン（厳格・潔癖主義者の意）であってはいけない」と私は言った。「どのような意味でもね」

「そう、そのとおり。ある世代で誤りだったものが、次の世代の文体や文法では許容されたものになるって、最近読んだわ」とミリアムが言った。

「どうだい？」とマックスが言った。「ほんの昨日生まれたくせに、もう一人前にしゃべってるだろ」

「私は二十七歳だけれど、この人にとっては昨日なのよ。ときどきまるで自分が百歳みたいな気がすることがある」とミリアムが言った。「どんな経験をしてきたか、戦争中とこのアメリカでのことをお話ししたら、わかっていただけると思うわ。世界全体がまるごと、まさに私の目の前で崩壊したのよ。でもあなたが、私の一番好きな作家が、世界を再びよみがえらせてくれた」

「聞いたかい？」とマックスが叫んだ。「これは読者が作家に捧げることのできる最大級の賛辞だぜ」

「いく重《え》にも感謝します」と私は言った。「しかし、どんな作家も邪悪な者たちが破壊してしまったものを復活させることはできない」

「新聞を買ってあなたの物語を読むと、通りは全部どこの通りかわかるし、中庭もみんなわかるわ。ときにはまるでその人たちを知っているような気にさえなる」

「一目ぼれだな」とマックスがつぶやいたが、自分に言いきかせているかのようだった。

「マックス、あなたにこのことを一度も隠さなかったわ」とミリアムが言った。「私が愛しているのは今のあなたという人であって、私がこの人を愛しているのはこの人が書くもののためよ。この二つがどう関係するのよ？」

「関係するさ、関係するさ」とマックスが言った。「だが――嫉妬しているわけじゃない。わしだって彼が好きだ。彼はわしがポーランドやワルシャワについて知っていることの百分の一も知らん。そりゃそうだろう？　どこかの貧しい小さなシュテトル、どこかの困窮した村で生まれたんだ。まさしく田舎者だ。机の前に座って話をでっち上げてるんだ。だが彼のでっち上げはわしの事実よりも価値があるのさ。ゲマラが告げるところでは、神殿が壊されたあと、預言は預言者から取り上げられて狂人に与えられた。作家たちが狂っているのは周知のことだから、作家にも預言が授けられたんだ。ほかにどうやって彼のような青二才がわしのおやじがどんなふうにしゃべっていたか、あるいはわしのじいさんやわしのゲネンデルおばさんがどんなふうにしゃべっていたかがわかるんだい？　間違いなく彼はわしらのこともみんな書き立てるぞ、ありもしなかったことを捏造して、わしらを間抜けに仕立ててさ」

「そうしてもらえばいいわ。捏造する必要なんてない——私がみんなしゃべっちゃうわ」

「みんな？」マックスが吠え立てた。

「そうよ、みんなよ」

「そうかい、それじゃあ、わしはもう破滅だな。アメリカではどう言うんだっけ——わしのガチョウは料理された（英語の表現で「人のガチョウを料理する」は「人の計画・希望を台無しにする」の意）、か。わしについてなんでも好きなように言わせておけばいい。わしが死んだら二人でわしを切り刻んで犬にくれちまっていいさ。だが生きていて、恋人に会わせようとして客を連れてくるあいだは、その客を礼儀正しく扱ってもらいたいもんだ。何か靴をはけよ、それから床に転がしたままにしてある鍋を片づけろ。なんでそこに置いてあるんだ——ネズミどものためにか？」

「ゴムの木に水やりをするところだったのよ」

「するところだった、かい？　さあ、手伝うから片づけろ。ここは住まいだ、豚小屋じゃないぞ、この荒くれ者め」

「それであなたはなんなのよ、ポトツキ伯爵ってわけ？」とミリアムが尋ねた。「あなたはキスもしてくれてないわ」

「キスする値打ちなんかないさ。おいで！」

マックスが両腕を広げ、ミリアムはその腕のなかに飛び込んだ。「さあ！」

*

我が目を疑う思いだった。十分もすると、マックスとミリアムは部屋を二つともきちんと整頓し、すべてをあるべき場所に整えて、たちまちきれいに片づいた住まいにした。ミリアムは髪をとかし、ヒールの高い靴をはき、それによって背が前より高くなった。マックスにキスをしたときには、彼女はつま先立ちにならねばならず、マックスは彼女の方に頭を下げた。彼女が彼の腕に抱かれて立ち、彼も彼女の腕のなかにいるとき、彼女は私に笑いかけ、なまめかしいまなざしを投げかけた。何かあざけっているような、気を持たせるものが彼女の目にあるように思えた。おやまあ、今日という日は異様に長く、事件だらけの日だ、と私のなかの作家が考えていた。文学はこうあるべきだ、できごとが目白押しで、決まり文句や感傷的な物思いなどは入り込む余地がない。ジョイスやカフカやプルーストが大いに賞賛されるのを耳にしてきたが、いわゆる心理主義や意識の流れの道を辿ったりはすまいと私は決めていた。文学は聖書やホメーロスの流儀に戻らねばならないことになるだろう。できごと、サスペンス、比喩表現――それにほんのわずかの心理劇だ。けれどもそのような決意はうまくいくだろうか？　私の現実、そして私に似た人たちの現実は、あまりにも自己矛盾に満ちていないだろうか？

　マックスの葉巻とミリアムが私たちに出してくれたコーヒー、そして私たちが交わした会話で、だんだん酔った心地がしてきた。ミリアムに彼女のこれまでのことを尋ねると、快く、手短かに、子供っぽい簡潔さで答えてくれた。生まれたところ？――ワルシャワよ。勉強？――ユダヤ人学校、ハヴアツェレットという私立のギムナジウム（大学予備教育機関）で――ヘブライ語とポーランド語の高校よ。彼女の父親は人民党（ユダヤ人の政党で、ポーランドでは両大戦間に活動した）に所属していた。イディッシュ主義者であり、シオニスト[6]ではなかった。それにもかかわらず毎年ユダヤ国家基金に形ばかりの寄付をしていた。その父親の父親は地主だった。レシュノ通り、グジボウスカ通り、スウォタ通り（いずれもワルシャワ市内の通り）に建物を持っていた。彼女の母の父親はグルのレッベに従うハシド[7]で、ワインの店を所有していた。子供は何人か？　二人だけ――兄のマネスがいたが、ワルシャワ蜂起（一九四四年にポーランドの抵抗組織がナチスドイツの支配に対して起こした反乱）で死んでしまった、あとはミリアム。女友だちは彼女をマリルカと呼び、マリアンナと呼ぶこともあった。ある時点で、会話が〈ワルシャワ作家クラブ〉に及ぶと、ミリアムはこう言った。「一度だけそこへ行ったわ。母が講演のチケットを買いに行き、私を連れていったの。私の先生が会員で、私たちが着いたとき、たまたま玄関側の部屋で食事をしていてね。私たちを見かけると、何もかもやめて、まるで博物館のようになかを案内して回ってくれたわ。そのとき私は九歳で、もうイディッシュの本を読んでいた。教科書だけじゃなく、大人向けの本よ。母に叱られたわ。母はこう言った。『こういう本を読み続けると、年ごろになる前に老けてしまうわよ。ポーランド語も忘れてしまうかもしれない』って。読まないと約束したけれど、母が部屋を出ていくとすぐにまた読んだ。私が読まなかった人なんていたかしら。ショレム・アレイヘム、アブラハム・レイゼン、ショレム・アッシュ、ヒルシュ・ノンベルク、あなたのお兄さん（作者シンガーの兄イスラエル・ジョシュア・シンガー（一八九三‐一九四四）も作家だった）、セガロヴィッチ。うちでは『リテラリシェ・ブレテル』（シンガーの兄が共同編集者を務め、シンガーが校正係として働いていた文芸誌）を予約購読していて、大きくなると私はそれも読んだ。日刊紙は読んでは捨てていたけれど、文芸誌は——それは父がいつも取っておいたの。あなたの翻訳した小説が『リテラリシェ・ブレテル』の別冊として付いていて、うちでは全号取ってあった。私の先生が——シドロフスキという名前だけど——〈作家クラブ〉にいたみんなに紹介してくれたわ。私はほんとに世間知らずで、彼らはみんなずっと前に死んだと信じ込んでいた。でもその日、私は、生きているし年寄りでもない、お気に入りの大勢の作家たちに会った。彼らは座ってヌードル入りのチキンスープを食べていたわ。あなたの作品を知るようになったのはあとになってこのアメリカに来てからだった。第一章を読んだとたんに、私が口にしたことは……」

「そんなに褒めるな！」とマックスがさえぎった。「彼はこういうお世辞をたらふくごちそうになったあげくに、膨れ上がって破裂しちまうぜ。作家なんて馬みたいなもんだ。カラスムギを一袋くれてやるとカラスムギ一袋を食っちまう。二袋やれば二袋詰め込んじまう。わしの親父の農場ではよく馬が濡れた草を腹いっぱい食って、すぐに死んじまったぜ」

「まあ、なんてことを言うの！」とミリアムがとがめるように言った。

「ほんとうだよ！　アーロンは褒められているのをわしがねたんでいると思うかもしれんが、わしはものすごく彼の成功を願っているんだ。長年のあいだに、いろいろなものになりたいと思ったが、でも一度も作家は――ものを書き散らすっていうのには心が引かれなかったな」

「あなたは何になりたかったんですか？」と私は尋ねた。

「いいかい、もしこれからもわしにその堅苦しい『あなた』で呼びかけるなら、おまえさんの首根っこをひっつかんで、階段から転がり落としてやるぞ。お上品なこった！　はっきりわかるように『あんた』と言えよ、さもなきゃ、くたばれ！　わしらのこのかわいい女学生がわしになれなれしくできるのなら、おまえさんは確実にそうしなきゃならん。あけっぴろげに言っちまうが、おまえさんとこの子はわしにとって身近な存在で、おまえさんは弟みたいだし、この子は……。まあ、くだらんことは口にせんほうがいい。何かおまえさんがわしに質問していたような気がするが、なんだったか思い出せん」

「何になりたかったのですか、と訊いたんですよ」

「何にでもなりたかったさ。ロックフェラー、カサノヴァ、アインシュタイン、ただのパシャ（トルコの高官に対する称号）だっていい、美人がわんさかいるハーレムつきだ。だがペンを持って座り、紙をがりがりやるなんて――そいつはわしの性に合わん。読むのは――良し。良い本はわしにとって大切で、良い葉巻のようなものだ」

「ハーレムを持とうと夢見ていたなんて、思いもよらなかったわ」とミリアムが言った。

「そんなことを夢見ていたのさ、三十年前にはね、ミリアム、きみが母さんの腹から這い出てくる前のことだ。だが今はきみがいるから、もうほかにはだれもほしくない。それがつらい真実さ」

「どうしてそれがつらいの？」とミリアムが尋ねた。

「なぜなら、それはつまりわしが三十歳も年を取ってしまい、若くなったわけじゃないからだ」

「かわいそうなマックス。私たちはみんな毎日若くなっていくのに、この人だけが年を取っていくというわけね。だんだん若くなって、最後にはもう一度赤ん坊になってしまいたいの？」とミリアムが尋ねた。

「いいや、だが三十歳で止まっていたらよかったんだが」

「まあ、らちもない空想家ね」とミリアムがポーランド語で言った。

暗くなりつつあった。影が部屋に満ちたが、だれも立ち上がって明かりをつけなかった。ときどきマックスが葉巻を吸うと、赤みがかった光が彼の顔を照らした。光が彼の両目に輝き、不意に彼がこう言うのが聞こえた。「おまえさんたち二人といると、また若くなるよ」

＊

これまでに数えきれないほどいく度も聞いた話だったが、ミリアムの口から出るとどういうわけか違う話のように思えた。事実は多かれ少なかれ同じだった――ワルシャワでは塹壕が掘られ、バリケードも作られていた。それでもやはり、一九三九年九月の戦争勃発は多くの人にとって驚きだった。たくさんの家がすでにドイツの爆撃にやられていた。飢えもそのころには蔓延していた。ミリアムは十三歳で、母親と二人きりで家に取り残されていた。ミリアムの父親はほかの大勢の男たちといっしょにビアリストクの方に行ってしまっていた。

こうした話は熟知していたので、ときどき私はミリアムの間違いを正し、日付や建物の番号を訂正してやった。私はすべてそらんじていた――飢え、病気、強制労働収容所へ引きずられていくユダヤ人、火事、銃撃、ドイツ人の残忍さ、ポーランド人の無関心。役者たちは荒廃したゲットーでイディッシュ演劇を上演しようとした。地下室にキャバレーのようなものを作った者がいて、金持ちの女たちがそこで暇をつぶし、外では人々が殺されていた。のちに、ミリアムのアパートが差し押さえられると、彼女の母親は強制収容所に連れていかれ、一方ミリアムはゲットーからひそかに連れ出されてアーリア人（ナチズムで非ユダヤ系白人を指す言い方）側に行った。彼女の昔の教師がかくまってくれて、暗い小部屋に隠してくれたのだが、そこには古い家具がぼろきれや新聞の束とともども押し込まれていた。

管理人の息子がうぬぼれ屋で自慢ばかりしている若者、シュマロヴニク（不詳。愚か者の意か）だったが、彼女の隠れ場所を知ってしまった。彼女は彼に口止め料を渡さざるをえず、その金を母親の宝石を売って手に入れたが、その宝石は教師がなんとか売ってきてくれたのだった。彼はまた無理やりミリアムを意のままにし、やってくると彼女ののどにナイフを突きつけた。教師は年配の未婚女性で、悲しみと恐怖からノイローゼになってしまった。ミリアムはこう言うのだった。「どうして自殺しなかったのかわからない。ほんとうはわかっているわ。どうあっても先生に死体をしょい込ませるわけにはいかなかった。先生がどのくらいのあいだ死体を隠しておけたかしら。ナチが先生を近所の人たちもろとも撃ち殺してしまったでしょう」

「そのとおりだ、そのとおりだ。これが人類のふるまい方だ」と私は言った。「大昔からずっと、こんなふうにふるまってきた」

「でも私の先生も人類の一人よ」とミリアムが言った。

「そう、たしかに」

「このあいだ、あなたが抗議の宗教について書いたものを読んだわ。どういうことを言おうとしていたの？」とミリアムが尋ねた。「笑わないでほしいのだけれど、だれかがそのページの一部を破いてしまっていて、最後まで読めなかったのよ」

　私がちょっとためらっていると、マックスが口を出した。「たぶん何を言うつもりだったのか忘れちまったのさ。ペンネームを一ダースも持っていて、原稿をしょっちゅう渡さなきゃならんのだからな。なんでも頭に浮かんだことを書くのさ」

「あら、黙っていてよ、マクセレ（マックスの親しみを込めた呼称）。この人に答えさせて」

「そう、たしかに忘れてはいない。言おうとしたことは、人は神の知恵を信じ、それでいて神が善のみの源であることを否定することもできる、ということだった。神と慈悲とは必ずしも同義語ではない」

「だいたいなんだって神なんか気にかけるの？　どうしてあっさり無視してしまわないの？」とミリアムが尋ねた。

「時間や空間や因果律を無視できないのと同じように、我々は神を無視することができない」と私は、ミリアムにというよりマックスに言った。

「抗議してなんの役に立つ？」とマックスが尋ねた。

「我々はもう、媚びへつらったり自虐的になったりしない。我々を打ちすえる鞭に、もう口づけしたりはしない」

「おまえさんがどうかは知らんがね、わしは喜んで神なしでやっていくぜ、神の知恵、神の慈悲、神にくっついているいっさいの宗教的な附属品なしでな」とマックスが言った。

「道徳の基礎は何に置くのですか？」と私は尋ねた。

「基礎も道徳もない」

「言い換えれば、力が正義なり、ですか？」

「そう思えるね」

「もし力が正義だとすれば、それならヒトラーは正義だったんだ」と私は言った。

「やつは負けたのだから、正義じゃなかったのさ。もしやつが勝っていたら、世界のあらゆる国々がやつと握手したことだろうよ、世界中がさ」

「ほんとうに、マックス、あなたは間違ってるわ」とミリアムが言った。「私たちユダヤ人は絶対にそんな考えを持ってはいけないのよ、世界に道徳性がないとか、人間はなんでも好きなことをしていいとかね」

「それでユダヤ性というのは何で成り立っているんだい？」とマックスが訊いた。「我々ユダヤ人が力を持っていたとき、それは四千年前だが、カナン人（カナンは現在のパレスチナに相当する地域で、カナン人は古代イスラエル人が征服する以前のカナンの住民。「創世記」第一三章七節）に襲いかかり、ギルガシ人（古代イスラエル人に征服されたカナンの先住民族。「創世記」第一〇章一六節、「ヨシュア記」第三章一〇節）に襲いかかり、悪人どもに襲いかかって、そいつらを一掃した、男も、女も、子供も、ことごとくね。ほんの数年前に我々の若者たちはまったく同じ戦い（第一次中東戦争。一九四八・四九年）をしなければならなかったんだぜ。いったい、アーロン・グレイディンガー、神についてのおまえさんの定義は何だ？」

「進化の背後にある計画、天体を動かす力、銀河系とか惑星とか彗星とか星雲とか、その他いっさいを動かす力」

「その力は盲目で、計画などないんだ」とマックスが言った。

「どうやってそれがわかるんですか？」と私は尋ねた。

「訊くなら言うが、混沌以外に何もないんだよ。たとえ何か計画があるとしても、去年の霜と同じくらいわしにはかかわりないさ」

「それでいてあなたはいつだって神のことを話しているわ、マックス」とミリアムが言った。「〈贖罪の日〉に断食までしたじゃないの」

「信心からじゃない。断食したのは、両親と、自分が受け継いだものを記念するためだ。神を信じなくてもユダヤ人であることはできる。この抗議の宗教って、どんなたぐいの宗教だ？　もし神が存在しないのなら、抗議する相手がいない。もし神が存在するのなら、たぶん神はまた別のヒトラーを送って我々を苦しめるだろう。鞭に口づけする気になるやつらは、怖いからそうするのさ。神自身が簡潔明瞭に言っている――あなたは心をつくし、精神をつくし、力をつくして私を愛さなければならない（「申命記」第六章五節）って。もしそうしなければ、〈呪いの書〉に記されたあらゆる災いが汝の頭にふりかかるだろうってわけだ」

「強制されて愛するなんて、だれにもできないわ」とミリアムが言った。

「できるようだぜ。いきなりじゃなくて、だんだんにね……」とマックスが言った。


　マックスが明かりをつけ、近くのレストランで食事をしようと提案したが、ミリアムは軽い夕食を準備すると言い張った。マックスはベッドルームに行って電話をかけ、大きな声でしゃべり、株の話をしているのが聞こえてきた。ミリアムは小さな台所に通じるドアをあけて、冷蔵庫を相手に忙しくしていた。

　彼女が私に話しかけた。「あなたが私のこの部屋にいるなんてまだ信じられない気がするわ。あなたやマックスといっしょにいると、まるで今でもワルシャワにいて、そのあとに起きたことは悪夢だったように思える。もし死ぬ前に神様が願いを一つかなえてくれるとしたら、私が願うことは、あなたとマックスが私のところに引っ越してきて、三人でいっしょにいられますように、ってことだわ」

彼女はそれをとてもあっさりと、非常に子供っぽい無邪気な様子で言ったので、しばらくたってからようやく私は言葉を返すことができた。私は考えもなしにこう口にした。「死について話すにはあなたはまだ若すぎるよ」

「若すぎる？　私は死を何年もまともに見つめてきたのよ。それについて考え始めたのは戦争の始まるずっと以前のことだわ。どういうわけか私には兄が非業の死を遂げるだろうとわかっていた。兄はいつもポーランド軍に入隊しようとしていたの。父はよく、もしナチがポーランドを占領したら、飲むための毒を兄さんが私たち全員にくれるだろうって言ってたわ。ああ、私たち、ワルシャワに留まっている理由なんてなかったのよ。父は私たちのためにビザを手に入れようと思えばできたのだけれど、あまりにも仕事に没頭していた。父はあの日プラガ橋を渡る前に紙幣やら株券やらをいっぱい詰めた鞄を持っていった。すべて紙くずになったわ、でも一九四五年に父がロシアから戻ってきて、私たちがドイツに向かったとき、またお金を掻き集め始めた。密輸業者になったの。今でも何を密輸していたのかわからない。母が私に話してくれたのだけれど、一度ドイツ警察がうちを捜索に来たとき――どんな隅っこも探し回ったわ――、父は七万マルクを上回るほど隠し持っていたんですって。うちは変わった家族なのよ。父は熱狂家。母は間が抜けていて、兄は、マネスという名だけれど、頭がちょっとおかしかった。私は家族のなかで一番狂っているの。それぞれなんらかの点で異常だというのがうちの家族のめぐり合わせなのね。私がマックスを愛しているのは彼が完璧に正気を失っているからよ。そしてあなたを愛しているのは、あなたが狂人について書くから。あなたは書いている人たちに実際に会ったの、それとも作り上げたの？」

「私にとっては世界全体が精神病院だ」

「そんなことを言うなんて、キスせずにいられないわ！」

彼女は私の方に駆け寄り、私たちはキスをした。マックスが入ってきたら見られてしまうと心配だったが、その代わりに彼が叫んでいる声が聞こえてきた。「テキサコ（アメリカの石油会社）？　どれくらい？　待て、ヘルシェレ、書き留めるから」

「ヘルシェレってだれだい？」と私は尋ねたが、好奇心にかられたからではなく、たった今起きたことを取りつくろいたかったからだ。

「ハリー・トレイビッチャーという名前なのよ、ヘルシェレじゃなくて。アメリカ生まれよ。マックスは頑としてヘルシェレと呼び続けているけれど。投機家で、相場師で、競馬に金をつぎ込んでいる。マックスは彼に代理権を渡してしまったの――ほんとに気違い沙汰だわ、だってマックスはほかの人たちのお金を扱っているのよ、ヒトラーの犠牲者たちのお金をね。ハリーの金儲けの腕はすばらしいけれど、株式市場が万が一また崩れたりしたら、マックスが代理人を務めている何百人もの難民にとって破滅的なことになる。『代理権』ってイディッシュでなんと言うの？」とミリアムが私に尋ねた。

「いやあ、知らないなあ。〈聖なる言語〉[8]では『許可権』と言えるけれど、同じものを指しているわけではない。今のイスラエルには法律家がいて法廷があるから、きっと適切な用語をヘブライ語で見つけたと思うけれど。『許可権』は、私の父の法廷、父のベイト・ディン（ユダヤの律法に基づく法廷。ラビが司り、結婚、離婚、さまざまなトラブルなどに判断を下す）で使われていた。〈過越しの祭〉[9]の前に、父はよく売り渡し証書を書いて、我々の住んでいた通りにあるパン種入りの練り粉を、建物の管理人にすべて引き渡したものだった。でもたぶんあなたは私の言っていることがまったくわからないだろうね」

「すっかりわかるわ。ヘブライ語を勉強しているところなのよ」とミリアムが言った。「祖父がうちにあるパン種入りの練り粉を〈過越しの祭〉の前によく売り払っていたわ。うちの一族にはラビが何人かいたの、ハシディム（ハシディズムの信奉者ハシドの複数形）よ。父は自分を異端者と考えていたけれど、うちの台所はユダヤの掟にかなったものだった。母はよく安息日のろうそくをともして、それからろうそくの向かい側に座ってタバコをふかしていた（ユダヤ教の安息日にはさまざまな禁止事項があり、タバコを吸うこともその一つ）。思うにそれが母の悪意の示し方だったのね、あるいはひょっとすると母なりに、あなたが抗議と呼ぶものを表わしていたのかもしれない。私はユダヤ人やユダヤ性について見つけたものはなんでも読むわ。特にイディッシュは好きよ。それが私の言いたいことを正確に表現してくれる唯一の言葉なの。

「レールモントフの『現代の英雄』を読んで、すっかり心を奪われた。アメリカでマックスに会ったとき、彼をユダヤ人のペチョーリン（『現代の英雄』の主人公）だと思ったの。たぶんあなたもそう――いいえ、あなたはペチョーリンとオブローモフ（ゴンチャロフの同名の小説の主人公）の混合物、それにひょっとするとラスコーリニコフも入っているかも。あなたはいつだって身を隠したままでいる。私の未完成の論文で、私はあなたを『身を隠す人』と呼んでいるの。もちろん、英語で書いている。ああ、私は自分の人生に目標を定めたの――あなたを有名にする、というね。笑わないで、だれかがそれをやらなければならない。さらにもう一つほかの野心もあるの――実際には二つだけど」

「その二つってなんなの？」

「私が経験してきたすべてをあなたに語ること――全部よ、何一つ省かず、もっとも愚かなことまでもね」

「二つ目の野心は何？」

「それは今日は言わないほうがいいわ」

「いつなら？」

「将来のいつか。あなたがかつて書いた、妻が数人いる男、一夫多妻になった男についての話を覚えている？　あれはフィクションなの、それともあなたが知っているだれかを基にしたの？」

「実話だった」と私は言った。

「マックスはあなたが自分の頭で考え出したのだと言ったわ」

「いや、実際に起きたことだ」

「いったいどうして女はあんな狂人といっしょにいたがるのかしら？」

「女のほうが男よりもさらにもっと狂っているからね」と私は言った。

「あなたがポーランドを出たのは三〇年代だったけれど、私は、祖母がよく言っていた言い方で言えば、七つの地獄をすべて味わった。私が経験したことをあなたに話せたら、あなたはできごとを考え出す必要はなくなるでしょうね」

「ぜひ聞かせてほしい」

「千分の一だって話せないわ。マックスにさえ話さなかった。彼のことは自分の命よりも愛しているけれど、彼はしゃべりたいのであって、だれかほかの人の話を聞くのは好きじゃないの。私たちのあいだがどうなっているかを書いたら、千ページの本ができるわ。彼には奥さんがいて、その人は完璧な躁病患者——英語で言えば、帽子屋みたいに狂っている（「すっかり気が狂って」を意味する英語の表現）。どうして帽子屋が狂っているのかしら？　言語そのものが狂気の要素を含んでいる。あなた自身の言葉を引用しているのよ」

「なんだって？　そんなことを言ったことはないよ」

「エスペラントについての記事のなかで書いていたわ。そして、国際語というものは自然な過程で生み出された通常の言語が持つ特徴をすべて欠くだろう、と言っていたわ」

「ほんとうに、あなたはすばらしい記憶力の持ち主だ」

「あなたがかつてジカ通り（ワルシャワの通りの名）に住んでいたことにも言及して、その通りの一部がのちにザメンホフ博士通りと呼ばれたが、それはエスペラントを作った人にちなんでのことだ。さあ、思い出した？」

「ええ、ええ、驚くべき記憶力だ」

「そうじゃなければよかったのに。そのせいで気が滅入るわ、特に一人きりのときに。マックスはよく会いにきてくれるけれど、いつでもひどく忙しいのよ。彼には奥さんのプリヴァがいて、彼は奥さんのものだし、ほかにも女がいっぱい。あなたのあの一夫多妻の男の話を読んだとき、マックスのことが書いてあるのだと思ったわ。彼は全員に、きみだけが真実の恋人だと請け合っているのよ。その人たちのお金で相場をやって、きっと全部なくしてしまうわ。彼はその人たちに同情しているけれど、でもその人たちの〈死の天使〉になるのでしょうね」とミリアムは言った。「英語にはそれを表わす名前まであるわ、安楽死って」

マックスが部屋に戻ってきた。「市場が上昇中だ。わしらはコロンブスの国でざくざく黄金を刈り取っている。それでおまえさんたち二人は何をしているんだ？　この娘がおそらくわしについてありとあらゆる悪い話を聞かせただろう。ひと言も信じちゃいかんぞ。おまえさんに似て、生まれついてのお話の名手だ。たった今わかったが、わしはポーランドへ行かなきゃならん。おやじがウッチに家を残してくれたんだが、ポーランド人がようやくそれを売らせてくれようとしている——むろん、実際の価値の十分の一でね」

「ハリーに話したの？」とミリアムが尋ねた。

「ああ、書類はすべて揃っている。一日中わしに連絡をとろうとしていたんだが、わしはこの我らのお若い作家のことで忙しかったんだ」

「出発はいつ？」

「すぐだ。もしもこの件全体が罠で、共産主義者どもがわしを粛正しようとしているのなら、おまえさんたち二人は何をすべきかわかるな」

「間違いなく酔っているわね」とミリアムが言った。

「生まれつき酔っ払いだったのさ。やれやれ《ビフバフ》！　世界は驚きでいっぱいだ！　それでわしらの夕飯はどうなったんだ？」

第四章

真夜中を過ぎてから私はマックスとミリアムにいとま乞いをした。ミリアムは私の両頰にキスをし、唇にもキスをした。私は彼女に住所を知らせ、住んでいる下宿の電話番号も教えた。マックスのいるところで、彼女は私に明日電話すると約束した。彼女はワルシャワの下層社会でよく使う表現を用いて「リストに載っけたよ！」と言った。マックスが自分はもう少しここにいるつもりだと告げたとき、夜を過ごすという意味であることは明らかだった。私はエレベーターでロビーまで降りて、外へ出た。セントラルパークウエストに人かげはまったくなく、信号が闇のなかでまたたいていた。ミリアムにはタクシーを使うと約束したが、何時間も座っていたために体が硬くなったので、私は歩きたかった。公園沿いをぶらぶら進み、街灯は輝いているのだが、どれだけ光があろうとも追い払えない闇のなかを歩いた。私にはある性癖ができていて、書くもののなかだけでなく自分の人生にも緊張感を持ち込むようになっていた——出口のないもつれた関係を持ち込むのだ。どうやら私はさまざまな種類の迷える人々を引き寄せるらしい——鬱病患者、自殺志願者、異常な熱狂やら使命やら預言的な夢やらに取りつかれた人々。私の助言を求めて編集局を訪れる人たちはしばしば再びやってきて、さらなる質問をしたり、私の助言は役に立たなかったと不満を述べたりした。読者からはたえず長文の手紙や込み入った内容の手紙が届いたが、私はざっと目を通すだけだった。精神病院に入院中の患者から便りをもらうことさえあった。そうした手紙の書き手の一人は、現代医学全体がモーセ五書のなかで言及されていると主張し、またある者は永遠に動く機械——永久運動を発見したと書いてきた。難民たちは自分たちが味わった苦難を書いてよこしたが、それはナチスドイツの強制収容所でのことだったり、ソビエト・ロシアや戦後のポーランドでのこと、またアメリカでの体験まであった。私宛ての郵便すべてに返事を出すには秘書課が必要となるだろう。

ほどなく七二丁目とブロードウェイが接する角に着いた。かつてのワルシャワ時代とまったく同じように、私は家具つきの部屋を一つではなく二つ使っていた——おもに暮らしている七〇丁目の部屋と、もう一つは、あまり使わないのだが、イーストブロンクスのアパート内の小部屋で、それは同郷人《ランツマン》で今はタクシー運転手として生計を立てているミシャ・ブドニクの住まいの一部だった。

困ったときにいつでも泊めてもらえる友人はほかにもいて、特にステファ・クレイトルがそうだったが、彼女はワルシャワでの私の女友だちの一人だった。彼女とその夫のレオンは戦争中をロンドンで過ごし、今はニューヨークで暮らしていた。レオンは八十歳になろうという年齢で、娘二人をホロコーストで亡くし、心臓発作の病歴があった。それにもかかわらず彼はまだニューヨークでビジネスを展開しており、株や債券の投機もしていた。ステファには前の結婚相手とのあいだに娘が一人いて、フランカというその娘は結婚してテキサスで暮らしており、技師でキリスト教徒の夫と、赤ん坊の娘がいる。

なんたること、四十代後半にもなって私はまだ二十歳のときのままだ――怠惰で、混乱状態にあり、憂鬱に浸っている。ささやかとは言え成功を手に入れたが、そうした成功も沈み込んだ気分を終わらせてくれるようには思えなかった。私はその日その日を生き、その時間その時間を、一分一分を生きていた。私は長いあいだ七二丁目とブロードウェイの角に立ちつくし、その夜の残りをどう過ごそうかと考えた。だれか知り合いの男に私の新たな征服について自慢したくてたまらず、つまり征服した気になっていたのだが、たぶんその男の嫉妬心をあおりたくなったのだ。ミリアムに請け合って、これから何が起きようとも私はあなたに誠をささげる――私なりに――と、約束できさえすればいいのだが。しかし時刻が遅すぎてそうしたばかげたこともできず、私は七〇丁目の自分の部屋に向かって歩き始めた。

階段を三つ上がって部屋に入った。手狭な部屋で、小さなテーブルと椅子が二脚置いてある。窓をあけるとハドソン川を少しばかり目にすることができ、ニュージャージーのネオンサインが水面に赤みを帯びた輝きを投げかけているのも見えた。川がまさにこんなふうに何百万年も流れて、パリセーズ（ニュージャージー州北東部のハドソン川西岸に延びる絶壁）の岩のあいだに水路をうがったのだと思うと畏怖の念に打たれたが、パリセーズそのものも地球と同じくらい古いのだ。目を凝らせば、ハドソン川上空の高いところにぽつんと一つ、星を見ることができた。

自分の部屋で新聞を読み、いつものように訃報のページをめくると、写真があり、それはつい昨日には生き、懸命に努力し、希望を持っていた男女の写真なのだった。「ああ、なんて恐ろしい世界だ！」と私は自分に向かってつぶやいた。「神は、こうしたものすべてを作り出しておきながら、なんと無関心なことか。しかも救済策などない」私が新聞を拾い読みしているまさにこの瞬間に、何千もの人々が病院や牢獄でつらい暮らしをしていることを私は自覚していた。畜殺場では動物の頭が切り落とされ、死体の皮がはぎとられ、腹が裂かれている。科学の名において無数の罪のない生き物が残酷な実験に使われ、むごい病気に感染させられている。

服も脱がずに乱れたままのベッドに体を投げ出した。どれほどのあいだ、神よ、あなたはあなたの作り出したこの地獄を傍観し、黙っているつもりなのか？　この血と肉の海の何があなたに必要だというのか？　その悪臭があなたの世界全体に広がっているではないか。あるいは世界は汚物の山にすぎないということか？　何兆、何千兆の生き物がほかの惑星でも苦しんでいるのか？　あなたはこの限りない畜殺場をただ単にあなたの力と知恵を我々に見せつけるために創造したのか？　我々が心をつくし、精神をつくしてあなたを愛するように命じられているのは、このためか？

毎夜、私の怒りは心のなかで新たに燃え上がった。私の反抗がもたらす苦痛を和らげる方法を見つけなければならなかった。酒や薬で眠りにつこうとする中毒者をなんとよく理解できることだろう！　どういうわけか幸運にも、私の性分にはそうした逃避の手段に頼ろうとする傾向がなかった。眠りに落ちると、悲鳴や叫び声に満ちた夢を見た。私はニューヨークではなくポーランドにいて、ナチに追われた。墓をいくつかよじ登ったが、それはユダヤ人が自分たちのために掘らされたものだった。盛り上がった土がゆるぎ、押し殺された叫び声が地面の下から湧き起こった。私は身震いして目を覚ました。マットレスの錆びたスプリングがぎしぎし音を立て、シャツが汗で濡れていた。

少しのあいだ前日に起きたことを思い出せなかったが、しだいに記憶がよみがえってきた。マックス・アバーダムが死者たちのなかから立ち上がって私を引っ張り回し、ラパポート・レストランへ、プリヴァのところへ、イルカ・シュメルケスとその息子のところへ、そしてそれからあの若い娘——名前はなんだったか？　立っている姿が目に見えるのに名前が思い出せない——、そう、ミリアムのところへ連れていったのだ。

起きた時刻は遅かった。外では、太陽が照っていて窓から見えるハドソン川の断片がきらめく鏡のようにちらちらと光っていた。空気には木々のにおいが漂い、草や花の香りがした。ホールの洗面所に人がいなかったので、私はシャワーを浴び、ひげを剃って、新しいシャツを身に着けた。出かける支度が整い、いつも朝食をとるカフェテリアに行こうとした。一階に着いたとたんに下宿の電話が鳴った。受話器を取り上げると、電話の向こうの若い声が英語で尋ねた。「グレイディンガーさんをお願いできますか？」

「私です」と私は言った。

間があった。それからその声がこう言った。「起こしたのでなければいいのだけれど。ミリアムよ、覚えている？」

「起こしたりしていないよ。ええ、ミリアム。連絡をくれてうれしいよ」

私はたいてい電話では静かに話すのだが、このときはかなり大声を出した。それから彼女は言った。

「マックスが言ったと思うけれど、私はベビーシッターをしているの。ところで、ベビーシッターってイディッシュではどう言うのかしら？　私が面倒をみている子供の母親はパーク街に住んでいてね。アメリカ人で、私たちみたいに難民ではない。昨夜あなたに、あなたについて私が書いている論文の話をしたでしょう。思いついたのだけれど、会っていただけないかしら、お尋ねしたい質問がすごくたくさんあるのよ。ずうずうしいとわかっているから、もしも今日は時間がないとか、そんな忍耐心は持ち合わせないというお返事でも、気を悪くしたりしないわ」

「どっちもあるよ――時間も忍耐心も」

「朝食は召し上がった？」

「いや、カフェテリアへ行くところだった」

「カフェテリアでお目にかかっていいかしら？　私が車を運転するってマックスがお話ししたかしらね」

「車？」

「そう。本物のアメリカ人になったのよ。古い車だけれど動くわ。どのカフェテリア？　どこの？」

「ブロードウェイ・カフェテリア」と言って、私は住所を伝えた。

「五分で着くわ。車は通りに止めてあるの、車庫じゃなくてね。あなたがカフェテリアに着くころには私はそこにいるわ」

「マックスはどこ？」

「マックスは一日中忙しいだろうと思うの。イルカ・シュメルケスと昼食をとることになっているわ。彼と私はあなたについてゆうべ長いあいだ話したのよ。私があなたを愛しているのは別に驚くことじゃないけれど、マックスは昨晩あなたを息子のようだと言ったわ。彼には私が今朝あなたに電話すると言っておいた。ああ、お話ししたいことがとてもたくさんあって、どこから始めたらいいかもわからない。じゃあね！」

　ミリアムは電話を切った。私は電話のそばでしばらく立ちつくし、まるでもう一度かかってくるのを待っているかのようだった。それから階段を三つ駆け上がって自分の部屋に行った。新しいスーツを着た――最近買った軽い素材の夏用のスーツだ。これまでに恋人は数人いたし、恋人みたいな関係と呼んでいい相手も何人かいた。しかしその朝はある種のうきうきした気分が襲ってきて、それは何年も感じたことのないものだった。「ほんとうに愛だろうか？」と私は自問した。「それとも単に新たなアバンチュールを求める渇望にすぎないのだろうか？」

ブロードウェイ・カフェテリアはほぼ九ブロック先で、七〇丁目よりも八〇丁目に近い。その店が気に入っていたのはテーブルが木でできていて金属製ではなく、椅子の座り心地がよくて、ほかの店よりも家庭的《ヘイミッシュ》だったからだ。そのカフェテリアにはヨーロッパの雰囲気があり、イディッシュがよく話されていて、ポーランド語もときどき耳に入った。カフェテリアに入るのに息を切らしたり汗をかいたりしていたくなかった。私のなかの道徳家と現実主義者が警告を発して、おまえはややこしい泥沼に沈みこんでそこから這い出せなくなるぞと戒めた。母の話す声が聞こえた。「おまえのこのミリアムは売春婦も同然だし、マックス・アバーダムは頭のおかしい放蕩者、堕落した好色漢だよ」父の言う声も聞こえた（どれほど私はそれを聞いたことか）、「汝はそれを徹底的に忌み嫌い、徹底的に退けなければならない！」（「申命記」第七章二六節）

ときには心のなかで両親に答え、説得したこともあった――だが今は違う。カフェテリアに着くと、まさにその瞬間に車が正面に止まってミリアムが飛び出したが、敏捷で、顔は女学生のようだった。白い服を着てまばゆかった。私にほほえみかけ、片手を振った。こんな短時間のうちに髪を短く切って、まるで男の子みたいにしたのだろうか？　前の晩よりももっと背が高く見え、もっとほっそりと、よりエレガントに見えた。白い鞄を持ち、白い手袋をしていた。いたずらっぽく、世慣れた様子でほほえんだ。彼女が私の腕を取り、私たちはカフェテリアにひどく急いで入ったので、私たちは一瞬、回転ドアの中でくっつき合った。膝が触れた。二人で自分たちの熱心さを笑い出した。私がチケットを二枚、ドア近くの発券機から引き出すと、機械は二度リンリンと音をたてた。空いたテーブルが窓のかたわらの、通りを見渡すところにあるのを見て、私はすぐにそこを確保した。

ミリアムはおなかはすいていないときっぱり言い、コーヒーのほかは何もいらないとのことだった。けれどもカウンターへ行く途中で、私は朝食を二人分持って戻ろうと決めた。私はしばしば町なかでまごついて迷ったりするのだが、カフェテリアでは決まりをすべて心得ていた――どこにトレイが置いてあり、スプーン、フォーク、ペーパーナプキンがどこかなど、全部わかっていた。どの列に並べば食べ物で、どの列がコーヒーか知っていた。スクランブルエッグ、ロールパン、バター、シリアル、ママレード、コーヒーを持ってテーブルに戻ると、ミリアムが再び、もう食べてきたと言ったが、それでも卵を口にし、シリアルを一匙食べてロールパンをかじった。

私たちは難民の二人連れのようにテーブルに向かっていたが、ヒトラーの犠牲者はミリアムであって私ではなかった。彼女は無数の危険に直面し、ようやく安息の地をこの幸いなる国に見つけ、ここではユダヤの娘が車を運転でき、アパートを借り、大学で勉強して、無名のイディッシュ作家についての論文まで書けるのだ。私は恋愛関係の最初の段階、その始まりを楽しんでいて、その段階は、これから恋人になる者たちが互いになんの負い目もなく、交わすのはただ純粋な善意のみで、さまざまな要求や不満や嫉妬によってそこなわれていない、そういうときである。

すぐにミリアム・ザルキンド（これが姓だと教えてくれた）は自分の秘密を私に打ち明け始めた。母親は三〇年代にワルシャワで共産主義者だった――「サロンの共産主義者」とあだ名をつけられた種類の――、そして政治犯を援助するために金を出した。いわゆる共産党職員と呼ばれていた人物と情事を持った。ミリアムの父は人民党のメンバーだったが、党が力を失うと、シオニスト労働者党《ポアレ・シオン》に鞍替えし、その左派にも右派にも肩入れして、中央イディッシュ学校組織を支援した。ミリアムの兄、マネスは修正主義者になった。彼はヤボチンスキー（一八八〇・一九四〇。シオニズムの活動家、作家、詩人）の一派に属し、イギリスのパレスチナ委任統治反対を支持し、その目的のためならばテロもやむなしと考えていた。モスクワ裁判（スターリン時代に行なわれた公開裁判）によって、そしてスターリンの反ユダヤ主義と彼がヒトラーと条約を結んだことによって、ミリアムの母は共産主義の迷いから覚めた。ファニア、つまりミリアムの母がパレスチナへ役者と駆け落ちすると、ミリアムの父、モリスはリンダ・マクブライドという芸術家の家に転がり込んだ。ミリアムは言った。「彼女がマクブライドだなんて、私がトルコ人だと名乗っているようなものよ。ほんとうの名前はベイラ・クネプルといって、ガリツィア出身なのよ。最初の夫がキリスト教徒で、その名前を手に入れたわけ。彼女の詩を一度読もうとしたけれど、笑わずにいられなかった。モダンで未来派でありたいのね。絵も描くけれど、その絵は詩とおんなじ――シミよ。どうして父があんな下品な女《イエンタ》にのぼせ上がったのか、私には絶対に理解できないでしょうね。

「私は、ご存知のとおり、道徳家ではないわ。ポーランドで男の人たちとつき合ったし、ここでもそうよ、そしていつでも幻想を抱いて、一人一人の男性をみな愛していると思ったし、少なくとも相手に愛されていると信じ込んでいた。うちの家族に起こったことはみんな一種の自殺だわ。ロシアや強制収容所で自殺する代わりに、大勢の難民がこのアメリカで自殺しようと待ちかまえている、金持ちになって、太って、安全になってからね。また一人友だちが死んだという知らせを聞かない日はないわ。これがみんな偶然だと信じる?」

「何を信じていいのかわからない。死の願望というものがある」

「私にもあるわ」とミリアムが言った。「勉強をし、本を読み、そしてあなたやほかの人たちから刺激を受け、幸せやら旅やら子供を持つことやらを夢見る——するとそのとき、この呪わしいゲームにうんざりして、終止符を打ちたくなるの。マックスのなかではこの願望は私よりもさらに強いわ。彼はいつでも死について話す。彼はすべての人に備えをしておいてやりたいと願い、難民みんな、そして特に私の備えをしておきたいと思っている。二、三週間ごとに遺書を書き換えるのよ。とても楽観的だから、ひと財産残していけると信じているのだけれど、きっと遅かれ早かれすべてを失うわ。マックスはたぶんあなたに、私にはスタンリー・バーデレスという夫がいると話したでしょう。あいつは狂人よ、強迫観念にかられた三流作家で才能なんかない。離婚を拒否して、ありとあらゆる厄介ごとを起こすの。マックスは私が無力な少女で、子供だと思い込んでいるけれど、実のところ私はよく、自分が年寄りで、すごく年を取っているという気がするわ」

「男性はどのくらいいたの?」と私は尋ね、すぐさま自分の無神経さを後悔した。

ほほえみがミリアムの目に浮かび始めた。「なぜ訊くの?」

「ああ、わからない。愚かしい好奇心だ」

「大勢いたわ」

「二十人?」

「少なくともね」

「どうしてそんなことをしたんだい？」

「ひょっとすると例の死の願望のせいかもしれないわ。私の先生には兄弟がいて、その人はワルシャワで私の恋人になった。一九四四年の蜂起（ワルシャワ蜂起）で亡くなった。何か月も穴ぐらで寝て、足を伸ばすのもやっとという生活をしていれば――しかも命を脅かされて――生者の世界に属する人との出会いはすべて心躍るできごとなのよ。それは生きたいという願望のために私が支払った代価の一部だった。とうとう出てきて自由になり、廃墟と墓ばかりの町を見たとき、まるでなんらかの奇跡のおかげで墓からよみがえったような気がしたわ。こういう話を書いていらしたわね――題名はなんだったかしら？」

「『混沌の世界のなかで』」

「それよ、読んだわ。難民はみんな語るべき物語を持っていて、ある人たちは死ぬよりひどい生活を送った。私たちはドイツにこっそり入った。道にはありとあらゆる人殺しがうようよいた――強盗、ファシスト、いろんな狂信者。夜は納屋で寝てすごし、馬小屋やジャガイモ置き場でも寝た。ときには男のすぐそばで寝ることもあって、男がひと言も口を利かないまま私にのしかかってきたこともよくあった。騒ぎ立てたところで無意味だったわ。私たちはみんなすぐに死ぬだろうと予期していたの。きっと私のことを胸くそ悪いって思っているでしょう、こんなことをお話ししたのだもの。でもあなたが尋ねたから、答えたいと思ったのよ」

「尋ねる権利なんてなかった。それに胸くそ悪く思うのは殺人者たちに対してであって、犠牲者に対してじゃない」

「イスラエルの係官たち、ブリッカのメンバーが来て、助けてくれた。みんな男よ、天使じゃないわ。そういう状況で、女が何を持っているかしら？　自分の体だけよ。ドイツに着くと、また収容所に入れられて、アメリカかパレスチナ行きのビザを待った。父は密輸業者になって、少しばかり財産を作ったけれど、私たちはまだ難民収容所の住人だった。私はすっかり冷笑的になって、愛だの誠実だのが本当に存在するとは思えなくなり始めた。アメリカでスタンリー・バーデレスと出会うと、彼は私を褒めちぎったわ。私は真実の愛を見つけたと思い込んで、手遅れになってから彼はばかだと気づいたのよ。あらまあ、あと十五分で十一時よ。まだ私といっしょにパーク街まで行きたい？」

「ええ、もしよければ」

「もしよければ？　あなたといられる一分一分が私にはひたすらうれしいのよ」

「なぜそんなことを言うの？」

「なぜって、あなたとマックスは兄弟で、私はあなたたち両方の奥さんになりたいからよ。あら、あなたはまだ顔を赤らめるのね！　あなたはいまだに子供——それがほんとうのところね」

私はミリアムのとなりに座り、タバコを吸いながら自動車を操る彼女を見た。彼女はこう言った。

「知っていてほしいのだけれど、私の最初の転生《ギルグル》では私はチベットに住んでいたのよ、そしてそこでは女は二人か三人の兄弟と結婚できる。それなら、どうしてここではだめなのかしらね？　第一に、私はあなたとマックスの両方を愛している。第二に、マックスは私に夫を与えたがっている。私はよくこう問いかけてみる、どうして男にはすべてが許されていて、私たち女には――何一つ許されていないのかしらって。私たちの関係はまったくオープンなものよ。つい先ごろマックスが私に尋ねて、将来の夫、あるいは恋人にはだれがいいのかって訊いたの――そこで私はすぐさま答えたわ、アーロン・グレイディンガーだってね。二番目なんて侮辱だと思わないでくれるといいんだけど。でもマックスはあなたより年上よ。彼が私の一番目で、これから先もずっとそうだわ」

「ミリアム、二番目でうれしいよ」

「本気？」

「完全にね」

ミリアムは右手を差し出し、私はそれを左手で握った。私たちの手はどちらも湿っていて、震えており、なんとか彼女の脈を探りあてると、早く、強く、脈打っていた。今はマディソン街を走っているので、理由を聞いてみた。パーク街が目的地だったからだ。ミリアムは答えた。「子供の母親が家にいるうちは、あなたを上へ連れてこられないわ。わかるでしょうけれど、すべて計画済みよ。さあ、電話番号を書いておいたわ。十分待って、それから電話をちょうだい。子供の母親は私が着くとほとんどすぐに家を出る。彼女は彼女で、やっぱり恋をしているのよ」

ミリアムが車を止め、私は降りた。彼女は私に紙切れを渡してこう言った。「時計を見て、十分したら電話してね」そして私が何か言う間もなく、飛ぶように行ってしまった。

「ミリアムがたった今くれた紙はどこだ?」と私は自分に問いかけた。いつもこんなふうになる――何か幸運に恵まれるとたちどころに小悪魔や悪霊どもがいたずらを始めるのだ。急にその紙を左手に握っていることに気づいた。「なぜこんなに興奮しているのだろう?」と自問した。するとまた父の声が聞こえた。「好色漢め!」

十分が過ぎ、私は電話を見つけて番号をダイヤルした。ミリアムがすぐに答えた。「出かけたわ」と彼女は言った。「上がってきて!」パーク街は右手側だと思い込んでいたが、実はそうではなく、私は自分が五番街にいることに気づいた。来た道を引き返した。なぜいつも間違った道を行ってしまうのだろう? そうこうするうちにマンションに着いた――大きな建物で、見るからに金持ち向きだ。ドア係は将軍みたいな装いで、金ボタンと肩章までつけている。彼は私をいかにも疑わしいといった目でじろじろ見た。エレベーターにはベンチと鏡が備えつけてあり、エレベーター係はミリアムがドアをあけるまで待っていた。部屋に入るとまるで宮殿のようだった。ミリアムが私の腕を取って案内したが、あたかも美術館にいるかのように私たちは東洋風の絨毯、つづれ織りで豪華に飾られた壁、大きな吊り下げ式の明かり、彫刻の施された天井に囲まれていた。静かに彼女が一つのドアをあけると、それは子供部屋に通じていて、部屋には高価なおもちゃが散らばっていた。小さなベッドに色白で赤毛の男の子が寝ていた。そばには哺乳瓶と体温計があった。次のような考えが頭をよぎった。私の子かもしれない、と。

まるで私の考えを読んだかのように、ミリアムが言った。「ディディはあなたに似ているわ」

「なんでそんなことを思いつくんだい？」と私は尋ね、彼女のテレパシーの能力に驚いた。

「あなたの頭にまだいくらか赤毛が残っているわ。この子の母親は真っ赤な赤毛よ。レズビアンで、夫とは別居している。ここは彼女が今、恋人と暮らしているところなの。二人ともブルックリンの裕福なユダヤ家庭の出よ。二人の熱情は私には絶対に理解できないでしょうね。彼女の夫には一度会ったことがある。背が高くて、絵に描いたようなハンサムだったわ。ハーバード大学の博士号を持っている。もし同性の人の方がいいっていうのなら、なんだって彼女は結婚して子供をもうけたのかしら？　どういうわけか私を信用して、信頼してくれているの。ああ、すべてとても悲劇的で喜劇的だわ。相手の人のことも知っているわ——すごく醜くて、声は太くて低いのよ」

リビングルームには新旧が入り混じっていた。金で装飾されたグランドピアノがあり、現代画家たちの絵が掛かっていたが、私にはなじみのない名前だった。ミリアムが言った。「そしてあれは本棚じゃなくて、バーなの」金箔で装丁されたシェイクスピアやミルトン、ディケンズやモーパッサンの本のように見えるものは実はキャビネットの扉で、そこにはボトルが収められていて、ワイン、ウイスキー、シャンパンがあり、何十本ものリキュールが置いてあった。ミリアムが言った。「飲んで悩みごとを忘れたければ、どうぞ」

「いやけっこう、今はいい」

「マックスは何回か来たことがあるの。がぶがぶ飲むわ。コニャックをまるまる一本飲んでも酔っぱらうことはなくて、陽気になるだけよ。私の雇い主はこの家を自由に使わせてくれる。ここで食事をしてもいいし、飲んだり、お客を招いたりさせてくれる。思いのたけを打ち明けてくれたこともあったわ。彼女を捉えているあの気違いじみた感情はなんなのかしら？　私の先生の家のあの暗い穴ぐらで過ごしたときのことを思い出すと、まるで幻想だったような気がする。そして今、私は――少なくとも一時的には――ほしいものはなんでも手に入れている。でもどういうわけか幸せじゃないの」

「どうして？」と私は尋ねた。

「教えてほしいわ。たぶん多くを求めすぎるのね。幸福なんてものはあるのかしら？」

「正確に言うと何が足りないの？」

「それこそ私自身が知りたいことよ。マックスのポーランド行きがはっきりしたので、彼はいっしょに行ってほしいって言うのだけれど、もう一度あそこに行くことを考えると、そしてお墓のあいだを歩き回ることを考えると、身震いが出る。でも彼は私のすべてなの。父であり、恋人であり、夫であり、私がこの世で持っているすべてよ。母があのいかさま師と駆け落ちしてからは、母を思う気持ちはまったくなくなった。今ではありのままの母の姿が見えるわ、安っぽい女で、自分以外のだれをも愛せない人。父も同類よ。あなたはこう考えているわね、当然のことながらリンゴは木から遠く離れたところには落ちない、って。そしてその通りだわ。あの人たちの娘なんだから、違う人間であるはずないでしょう？　あなたが私のことをどう考えているかちゃんとわかるわ」

「いや、わかっていない」

「いいえ、わかるわ。私はマックスを愛している、でも彼にはほかに女がいるし、あらゆるばかげた思いつきのままに動くのだから、どうして私が同じことをしてはいけないわけ？　彼はいつでも私をたきつけて、ほかの夫を見つけろとか、自分で探してきてやろうかとまで言うのよ。罪悪感があるからかしら、それとも私と別れたいのかしら？　たぶんあなたの方が私よりもよく真実が見えるわね」

「どうやってぼくに真実が見える？　きみと知り合ってから二十四時間も経っていない。昨日のこの時間にはきみという存在を知らなかった。マックスのことは死んだとさえ思っていたんだ」

「そのとおりね。あなたは私のことを二十四時間も知らないかもしれない、でも私はあなたを五年のあいだ知っているわ。女が男を五年間知っていて、男の方はたった一日しか女のことを知らない、そういう女についての小説はこれまでになかったの？　主人公はあなたみたいな小説家でなくちゃならないだろうし、女主人公は私のような人物だわ」

「主人公は役者でもいいな」と私は言った
「ほんとね、でも私は役者を愛することは決してできなかった、役者は単にだれかほかの人の言葉を繰り返しているだけよ。私が愛せるのはただ、自分自身の言葉を話せる男だけ、その言葉が偽りで、狂っているとしてもね。実のところ私たち、あなたと私は同じ穴のむじなね」

「それでいてあなたは子供をほしがらないんだね」

「あなたをほしいのよ」とミリアムが言った。

　私たちは抱き合い、向き合って、ぴったり体を押しつけ合った。私たちの目はこう問いかけているように思えた、準備はいい？と。けれどもその問いは答えられないままとなった。というのも電話が大きな音で鳴り出したからだ。その音でディディが起きてしまい、泣き声が聞こえてきた。「待って！」とミリアムが大声で言って、私から身を引き離した。電話は雇い主からのもので、思いがけなく戻ってくることになったという説明だった。私はもちろん立ち去らねばならないとわかっていた。ミリアムはディディの部屋へ行き、子供をなだめ、出てきて私にさよならのキスをした。ホールでエレベーターを待ちながら、私はちらっと振り返った。ミリアムが悲しげな様子で戸口に立っていた。私たちはじっと見つめ合い、自分たちの欲望に驚いた。

第五章

翌朝、新聞社に私宛ての電話がかかってきて、受話器を取ってみると、声が聞こえ、ポーランドのイディッシュでこう言った、「作家のアーロン・グレイディンガーさんかね？」

「そうですが、どなたでしょうか？」

「ハイム・ジョエル・トレイビッチャーだ」私は彼がマックスの友人であり、また、マックスの仲間のハリー・トレイビッチャーのおじだとわかった。

「最近、私にきみの小説を送ってきた者がいてね」と彼は続けた、「そこで最初から最後まですっかり読んだ。どうやって作家はああいう事柄を覚えているのかね？　きみの本には、私の祖母ティルザ・メイター――安らかでありますように――、その祖母が亡くなって以来、耳にしたことのない言葉や表現があった」

私は彼に、ご連絡いただいて予想外の光栄であると伝えたかったのだが、どんどんしゃべる彼の言葉を遮ることができなかった。彼が非常に大きな声で話すので、私は受話器を耳から離して持った。彼は話しているような、歌っているような口調でしゃべり、その口調はなかば〈学びの家〉《ベイト・ミドラッシュ》（ユダヤ教の祈りと研究のための施設）の口調であり、また〈ハシディムの祈りの家〉《シュティーブル》（ハシディム独自の祈りの施設）の口調、また闇の株式仲買人たちの口調でもあり、さらには少しばかりドイツ風のイディッシュの響きもあったが、そうしたドイツ風のイディッシュはシオニストの会議場で話されるものだった。

「どうやってそんなにたくさん覚えているのかね？」と彼は続けた。「〈忘却の天使プラ〉を説得して、きみを支配しないように言いくるめたのかね？　呪文を唱えて『アルミイマス、ルミイマス、ミイマス、イマス』というふうに、安息日の終わり、ハブダラー（安息日の終わりに唱える祈り）のあとに言うのか？　それにきみは一度も子供のころ、母上が――安らかでありますように――練り粉をこねたあとに残した水を飲まなかったのか？　そして一度もスジ肉を食べなかったのか、そしてアルバ・カンフェス（ユダヤ教徒の男性が身に着ける四隅に房飾りのついた衣）といっしょにきみの衣服の袖を身に着けたりしないように気をつけたのかね？」

「あなたこそすごい記憶力をお持ちです」と私はなんとか言葉をはさんだ。

「記憶を持たぬ人間とは何者かね？　牝牛も同然だ。ゲマラはこう言う。『〈汝、見て取るべし〉と〈汝、記憶すべし〉はともに天から下された』とな。さて、話はこうだ。私の良き友人でここらではマックス・アバーダムとして知られている男と私の妻マチルダがポーランドへいっしょに飛ぶことになった。手短かに話そう。二人のためにちょっとパーティを準備していて、名称は懇親会でも送別会でも、好きなように呼んでくれ。そこできみとマックスがワルシャワで友人だったとわかったし、ごく最近こちらで友情を新たにしたと聞いたものだから、夕食にお出でいただけるよう招待したい。心配ご無用、我が家の肉は厳格に食餌規定（ユダヤ教には食物や調理法についてユダヤの掟に適っているか否か、食べてよいか否かについてさまざまな掟がある）を守ったものだ、――レメハドリン・ミン・ハメハドリン――つまりもっとも厳格に掟を守る人にも適したものだ。この集まりのことをきみの新聞に書くには及ばんよ、もっとも少しばかりお披露目しても害にはならんがね。アメリカは、なんのかんの言っても、宣伝で生きているのだからな。私の住まいはウエストエンド街だ、きみのところから遠くはない」

「どうやってマックス・アバーダムと私が友人だと知ったのですか?」と私は尋ねた。

「もうマックスと話したのだよ、そして彼は細君のプリヴァを連れてくると約束したし、たぶん彼のあの秘書、ミリアムもね。少人数で、テーブルは一つだけだ。日時と私の住所を書き留めてもらえるかな……」

私はハイム・ジョエル・トレイビッチャーに礼を述べ、あなたがイディッシュのためやヘブライ語、ユダヤ芸術のためにどれほどのことをしてきてくれたかを承知していると語った。すると彼は彼の流儀で答えた。「エイシェ・ベシェイシェ・ポレヴィネ。つまり、そんなことはひとつまみの火薬ほどの値打ちもない、さ……」

この著名な人物が私を自宅に招いてくれるのは、私の株が上がったしるしだった。そうではあったが私は常に晩餐会や宴会、歓迎会にはしりごみしてきた。ふさわしい服を持ったことなどなかったからだ。アメリカで過ごした数年のあいだ、私は人とのつき合いを避けてきた。「人と交際するな」と、私のなかに潜む人間嫌いがささやいた。それにもかかわらずマックス・アバーダムとのたった一つの出会いが私を無数のややこしい関係に引っ張り込もうとしていた。私の昔からの内気さが戻ってきたが、それが完全に私から消え去ったためしはなかった。マチルダは上流気取りの俗物だ、だからおそらくはタキシードが彼女のパーティには必要だ、硬いカラーのシャツや黒いネクタイも。マックスの家に電話したが、だれも出なかった。ミリアムに電話をかけた。彼女も招待されていたからだ。彼女はこう言った。「それはいったいどういうこと？　私はちゃんとしたドレスもないし、ちゃんとした靴もないし、忍耐心もないわ。もちろんマチルダがマックスの愛人で三十年を超える関係だって知っているわよね？」

「そんなふうにワルシャワでは噂になっていたね」

「だれでも知っているわ。公然の秘密よ。彼らのパーティには行かないことにしようという気になり始めたわ。マチルダは貴婦人の役を演じるのが好きなのよ。私は陸《おか》へ上がった魚みたいな気になるわ」

それからミリアムはこう尋ねた。「あなたは今、何をしているの？」

「ああ、別に何も」

「いらっしゃいよ！」

「いつ？」

「たった今、すぐによ」

そう、私たちはすでに互いに打ち解けた物言いをしていたが、キスより先に進んではいなかった。私はオットー・ワイニンガー（一八八〇－一九〇三。オーストリアの心理学者・哲学者）の著作を警告として受け止めていて、女――倫理もなければ、記憶も論理もない生き物、性の調達人であり、物質性を肯定し、精神を否定する生き物――の張り巡らす蜘蛛の巣のような罠にかかってはならないという彼の言葉を戒めとしていた。それにもかかわらず私は言った。「行くよ」

「いつ？　タクシーに乗りなさい。待たせないでね。今、これまでになくあなたが必要なの」とミリアムが言った。

「ぼくもきみが必要だ」

マックスがなぜ私たちの関係が生じるのを許したのか不思議だった。オットー・ワイニンガーは女を調達人と呼んだが、我々の場合には実際の調達人はマックスだった。嫉妬心はその反対物――「連結」とオットー・ワイニンガーは呼んだ――を持つ。分け合う意志であり、性的な共同体を求める願望だ。私はそれを男にも女にも――そして特に〈ワルシャワ作家クラブ〉のメンバーのあいだに――見て取っていた。実のところ、初めてこの現象に出会ったのはモーセ五書のなかであって、初等学校《ヘーデル》（子供たちにヘブライ語の読み書きとユダヤ教を教えるユダヤ人の初等学校）にかよっていたときのことだ。ラケルは自分の召使いビルハをヤコブに与えて側女《そばめ》とした、するとレアは彼にジルパを与えた（『創世記』第三〇章参照）。現代人のあらゆる性癖の根源はまさに文明の夜明けとともにあった。電話でミリアムが私に指図しているのが聞こえた。「タクシーに乗るのよ！」彼女はその言葉をほとんど叫ぶように言った。そこには命令口調があって、もはや抑えきれない、駆り立てられるような衝動があった。

タクシーを止めるのに慣れていなかったが、一台見つけた。「私がいるような苦境に陥った者がこれまでにだれかいただろうか？」とタクシーのなかで自問した。「私のような人間について小説を書いた者、私のような恋愛やもつれた男女関係について書いた者がこれまでにいただろうか？」私の状況に較べれば、今までに読んだ小説は単純で複雑さを欠いているように思えた。私の知るかぎり、こうした本に登場するだれ一人として私ほど貧しくはなく、例外として浮かぶのはクヌート・ハムスンの小説『飢え』の主人公くらいである。しかし彼は恋愛沙汰にかかわってはおらず、ただ空想しただけだった。タクシーが止まり、私は料金を払った。車が行ってしまってから、私は運転手に一ドル札ではなく五ドル札を渡してしまったと気づいた。貧乏だったけれども、私は金を失うように運命づけられていた。

エレベーターに乗って十四階に行った。呼び鈴を押そうとして手を伸ばすと、ドアがひらいた。どうやらミリアムはそこに立って、私を待ち受けていたのだ。私たちはひと言も言わずに抱き合った。私の骨ばった膝が彼女の膝とぶつかり、彼女を部屋のなかに押し戻した。ドアが私たちの背後でバタンと閉まったが、たぶん突然の風にあおられたのだろう。私たちは一刻もむだにせず、疑念や良心のとがめに時を浪費したりはしなかった。ベッドに倒れ込んだ。ミリアムはドレスを着ていたが、その下には何も着けていなかった。私たちは無言で互いに身をゆだね、互いの口をむさぼり、情熱の力にまかせた。夕暮れの薄闇が訪れ、それでも私たちは争うようにつかみ合い、快楽を最後のひとかけらにいたるまで肉体からもぎ取ろうとしていた。頭のなかで私は電話が鳴りませんようにと祈っていた――電話は静かなままだった。とても奇妙なことに、私たちが体を起こした瞬間に電話がけたたましく鳴りだし、あたかももうこれ以上こらえきれないといった按配だった。

　ミリアムが「あら、マックス」と言うのが聞こえ、私は寝室に引き下がった。二人の会話を立ち聞きしたくなかった。明かりをつけず、鏡に目をやると、ニューヨークの輝く空の照り返しを背にした亡霊のような、乱れた、くしゃくしゃのシルエットが見えた。顔はまるでエサウが狩りの獲物を殺して戻ってきたときのように紅潮していたが、エサウはそのとき疲れ果て、死にそうになって、自分の長子の権利をひと皿のレンズ豆の煮物と引き換えに喜んで売り渡してしまったのだった（「創世記」第二五章二七・三四節参照）。私は私の以前の恋人たちすべてを裏切り、自分自身を裏切り、私に警告を与えるもろもろの力を裏切ったが、それらの力は私に、決して抜け出せない結び目に自らを縛り付けることになるぞと告げていた。

　バスルームのドアがひらき、ミリアムが靴下をはいた足でそっと入ってきたが、なかば裸だった。再び彼女を抱きしめて、私たちは闇のなかで無言のまま立ちつくした。彼女の目の輝きに満足感があることに私は気づいたが、それは既成事実を認めるときに男女のあいだに生じるものだった。

私はとうとう言った。「マックスにぼくがここにいると言った？」

「いいえ」

よかった、と私は自分に向けてつぶやいた。

寝室に戻ると、まだ暗かった。しばしば口にされる「夜は愛のために作られた」という警句が思い出されたが、それは深い真実を表現している。男女はいまだ「創世記」で言及される恥の感覚をなくしておらず、触覚は視覚よりも男女の役に立つ。私たちはベッドで横になり、二人のあいだに少し距離を保って、まるで互いの考えごとのために空間を残しておくかのようだった。私は今ではミリアムがどのような容貌かを正確に思い出せないことに気づいた。実のところ、私たちはまだ見知らぬ者どうしであって、ちょうど私たちの信心深い祖父たちや祖母たちが互いに見知らぬ間柄のまま暗いイフード・シュティーブル（婚礼の際、新郎新婦はこの部屋でしばし二人きりにされる）でいっしょになったようなもので、祖父母たちはそこへミツヴァ・ダンス（婚礼の際に参列者と新郎や新婦が踊る）のあとに連れていかれたのだった。私は尋ねた。「マックスは、きみとぼくが朝食を食べてきみの論文について論じたことを知っているの？」

「ええ、彼に言ったわ」

「彼はどこにいるの？」

「トレイビッチャー家よ。いっしょに夕食をとっているわ」

「きみとマックスはあんなに長いあいだ何を話していたんだい？」と私は尋ねたが、知る権利が自分にあるのかどうか確信が持てなかった。

ミリアムは答えなかった。質問が聞こえたかどうか私は疑問を持ち始めたが、そのあとで彼女は静かに言った。「マックスとマチルダはもともとの計画よりも長くポーランドにいたがっている。それからヨーロッパを旅行して回りたいのよ。私たちにスイスで合流してほしいと言っているの」

「それはどういう意味だい？」と私は尋ねた。

「意味なんてないわ、意味なんて全然ないのよ」

ミリアムは最後の数語を夢うつつの状態で言った。私はほかの質問をしたかったが、彼女はすでにぐっすり寝入っていた。若者がどれほどすぐに眠れるかを私は忘れてしまっていた。しばらく私はじっと横になっていた。幸せか？と私は自分に問いかけた、それとも不幸せか？　だがその質問は答えが得られないままだった。私はなかばまどろみ、なかば白昼夢を見ていた。私たちは今日起きたことをマックスに伏せてはおかないだろう。彼は裏切られたわけではない、なぜなら私たちを引き合わせたのは彼だからだ。ミリアムは彼を愛している。私たちが情熱にふけっている最中でさえ、彼女は彼に対する愛情について口にした。私が彼女に約束して、その愛情に対して嫉妬は決して抱かないと言ったとき、私は自分の語った言葉が形だけのものではないとわかっていた。私たちは無言のまま二人のあいだで協定を結んでいた。

私は深い眠りに陥り、夢も見なかった。暗闇のなかで目をあけ、大きく見ひらいたとき、何も思い出せなかった。自分がどこにいて、何者で、何をしているのかわからなかった。少しのあいだ、またポーランドにいるのだろうかと思った。片手を伸ばすと、髪にさわり、のど、乳房に触れた。リーナだろうか？　サビーナか？　ジーナ？　だがジーナは死んだ。急にすべてが戻ってきて、それと同時にミリアムが目を覚まし、言った。「マックス？」

「いや、ぼくだ」

「来て！」

そして私たちは抱き合い、新たな情欲を感じた。


ミリアムと私はマックスに、ハイム・ジョエル・トレイビッチャーのパーティに行かないことにしたと告げたが、彼は、行くべきだと言ってゆずらなかった。「なんだってワサビダイコンにくっついてるアオムシみたいに隠れてるんだよ？」と彼は訴えるように言った。「『船のあいだに避難所を探す』やつだって遅かれ早かれ鼻を突き出さねばならんのだぜ。作家になりたいのなら、人とつき合わねばだめだ。若手や駆け出しじゃあないんだぞ。プーシキンとレールモントフはおまえさんの年にはすでに世界的に有名だった。これから先どれだけキャベツ畑のヤギみたいに頭を下に向けているつもりなんだ？」

そしてミリアムに向かってはこう言った。「もしミリアム、おまえが彼の面倒をみてやって一人前の男にしないとしたら、そのときには彼は永遠にばか者《シュマゲゲ》のままだ、そうなったらおまえたち二人は歯をしまいこんで飢え死にの準備でもするこった」

彼は彼女に恋人としてではなく、まるで花嫁の父であるかのように話した。一方の目は光り、もう一方はまばたきした。「わしはいつまでもおまえさんたちの子守りをしてはいられない」と彼は言った。「わし自身の子供たちは奪い取られてしまったから、おまえさんたちが今ではわしの子供なんだ。もしもアーロン、おまえさんがいたるところで助言をばらまいているんなら、自分が役立たず《シュリマゼル》のままじゃおれまい。わしに何かあったら、おまえさんたちは二人とも頼れる人間がいなくなるんだぞ」

「マックス、あなたどうしたの？」とミリアムが尋ねた。

「気がふれたわけじゃない。自分が何を言っているかはわかっている」

「あなたは百二十歳まで長生きするわ（年齢による衰えもなく健康なまま長生きする、の意。「申命記」第三四章七節参照）」

「そうかもしれんし、そうでないかもしれん。保証はできん」

「マックス、ポーランドへ行かないで」

「雌ヤギちゃん、おだまり！」

「雌ヤギ」というのはマックスがミリアムにつけたあだ名の一つだ。彼は彼女にあだ名を七つつけていた――「エトロの名前」と彼はそれらを呼んでいた（モーセの舅の名は三つの形で伝わっており、その一つがエトロ。エトロには七人の娘がいた。「出エジプト記」第二章一六節参照）――赤ちゃん、ごくつぶし、魔女、マリアンナ嬢、小テリシャ（聖書を朗唱するためのユダヤの旋律を表わす符号の一つ）、あやとり《エトル・ベトル》、そして雌ヤギだった。彼はワルシャワで私がツィクというあだ名だったのを聞いていて、そこですぐさまここでも私をその名で呼んだ。彼はそれに加えてロバ、三流作家、そして駄作《カトヴァ・ラバ》とも呼んだ。ミリアムは私をアレーレ、イエシヴァの学生《イエシヴァ・ブフェル》[10]、そしてバタフライ（蝶。移り気な人という意味もある）と呼んだ。私はお返しに母が私を呼んでいた名前、〈小さな宝物《オイツェル》〉をミリアムに進呈した。その晩マックスは私たちを五七丁目のレストランに連れていってくれた。彼は次から次へと葉巻をふかし、見ていて私は心配になった。彼はビフテキと、シュナップス（アルコール分の強い蒸留酒）を二種類注文した。ミリアムはこれまでにもいく度となく言ってきたのだが、マックスに意見して、医者が葉巻は一日に二本までと命じたことを思い出させた。彼は食事制限も続けるように指示されていて、カクテルは一杯だけにするよう言いつけられていた。けれどもマックスは声を張り上げた、「今日はだめだ、なあおまえ、今日はだめだ」そして胸のポケットから小さな箱を引っ張り出すと、白い錠剤を一つ口に放り込んだ。

テーブルに向かっているときに、マックスはいくらか詳しくハイム・ジョエル・トレイビッチャーの生活について語った。ずっと金持ちだったんだ。彼のアメリカでのビジネスの帝国はヨーロッパにいたときよりもでかくなった。夜はきっかり四時間眠って、日中に四十五分眠る——一分も多い少ないはない。ベッドで横になっているときに、ほぼ毎晩のように何か新しい計画を思いついて、財産を増やす算段をする。三〇年代にアメリカで家やら工場やらを買い占め、ほかにも株や有価証券を買いあさって、それがみんな値上がりした。マイアミビーチではいくつか土地を購入し、それらが今ではひと財産になっている。イスラエルがユダヤ人国家になるずっと以前に、エルサレムに地所やら家やらを買い込み、ハイファやテルアビブにも買った。手でふれるものすべてが金《きん》に変わった。妻のマチルダにも彼女自身の資産がある。甥のハリーはマックスの株式仲買人をしているが、ニューヨークで生まれた。

最近ハイム・ジョエル・トレイビッチャーは新たな企画に乗り出した――イディッシュ文学とヘブライ文学の最良の作品を一連のヨーロッパの言語に翻訳しようというのだ。彼はまた、定期刊行物と、学術的なイディッシュ‐ヘブライ語辞典を出版する計画を立てた。マックスがマチルダにミリアムを絶賛してみせたので、マチルダはミリアムを家に連れてくるようにといく度も彼に言った。トレイビッチャー夫妻は、才能ある難民が能力を伸ばす援助をしたいと熱心に望んでいた。夫妻は喜んでミリアムに奨学金を出して、彼女が私の作品について書き始めた論文を完成できるようにするだろう。マックスは私たち二人に、パーティに出ると約束するように求めた――もちろん、連れ立ってではない。彼、マックスは妻のプリヴァと出席する。しかし私たち二人は何も返事をしなかった。

夕食のあと、ミリアムはマックスに彼女のマンションに戻ってほしいとたのんだ。しかしマックスは答えた。「今日はだめだ、なあおまえ、今日はだめだ」そして私にこう言った。「おまえさんがつき合ってやってくれ。わしの年齢の男には代理ってものが要るんだ。プリヴァにも約束して、早く帰ると言っちまったのさ。アーロン、おまえさんはどうやって心の平静をなくさず、結婚しないですませられたのかね？」

「だれからも望まれなかったからですよ」と私は答えた。

「彼女はおまえさんを望んでるぜ」とマックスはミリアムを指さした。

「私はあなたたち両方がほしいの。それがほんとうのところよ」とミリアムが言った。

「この恥知らずな娘ときたら！」

「雄のガチョウにとっていいことは、雌のガチョウにだっていいのよ」

「おまえは人妻だぞ」

「まず第一に、スタンリーは人じゃなくてゴーレム（ユダヤ伝説上の人造人間、泥人形。ばか、でくの坊という意味もある）よ。第二に、私たちは市役所で結婚したのであって、ラビによる結婚ではないわ」

「それじゃあ、わしらはおまけにユダヤ教の学者さんまで手に入れたってわけか、ええ？ もしもわしらの祖父母たちがおまえの言葉を聞いたら、みんな衣を引き裂いて喪に服し、服喪期間を七日間じゃなくて七年にするだろうよ」

「それでそうすることで何を成し遂げられるのかしら？」とミリアムが尋ねた。

「全能者が永遠と水曜日一日分ものあいだ沈黙を続けているんだから、どうやってわしらにものを知ることができる？」とマックスが問いかけた。「全能者はわしらに真実を見てほしいと思っているが、わしらは目の見えない馬みたいなもんで、暗い溝の中にさ迷い込んでしまっている。ときどき、ミリアム、わしはおまえを雌牛（イディッシュでは愚か者、間抜けの意味もある）と呼ぶことがある。だがほんとうの雌牛は女房のプリヴァだよ。あいつは降霊術のテーブルの前に座り、赤い電燈をつけて、エンドルの魔女（「サムエル記上」第二八章七－二五節参照）よろしくありとあらゆる霊に呼びかける――スピノザ、カール・マルクス、イエス、ブッダ、バール・シェム・トーヴ（十八世紀東欧のハシディズムの創始者）といった具合さ。あいつが彼らに来るように命じる、すると彼らはやってきて、あの世からのメッセージを持ってくるんだ」

　レストランを出ると、マックスがつぶやいた。「ポーランドへ出かけることなんか、わしにはまるっきり必要じゃないんだよ。おまえさんたち、約束してくれ、パーティに来るってな」マックスは私たちの手を取った。彼の手はひどく温かかった。彼はこう言った。「アレーレ、ばかなまねするんじゃないぞ。おまえさんは勝ち組となるだろう、こっちでよく言うようにさ。タクシー！」タクシーが止まり、マックスはあとに残る私たちにどなった。「パーティで会おうな！」

私たち、つまりミリアムと私は決心して、私たちの関係についてマックスには何も言わないでおこうと決めた。ひょっとすると彼はすでに知っていて、告白は必要ないのかもしれない。もしも彼が気づいていなかったり確信が持てずにいるのなら、旅行の前に動揺させる必要があろうか。私たちは彼について、子供たちが父親のことを話すように話した。私はミリアムに、きみには父親コンプレックスがあると言い（私はエディプス・コンプレックスのつもりで言ったのではない）、彼女はそれを否定しなかった。彼女はぴしゃりと言った。「それで、それがない娘っている？」彼女はしばしばマックスを「タテレ」と呼ぶのだと認めたが、それは子供が使うパパに相当する言葉である。

そのときまで私は、ほかの男を愛しているとわかっている女を愛することなどできないと信じていた。しかしながら実際には今になって気づいたが、以前にもよくあったとわかった。私は夫のいる女たちを愛したことがあった。彼女たち自身を愛したのであって、夫たちをねたんだりしなかった。実のところ、私はあらゆる機会を捉えて、夫がいつでも第一番目であるべきだと女性に言っていた。夫に対する私の態度はひたすら実際的なものなのか、それとも持ち前の倫理観が仮面をつけただけのものなのだろうか。あのころ私は、現代における性の開花が行きつく先は、公認されないが容認される一夫多妻と一妻多夫だろうと信じていた。一人の女性と生涯を共にすることに現代の男性はめったに同意しないだろうし、女性も一人の男性のものとなることにめったに同意しないだろう。社会は否応なく一種の性的な共同関係を作らざるをえなくなり、それが蔓延する男女関係の欺瞞や不義に取って代わるだろう。私はしばしば考えたのだが、裏切りの本質は二人の男性が一人の女性を共有する事実にあるのではなく、あるいはまた、二人の女性が一人の男性を共有することにあるのではなく、男女がつかざるをえない嘘、巧妙な欺瞞にあるのであり、そういう欺瞞は法律が押し付けるものであって、人々はただ自分の本性に従い、肉体的・精神的必要性に忠実であるだけなのだ。初めて私は欺く気になれない人を愛し、また彼女も私を欺くことを望んでいなかった。

　若い女性と交際をして、その女性に向かって、あなたは私のただ一人の恋人だと誓ったり、これから先もずっとそうだと約束しないですむのはなんと心地良いことか！　自分自身に課するつもりのないことを恋人に要求する必要がないと知ることは、なんと心地良いのだろう。いっしょに過ごす日中は、私たちはミリアムが子供のディディの世話をするパーク街のマンションにいて、エスキモー人やチベット人やそのほかの、性に関して所有の感覚を発達させなかった人々について語り合った。私はミリアムに無政府主義者の集団について話し、またプルードン（一八〇九・六五。フランスの社会哲学者、社会改革論者）の信奉者やシュティルナー（一八〇六・五六。ドイツの哲学者、個人主義的無政府主義者）、マダム・コロンタイ（一八七二・一九五二。ロシアの革命家・ソ連の外交官）、エマ・ゴールドマン（一八六九・一九四〇。ロシア生まれの米国の無政府主義者）について語ったが、彼らは自由恋愛を社会正義と人類の未来の基礎とみなしていた。問題が一つだけあった。すなわち、子供はどうなるのかということだ。私自身には新たな世代の父親になりたいという願望はいささかもなかった。しかしミリアムは、子供がほしいという熱望が起きつつあると繰り返し語った。

パーティの前日はミリアムといっしょにいて、そして初めて夜を彼女の家で過ごした。マックスが最初に私たちを引き合わせてから二週間経ったが、私にとってその期間は非常に長いものに思えた。その晩、二人でカフェテリアを出てブロードウェイを歩いているとき、私は真実の愛がもたらしてくれる安らぎを初めて感じた。私にはミリアムといっしょにいたいという以外の願望はなかった。夏であり、私たちは腕を組んで歩いた。ミリアムの若々しい顔には憂いがあり、それは私にとって人生のまさに本質と言っていいものだった。一〇〇丁目でブロードウェイからセントラルパークウエストに向かったが、私たちはまるで夢のなかにいるかのごとく歩いていった。ミリアムのマンションに着くとエレベーター係が黙って階上まで運んでくれた。暗くなった彼女の部屋に入り、窓からは公園が見渡せた。私たちは疲れていて、すっかり服を着たままミリアムの大きなベッドに横になり、あたかも胸いっぱいの思いに耳を澄ましているかのようだった。ミリアムは唇で私の耳に触れ、ささやいた。

「ここはあなたの家よ」

私はしばしば動物について考え、彼らの愛の交わし方について思いめぐらした。神の創造した生き物たちは力強いけれども、彼らは――私の知るかぎり――性に関して目立った技量を示さない。馬や牛が番《つが》うところを見たことがあったし、動物園でライオンがそうするところを目にしたことがあった。

彼らはすることをしてしまうと、動物としての本業に戻った。この理由は、と私は思ったのだが、男や女と違って動物にはしゃべる能力がないからだ、男や女にとって言語は情欲の道具なのだ。言葉を使って男と女は自分たちの熱望を言い表わし、自分たちの欲求や、実際に起きたことや起きたかもしれないことすべてを表現する。その夜、私たちの前戯、後戯、行為そのものの主題はマックスだった。私たちは決して彼を欺かず、彼を身内だと考えようと約束した。私はこれまでに嵐のような感情の燃え上がりを経験したことがあったが、ミリアムと私はそうしたものをすべて乗り越えているように私には思えた。私たちはその晩早くに寝て、そのあと、私がうつらうつらしながら腕時計の夜光塗料を塗った文字盤に目をやると、二時半になっていた。

再び目を閉じると、ミリアムが私に何か言葉をつぶやくのが聞こえたように思ったが、意味はわからなかった。不意に彼女が押し殺した叫び声を上げた。私はすぐに目を覚まし、恐怖に打たれて現実に呼び戻された。だれかが玄関のドアを手探りして、こじあけようとしていた。ミリアムが寝返りをうって、ベッドから落ちそうになった。泥棒か、人殺しか、あるいは何者であれ、その人物はまんまと家のなかに入ってきた。いきなりホールの天井灯がついて、若い男の姿が見え、背が低く、ずんぐりとしており、髪は長く、あごひげが黒かった。ピンクのシャツを着て、汚れたズボンをはいていた。右手にリボルバーを握り、左手には小さな鞄を持っていた。私はB級映画の一シーンを思い出したが、そうではあってもその間ずっと自分の終わりが近いかもしれないとわかっていた。すぐさま冷静になって、神経を張りつめた。ミリアムは素っ裸で、男に打ちかかるような動きをしたが、その場で立ち止まった。「スタンリー！」と彼女は叫んだ。

「そうだよ、おれだ」と若い男は言った。「たのむから悲鳴を上げたり、ばかな真似をするんじゃないぞ」

私はベッドに身を起こし、やはり裸のまま、その場面を見守ったが、湧き起こってしかるべき恐怖はなく、好奇心を持って見ていた。スタンリーがミリアムの法律上の夫であることは知っていた。彼女は以前に彼について話したことがあった――セックスが下手で、めそめそと感傷的だと言っていた。

「こいつはだれだ、おまえの新しい恋人か？」と彼は言い、リボルバーを私に向けた。

ミリアムはうしろに目をやって、体を隠すものを探した。けれどもネグリジェは手の届くところになく、私はそれを彼女に手渡す勇気がなかった。彼女は尋ねた。「何が望みなの？」

「おまえだよ」

「私にはほかの人がいるって、わかったでしょ」

「マックスとは終わったんだな？」とスタンリーが尋ねた。

「いいえ、そうじゃないわ」とミリアムが答えた。

「おい、おまえ」とスタンリーが私の方を向いた。「もしまだ何年か生きたいなら、ここから出ていきな。さもないと運び出してもらうことになるぜ」

そのとき初めてスタンリーに訛りがあることに気がついた。彼は単語をほかの言語から翻訳しているかのようだった。イディッシュからか？　ポーランド語か？　ドイツ語？　私は言った。「服を着ていいですか?」

「ああ。おまえのボロを持って、バスルームに行きな。助けを呼ぼうなんてするなよ、さもないとおれは……」

「ちょっと待ってください」

「おまえの物を見つけて出ていけ。早くしろ!」

床に足をおろすと、そのままへたり込みそうになった。両膝が暖房のラジエーターにぶつかった。私は上着とシャツとズボンを椅子に掛けておいたのだが、その椅子はベッドとバスルームのあいだにあった。まるで目が見えなくなったみたいだった。靴はどこに置いたのだろう、ソックスは、帽子は? 上着を取り上げると、読書用の眼鏡と鍵、ばらばらの紙幣が束になって床に落ちた。バスルームに向かおうとすると、ミリアムがイディッシュで尋ねた。「何か落とさなかった? 鍵が床に当たる音がしたわよ」彼女の声には怖がっている調子は少しもなかった。

私は答えた。「大事な物は何もないよ」

「イディッシュをしゃべるのか?」とスタンリーが尋ねた。

「ええ、ポーランド出身です」

「ポーランドだって? ちょっと待て。あんたがだれだか知っている気がする」とスタンリーが言った。「あんたはあのイディッシュの作家だな。写真を見たことがある。名前は?」

私は名前を告げた。

「知ってる、知ってる。あんたの本を読んだ。英語でだ、イディッシュではなくて。なんだったかな？」

私は彼に本のタイトルを教えた。

「そうだ。あんたの本を読んだ。おれは詩人なんだ。イディッシュではなく、英語で書いている」彼はミリアムに向かって叫んだ。「動くんじゃない！　そこでじっとしてろ！」

「じっとしてるわよ、じっとしてるわよ、このばか！」

「スタンリーさん」と私は言った。「私はあなたの立場をわかっているし、あなたの気持ちも理解できます。でも銃を私たちに向ける必要はない。逆らったりしませんから。私は若くないし、もうすぐ五十です。なんのかんの言っても、みんなユダヤ人じゃないですか」そう口にして、自分の言った言葉が恥ずかしくなった。

「へえ？　あんたはユダヤ人かもしれんが、この女はナチより悪質だぜ」とスタンリーが答えた。

「売女《ばいた》とつき合うなんて、あんたはどんなユダヤ人なんだよ？」そしてスタンリーは語気を強めた。

「スタンリー、ばかなまねをしないで。リボルバーをおろしなさい」とミリアムが言った。

「おれはおれの好きなようにするんだ、おまえがおれにしろと言うようにじゃない。そこでじっとしてろ、さもないと死ぬことになるぞ。マックスはどうなった？　やつとは終わったのか？」

「いいえ、終わってないわ」とミリアムが言った。

「おれが来たのは、おまえの鼻持ちならない人生か、あるいはおれの人生か、いずれかに終止符を打つためだ」とスタンリーは言った。「こいつは殺さないよ」と私をさし示し、「だがおまえ、このけがらわしい娼婦、すぐにおまえは死んでしまうんだ。えーと——名前はなんだっけ？——グレイディンガーさん、知っていた方がいいぜ、あんたは娼婦とつき合ってきたんだってことをね。こいつは十五歳で娼婦だった、こいつ自身がおれにそう言った。一九三九年に、両親がロシアに出発するとき、こいつはいっしょに行くのを拒否したんだ、ぽん引きの情婦だったからだ。あとでその男がこいつをアーリア側に連れ出し、売春宿に入れたのさ、淫売宿だ。これは真実か、違うか？」

ミリアムは答えなかった。

「バスルームを使っていいかな？」と私は尋ねた。

「待て。こいつにおれの質問に答えさせろ。真実か、そうじゃないのか？　こいつ自身がおれにこの話をしたんだ。答えろ、さもないと命はないぞ！」

「違うわ」とミリアムが答えた。

「おまえがおれに自分でそう言ったんだぜ、おまえ自身の汚い口でな。ナチがおまえの客だった、ユダヤ人殺しどもが。やつらはおまえに贈り物を持ってきたが、それは殺されたユダヤの娘たちから奪った物だった。おれは嘘をついているのか？　答えろ、さもないとこれで終わりだ！」

「十六歳で死にたくなかったのよ」

「両親といっしょに橋を渡ることができただろう、ぽん引きと親しくなる代わりにな。ドイツでは、収容所で、ドイツ人の情婦になった。そしてこっちでは、大学で教授たちを相手に同じことをした。おれは真実を言っているか？」

「十六歳で、私は生きたかったのよ。今はもうしないわ。すぐに撃てばいいわ、この精神病者！」

「バスルームを使え」とスタンリーが私に命じた。「そしてさっさとしろ！」

私はバスルームのドアをあけようとしたが、ドアがくっついてしまっているようだった。ドアノブを引いたが、手から力が抜けていた。頭を振り向けて、まだ裸のままでいるミリアムに目をやり、それからスタンリーを見た。その場面は私には現実と思えず、人生が私たちを使って作り上げた滑稽な風刺画のように思えた。「失礼」と言っている自分の声が聞こえ、その言葉は間の抜けた、臆病なものだった。この苦境にあって、私は何か恥ずかしい気持ちに襲われていた――自分にとって、ミリアムにとって、スタンリー――背が低く、ずんぐりとした足、突き出た腹、顔は長い髪と黒いあごひげでなかば覆われている――にとってすら恥ずかしいことだ。リボルバーが彼の手のなかで揺れ、落ちそうだった。何かが私ののど元にこみ上げてきて、息が詰まりそうになった――咳と笑いが混ざったようなものだった。

バスルームに入るやいなや私は気が遠くなった。頭皮が頭を押さえつけ、いくつもの輪が目の前で踊り、苦い液体が口に広がった。よろめきながら、なんとか便器の蓋に座った。壁、流し、蛇口、すりガラスの窓、天井が私の周囲でぐるぐると回り、まるで回転木馬に乗っているかのようだった。吐きたかったが、床を汚すのが心配だった。立ち上がったとたんに苦い液体が口から噴き出て、流しにほとばしった。片手でラジエーターをつかみ、もう一方の手で壁を押さえた。自分が困った状況にあることを外の二人に気づかれたくなかったので、蛇口をひねって流しに水を出した。やっとのことですりガラスの窓を押しひらき、涼しい夜の空気で気を取り直した。なんとか不名誉な気絶をしないですみ、倒れて頭の骨にひびが入ったりする危険もまぬがれた。けれども自分の体から出たひどいにおいの液体で汚れていた。撃ってもらおうじゃないか、どっちにしても同じことだ、と思った。

バスルームのドアがぱっとひらいて、ミリアムが目に入ったが、今はもう裸ではなく、バスローブをまとっていた。彼女のすぐうしろにスタンリーが立ち、銃は持っていなかった。ミリアムもスタンリーも私に話しかけていたが、私の耳は聞こえなくなっていて、まるで水が詰まっているみたいだった。恥ずかしさに圧倒され、自分が裸で、体から悪臭が立ちのぼっているのがいたたまれなかった。

「ドアを閉めてくれ」と私は口走った、「すぐに出るから」

「体を拭きなさいよ」とミリアムが大きな声で言い、タオルを指さした。

「やつはすぐ良くなるよ」スタンリーの声が聞こえた。「ドアを閉めろ」

私はせっせとシャワーを使い始めたが、どうもうまく出ないようだった。外では、夜が明けつつあり、昇る太陽の真紅の光がバスルームのタイルの壁に差した。自分の顔を鏡でちらりと見た——青ざめ、やつれて、不精ひげが生えている。冷たい水で顔を洗い始めた。ミリアムの洗面台の戸棚をあけて、カミソリを探した。スタンリーに対する恐怖は消えていて、しきりに思ったことは、彼の目に自分が鏡に映っているほど老けて、だらしなく見えないようにということだった。上着とズボンはバスルームに持ってきていたが、シャツも靴もなかった。

それでは私は娼婦との恋愛沙汰を始めてしまっていたのだ。彼女の夫が夜に銃を持って押し入ってきた。私たちはあやうく撃ち殺されるところだった。ただの考えではなく一つの声が文字どおり聞こえてきて、まるで母の魂が常に私とともにあり、私の歩みの一歩一歩についてきているかのようだった。「お母さん、どこにいるの？　赦してください」と、私のなかの何かが嘆願した。すると母がまるで生きているかのように答えた。「これ以上に深く沈むことはできないよ。この売春婦から逃げると約束しておくれ、手遅れになる前に……」

「ええ、お母さん、約束します」

「彼女の家は死に下り、その道は陰府《よみ》におもむく」（「箴言」第二章一八節）父は「箴言」からの詩句を朗唱したが、それは父自身の声であり、父自身の言い方《ヌセハ》だった。「すべて彼女のもとへ行く者は、帰らない、また命の道にいたらない」（「箴言」第二章一九節）

どうにか体を洗い、裸の上に上着を着た。ドアをわずかにあけ、用心しながらそっと覗いた。ベッドルームにはだれもいなかったが、もう一つの部屋からかすかな笑い声が聞こえたように思った。シャツと靴を探したが、なくなっていた。ソックスの一方がベッドの上にあった。「ミリアム！」と呼んでみた。

彼女はすぐに小さな廊下に現われ、青ざめて、髪は乱れ、まだボタン留めのバスローブを着ていた。スタンリーがそのすぐうしろからついてきた。「あなたの靴はどこなの？」とミリアムが訊いて、床を目で探した。ベッドルームのなかはまだ夜で、ベネチアンブラインド（ひもを引いて上げ下げするブラインド）が昇る太陽の光をさえぎっていた。私たちは目で床を探しまわったが、そのとき不意に私はスタンリーが相変わらずミリアムの背中に銃を突きつけているとわかった。同時に靴がラジエーターの上にあるのを見た。

「あそこだ！」と私は叫んだ。

スタンリーもそれを見て、顔が厳しく苦々しい表情になった。彼は私に向かってミリアムの肩越しに言った。「服を着て、うせろ。ミリアムはまだおれの女房だ、おまえのじゃない」

「ええ、ありがとう」と私はおとなしく答えた。

「こんな朝早くに彼がどこへ行くというの？」とミリアムが尋ねた。「こんな時間に私の部屋から出ていくところをエレベーター係に見られるのは良くないわ」

「階段を使わせればいい」

「階段室のドアには鍵がかかっている」とミリアムが言った。

「いや、火事に備えてあけっぱなしのはずだ」とスタンリーが答えた。

私は急いで片方のソックスをはいた。もう一つはなくなっていて、靴の一方は裸足のままはいた。靴ひもを通そうとしたが、薄明かりのなかでは穴が見えず、すぐにその努力を放棄した。スタンリーの声が聞こえた。「さっさとやって、うせろ。だが覚えておけ。警察に通報したり、たとえあの老いぼれの間抜け野郎のマックスにしゃべったりしても、あんたの命で償ってもらうからな。あんたのオフィスがどこかはわかってるんだ」

「だれにも言いません」

「そうするのが身のためだ。おれの命はもうどうでもいいんだ」

ミリアムがどうなるのかを彼に尋ねたかったが、私は何も言わなかった。それから自分がこう言っている声が聞こえてきた。「きっとあなたたち二人は仲直りできるでしょう」再び私は自分の言った言葉を恥ずかしく思った。のどはカラカラでしゃべるのもやっとだった。

「仲直りだと、ええ？　おれはこいつをちゃんと扱ってやった。無理やり結婚したわけじゃない。こいつがおれを追い回したんだ、おれがこいつを追い回したんじゃない。違うか、ミリアム？」

「こういうことを話し合うにはあまりに手遅れよ」

「手遅れなんてことは絶対にないさ。おまえがこいつをベッドに連れ込んで、たぶん、おまえがどんなに善良でおれがどんなに悪いやつかをしゃべり、おまえがどれほどこいつを愛しているか、おまえがどんな献身的な女房になるかなんて言ったんだろうから、こいつだって真実を知る権利があろうってもんだ」

「だれもだれかを追いかけたりしなかったわ」

「おまえがおれを追いかけた。おれは急いで結婚する気はなかった。もうすでにおまえが清らかな乙女じゃないってわかってたからな、は、は。だがおまえは、市役所に行って正式な形にしてほしいと言った。真実か、それとも違うか？」

「そういうことにしておくわ。もうこれ以上傷ついたりしないから」とミリアムがためらいがちに言った。

「すべて真実だ。この男は作家だ、ユダヤ人の作家だ。本のカバーにはラビの息子だと書いてあった。

こいつはおまえが何者かを知るべきだし、自分がだれと親しくなったのかを知るべきだ」

「彼はもうすべて知っているわ」

「いや、すべてじゃない。おれだって知るべきことをすべて知っているわけじゃない。おまえを知っているだれかに出くわすと、いつだってもっと大勢の愛人、もっとたくさんの情事、もっと多くの嘘について知るんだ」

「最初からあなたにほんとうのことを言ったわ」

「ネクタイを着けろ」とスタンリーが私に言った。「あんたが出ていく前に一つ聞いておきたい。神を信じているというのはほんとうか？」

「神の知恵を信じているのであって、神の慈悲をではない」

「それはどういう意味だ？」

「だれでも神の知恵は見ることができる――神と呼んでも自然と呼んでもいいが。だがヒトラーが出たあとで、どうやって神の慈悲を信じられるだろう？」

「神は悪なのか？」

「少なくとも動物や人間にとっては」

「どうやってあんたはそんな信仰を抱えて生きていけるんだ？」

「生きていけない、実のところは」

「あんたといつか話をしたいもんだが、今はだめだ」

「スタンリー、ちょっと話していい？」とミリアムが尋ねた。

「おまえは黙ってろ！　もう一度警告するぞ。もしこれ以上ひと言でもしゃべったら、困ったことになるぞ」

「二度としゃべらないと固く誓うわ」

「よし、行け」と彼は私に言った。「もし新聞でおれたちが二人とも死んだと読んだら、理由はわかるな」

「そんなことをしないでくれ。もし彼女があんたの言うとおりであったとしても、死に値するわけじゃない」

「それじゃあ、死に値するものとはなんだ？　あばよ」

私は玄関に通じるドアをあけ、ミリアムがうしろから呼びかけたが、なんと言ったのか私には聞こえなかった。常夜灯のぼんやりとした光によって、階段室のドアに鍵がかかっていないことがわかった。真夜中の暖かみがホールには充満していて、夜の静寂のなごりがあり、生ごみや、むっとするガスのような蒸気、眠っている人体がかもし出すどんよりとよどんだにおいに満ちていた。手探りで階段をおり始め、目がよく見えない者のように用心して進んだ。私は自分の命を救い出したが、ミリアムの命を人殺しの手にゆだねてきてしまった。再び父のしわがれた警告の声が聞こえた。「汝はそれを徹底的に忌み嫌い、徹底的に退けなければならない……」すると私の頭のなかの何かがつけ加えて言った、「現世も来世も同じ世だ」

階段をなかばまでおりたとき、その場で私は足を止めた。いったいミリアムはうしろから私になんと呼びかけたのだろう？　さようならと言ったのか？　何かをたのんだのだろうか？　ほとんど叫ぶように言っていたが、動揺していた私には意味がわからなかった。そうだとしても、どうでもいいではないか。私たちのあいだのことはすべて終わったのだ。口のなかに苦いものを感じた――歯茎に、のどに――、腸のなかにも、目のなかにも感じた。むき出しの電球が黒ずんだ天井に影を投げかけた。足音が聞こえ、すぐに一人の作業員が箒《ほうき》と大きなゴミ入れを持って階段を上がってきた。一瞬彼はじろりと私を見て、私がここにいる理由を問いただすべきかどうかためらった。それから彼は再び階段をのぼっていき、ブリキ缶と蓋のがちゃがちゃいう音が続いた。もしスタンリーがミリアムを殺して逃げたなら、この男が警察に証言して、階段で私を見かけたと言うだろう。私自身が殺人を犯したと疑われることになるだろう。私のなかで何かが笑った。私は一片のゴミくずとなり、夜に投げ捨てられ、昼に掃き集められるのを待つ身となったのだ。私は壁にもたれて、倒れまいとした。

私の計算ではすでに十分な数の階段をおりて、一階に着いているはずだった。ロビーに通じるドアをあけようとしたが、鍵がかかっていた。足にはもう力が残っておらず、座り込まざるをえなかった。逮捕されたら警察になんと言おう？　何も言わないとスタンリーに約束してしまった。空気には石炭のにおいが充満し、腐敗臭やそのほかのつんとくる地下の臭気がした。そのときようやく壁が赤レンガ色で煤に汚れていると気がついた。おりすぎてしまったのだ。力を奮い起こし、上がっていかねばならない。スタンリーの言葉が再び耳のなかで響き始めた――キリスト教徒の情婦、ぽん引き……その男が彼女を売春宿に入れた……ナチが客だった、ユダヤ人殺しどもが……。やつらは贈り物を持ってきたが、それは殺されたユダヤの娘たちから奪った物だった……。

もう一つ階段をのぼるとドアが見え、それを押しあけた。ロビーに出た。エレベーターの上のダイヤルの針は十四にあって、ミリアムの部屋の階を指していた。ドア係の姿はどこにもなかった。私は通りに立って深呼吸をし、冷たい朝の空気を吸って、公園の木々と草が発する湿り気を吸い込んだ。早朝の昇る太陽は、身を浸していた海から姿を現わしたばかりで、澄んだ青い空にかかっていた。ガーガー鳴く鳥のいくつもの群れが飛び、公園を横切っていった。鳩たちは歩道や公園の外のベンチの上を歩き回り、小さな赤い足でひょいと跳ね、目には見えない食べ物のかけらをつついては、クークーと鳴き、翼をばたつかせた。そのときになってやっと私は、力が出ないのは空腹感にかかわりがあるとわかった。私は数日分の食べ物を吐いてしまっていたのだ。私の体のなかはすっかりうつろだった。レストランはセントラルパークウエストにはなく、タクシーやバスも通りかからなかった。片手をズボンのうしろのポケットにやると、空《から》だとわかった。服をミリアムのバスルームに運んだとき、金《かね》と鍵が落ちてしまったことを思い出した。片手を上着の胸ポケットに入れてみて、小切手帳もなくなっていることがわかった。

私はゆっくりと歩き続けた。走る力もなければ走って向かう当てもなかったからだ。七〇丁目の私の部屋には、金も食べ物も置いてなかった。トラベラーズチェックを銀行の貸金庫に保管してあったが、貸金庫の鍵はミリアムの部屋で失くした鍵用のリングにつけてあった。その晩、私はハイム・ジヨエル・トレイビッチャーのパーティへミリアムといっしょに行って、マックスを見送るはずだった。しかしこうしたことはみな、遠い過去の話になった。

第六章

私は当てもなく、混乱した状態のまま歩き、自分の足がアップタウンに向かっているのかダウンタウンに向かっているのかも意識していなかった。とうとう、くたくたに疲れて夜露に濡れたベンチに腰をおろした。金もなく、小切手帳もなく、鍵もない。スタンリーがミリアムに関して暴露した真実によって気がくじけ、私は神と両親の魂にかけて、そして私にとって神聖で大切なものすべてにかけて、二度と再び彼女の邪悪な顔に目を留めたりしないと誓った。そしてまた、マックス・アバーダムにもう会わないという誓いも立てた。

あまりに疲れていたので七〇丁目まで歩き続けることはできず、さらに管理人の女房を見つけ出して私の部屋の鍵がほしいとたのむなどとうてい無理だった。小銭もまったくなく、バスや公衆電話に必要なわずかばかりの硬貨さえなかった。住所録もミリアムの部屋にあり、そこに書いてある電話番号は一つも思い出せなかった。ハンカチすら持っておらず、額の汗をぬぐう物もなかった。胃はきりきりと痛み、吐き気をもよおさせる液体が口に広がった。打ちのめされてしまったけれども、私は驚嘆せずにいられなかった。神の摂理――あるいは人間の運命を支配するその力をなんと呼んでもよいのだが――は、いかに巧妙に私の破滅を準備していたことか。いにしえのヨブの時代のように、すべてが驚くべき速さで起こり、次々と災いが襲ってきた。

休む場所を見つけなければならなかったし、顔を洗い、ひげを剃らねばならなかった。運のよいことに、ステファ・クレイトルがこの近くの、ほんの十ブロック先のマンションに住んでいるのを思い出した。戦争中に私たちは連絡が途絶えて、私は彼女が亡くなったものと確信していた。突然一九四七年に彼女は夫のレオン・クレイトルとともにニューヨークに姿を現わし、大人に成長した彼女の娘フランカもともなっていて、またまた死者たちのなかからのよみがえりの一例となった。私はそのとき四十三歳で、彼女は五十歳に近かった。レオンは七十五歳で、老人だった。彼らはヒトラーがポーランドに侵攻するほんの数日前になんとかイギリスに逃げることができたのだった。レオンの二人の娘は収容所で亡くなってしまった。もちろん彼は全財産を失っていた。ステファはロンドンで女中をし、のちに看護師となった。私たちは戦争以前にもう手紙のやり取りをやめてしまっていた。私は当時ニューヨークで個人的危機のただなかにあり、憂鬱状態に陥っていた。編集局に行くこともやめ、事実上イディッシュという言語との関係を断ってしまっており、イディッシュ文学やイディッシュ運動と縁を切ったも同然だった。

一九四七年と五〇年代初めのあいだ、大きな変化がステファの人生にも私の人生にも起きた。レオンがアメリカで数人の友人を見つけ、援助してくれる共同事業者も見つかって、低価格のいくつもの住宅をロングアイランドに建て、ほとんど一夜にして再び以前のように金持ちになった。ステファの娘、フランカはキリスト教徒と結婚した。ダンチヒでの少女時代に、フランカはナチのユダヤ人に対する憎しみに染まってしまい、アメリカに来て、技師である夫のカトリック信仰を選んだ。彼女は母親や継父といっさいの連絡を絶った。

私の人生もまた一変していた。再び書き始めていた。小説と物語集を一冊ずつイディッシュで出版していたし、翻訳者を見つけ、英語版の出版社も見つかった。イディッシュ新聞への定期的な寄稿者となり、エッセイや批評記事やさまざまなコラムを書いた。それにまたイディッシュのラジオ放送で人生相談の回答者となった。今ではステファとのつき合いが復活していたが、私は彼女に会うといつでも幽霊といっしょにいるような薄気味悪さを感じ、よく物語で書いていた幽霊たちの一人と会っているような気がした。離れていた年月のせいで私たちのあいだには一種の壁のようなものができ上がっていた。ステファはロンドン訛りの英語を話し、ワルシャワで覚えたわずかばかりのイディッシュを忘れてしまっていた。どうやらロンドンでいくつか恋愛関係があったらしかったが、それらを口にすることは決してなかった。これは以前と同じステファではなかった。よく私と口げんかをして、私を「文学狂」と呼び、私のポーランド語の間違いを直していたあのステファではなかった。このステファは上品なレディであり、幼い孫のいる祖母だった。彼女の膝はもう尖っておらず、丸みを帯びていた。胸は今では以前より出ていて、腰はかつてより肉づきがよかった。レオンへの接し方だけは昔のままで、彼女がつぶやいて言うのは、彼の正体は彼女には決してわからないだろうということだった。ときどき彼女はこうつけ加えた。「男性というもの全体が私には謎だわ」

一方レオンはほとんど変わっていなかった。髪の毛はなく、顔は非常にやせて骨ばっていて、皮膚がぴんと張りつめているので皺がなく、依然として体重はせいぜい四十五キロといったところだった。八十歳で、レオンはまだビジネスを手がけており、住宅を建てさせ、地所を買い、株や有価証券に投資していた。セントラルパークウエストの七二丁目にある超高層建築に家をかまえていた。レオンは相変わらず私に、あまり訪ねてきてくれないねと文句を言っていた。彼はアメリカでイディッシュ新聞を読むようになったが、それはたぶん英語を十分に覚えなかったからだ。彼は奇妙なほど私の書くものに熱狂した。いろいろ質問するのをやめなかった。きみが書くことはすべてほんとうに起こったことなのかね？　全部きみ自身が考え出したことなのか？　どうやって、あんなに現実みたいに思える話を作り上げることができるんだ？　それにいつ考えつくんだね――夜かい、日中かい、寝ているときか、起きているときか？　彼は私に断言して、私が描く人々にそっくりの人物やそっくりのタイプの人をワルシャワで知っていたと言った――きみはただ、その人たちの名前を変えただけだね、そう言って彼は私にほほえみかけ、目くばせするのだった。また不満な口ぶりで言うこともあった。「どこでこんな言葉や表現を見つけるんだね？　私の祖母のハヤ‐ケイラが亡くなって以来、耳にしたことがないよ。それにどうやってワルシャワの通りをそんなによく覚えているんだ、私はほとんど忘れてしまったというのに。作家というのはどんな種類の人間なのかね？　教えてくれ、知りたいんだよ」

「だいたいのところ嘘つきなのよ」とステファが言った。

「嘘つき、へえ？　そうだな、そうに違いない。しかしそれでも、朝起きると、まっすぐブロードウェイに行って、イディッシュ新聞を買うんだよ。次がどうなったかを知りたいんだ。とはいえ、きみの小説（シンガーの長篇小説『荘園』）のなかで、いったいどうしてカルマンみたいな男――裕福で、賢く、抜け目ない商売人――があのクララにむざむざだまされてしまうんだろう？　彼は彼女のほしがっているのが金で、彼本人ではないとわからなかったのか？　きみはほんとうにそんな人物を知っていたのかね？　たしかに、あのクララは悪賢いやつだ。彼女は――どう言うのかな――罪の一つや二つに値するさ、ヒッ、ヒッ、ヒッ。何よりも、人には運が必要だ。私自身があういう女を知っていたよ、あらゆる長所を備えた女だ、美人で、頭が切れ、すばらしくいい女だった。だがもし彼女にとってしかるべき方向に進まないことがあると、すべてがめちゃくちゃになった」

　マックス・アバーダムが初めて私のオフィスに立ち寄った前日、私はステファとレオンに約束をしており、彼らといっしょに夕食をとって一晩泊めてもらうことになっていた。それから何週間かが過ぎ、私は彼らに電話するのを忘れてしまっていた。レオンは実際に私のオフィスにやってきて、私がいないとわかると伝言を残したが、それは綴りをひどく間違えたヘブライ語の単語で、意味は「ありえるのか？」というものだった。彼はそれに「きみの誠実な友人にして熱烈な崇拝者、レオン・クレイトル」と署名していた。

　このとき私は運に恵まれていた。ステファとレオンのマンションで当番に当たっていたドア係が私を知っていて、なかに入れてくれたのだ。彼はさらに夜間のエレベーター係に合図して八階に連れていくようにと指示までしてくれた。ベルを鳴らすとレオンが、覗き穴から覗いたあとで、ドアをあけた。彼は凝った装飾のある部屋着を着て、フラシ天のスリッパをはいていた。珍しそうな、あざ笑うような目で私を見た。彼は皮肉をこめた口調で言った。「想像してみたまえ！　こんな朝早くに客人だ！　救い主が来たのかね？　それともシンシン刑務所（ニューヨーク州にある州立刑務所）から脱走してきたのか？」

「両方です」

「入りなさい、入りなさい。ステファはまだ寝ているが、私はいつものことで、五時に起きた。なぜ電話しなかったんだ？　朝食の支度をしているんだが、ぜひいっしょに食べてくれたまえ。ユダヤ流の敬意の表し方をして悪かったな、だが顔色がさえないぞ。何かあったのかね？」

「いいえ、でも……」

「台所に来たまえ、コーヒーができているから。一杯の濃くておいしいコーヒーほど、あらゆる悲しみや悩みに効く薬はない。眠そうだな、きっとスリヘス（罪の赦しを請う祈り）を唱えながら一晩中起きていたんだろう。わかるさ、わかるさ」

　レオンは私の腕を取って、ちょっとした食事がとれる場所に連れていったが、そこは間仕切りで台所から隔てられていた。スライスしたパンと果物の鉢がすでにテーブルに並べられていた。レオンは金属製の椅子を指さして言った。「ごらんのとおり、すべて私の昔の習慣どおりだ。ただ、よくワインで食べ物を流し込んでいたが、それがないだけだ。しかしそれをやめたからといってまるで役に立ちはしなかった――もうすでに二度心臓発作を起こした。神様を出しぬくことはできんな。だがわかったものじゃないぞ。もし食餌療法を守っていなかったら、心臓発作は三回起きていたかもしれないし、ひょっとすると死んでいたかもしれない。八十歳では神様に不平など言うわけにいかないさ、特に神様が存在しないとあってはね。きみはおそらく私のことを無学者と思っているだろうが、若いころには勉強した。父は敬虔なユダヤ人で、ユダヤ教の学識があった。何を食べるかね？　卵なら作ってやれるぞ、オムレツだって大丈夫だ」

「いただけるものならなんでもけっこうです。ありがとうございます」

「ああ、きみのオレンジジュースを忘れたな。ちょっと待っていてくれたまえ！」

腰をおろすと、足に力が入らない感覚がぶり返してきた。レオンは私にコップ一杯のオレンジジュースを手渡した。

「飲みなさい。乾杯《ルハイム》。きみはしょっちゅう私たちの家を訪ねてきていたものだった。最近はどういうわけかめったにきみを見かけんがね。ああ、ステファだ！」

ステファが台所に入ってきたが、眠そうで、白髪混じりの髪はいくらか乱れていた。レースのナイトガウンをはおり、足にはポンポンのついたスリッパをはいていた。年齢のわりに健康そうで、髪を染めればさらに若く見えただろうが、ステファにとってそうすることはアメリカ化に屈することで、俗悪さを意味することになっただろう。彼女は私を見て、驚き、からかいの混じった、とがめるような様子でほほえんだが、それは親しい友人や親戚が予告もなく不意に姿を見せたときに浮かべる表情だった。彼女は言った。「夢を見ているのかしら、それともほんとにあなた？」

「うん、ステフェレ、夢を見ているわけじゃないよ」と私は言った。

「『ステフェレ』ですって、ええ？　何十年もそう呼ばなかったじゃないの。何があったの？　だれかが真夜中にあなたを追い出したの？　彼女のだんなさんがいきなり銃を持って姿を現わしたの？」

ほとんど自分の耳が信じられない思いで、私は言った。「そう、まさにそうなんだ」

「へえ、驚かないわ。私はいつものように夜のなかばまで横になったまま起きていたの。夜明けにようやく眠ったわ。だしぬけに台所で声がした。私は自分にこう問いかけた、レオンが独り言を言う段階になってしまったのか、それとも私が耄碌《もうろく》してしまったのか、ってね」

「彼に食事をさせてやりなさい、コーヒーを飲ませてやりなさい。覚えているかぎりでは、私がおまえの恋人に朝食を出すのはこれが初めてだ。十分に待てば、報われる。お座り、ステフェレ、おまえにも持ってくるから。楽しもうじゃないか、『天国には市がある』だ」

「そうね、いいわ。ほしいのはコーヒーだけよ。でも濃くしてね」

ステファは夫にポーランド語と英語の両方でしゃべった。ときどきイディッシュの単語をはさんだ。彼女はテーブルにつき、こう言った。「妙なんだけれど、私たちは昨晩あなたについて話したのよ。レオンはあなたの連載小説を私に読んでくれているの。私たちはいつも二時五分前に目が覚める。レオンが私を起こすのだけれど、それは彼がぶつぶつ言い始めて、私は眠りが浅いからなの。あなたのこのクララの末路はどうなるの？　小説が次にどうなるかを当てようとするたびに、あなたは筋をひっくり返すわ。これはあなたのやり方なの？」

「人生のやり方だよ」

「それは私が彼女に言ったことだよ」とレオンが口をはさんだ。「小説が人をぞくぞくさせる以上に、人生はもっとぞくぞくさせるものなのさ。三十年前にだれかが私に対して、あんたは年を取ったらアメリカ人になってマイアミビーチのホテルの共同所有者になっているだろうなんて言ったら、私はそいつを気違いだと思ったことだろうよ。おまえの恋人はかつて書いた記事のなかで、神は小説家で、世界は神の小説だ、と言った。まさしくそうなんだよ。そしてもし神でないなら、その場合には何かほかの力が我々の小さな世界を支配しているんだ」

「たぶんアーロンを『おまえの恋人』って呼ぶのをやめてくれるわよね」とステファが怒って言った。

「じゃあ、彼はなんだい？　おまえのおやじさんのレイブシュ‐メイアか？」とレオンが尋ねた。

「彼がなんであってもいいけれど、私の恋人じゃないわ。恋人というのは愛するのよ、でも彼は愛がなんなのかわかっていない。ほら彼をごらんなさい。母がよく言っていた言い方はなんだったかしら、『少なくともお墓に入るときよりはましに見える』、だわ」

「待っててくれ、電話しなきゃならん。すぐに戻ってくる！」レオンがぱっと椅子から立ち上がり、小刻みなすばやい足取りで台所から急いで出ていった。

ステファが言った。「あの人はしょっちゅう不満を言って、年を取って病気だとこぼしてばかりいるけれど、ビジネスをいっぱい抱えていて、若者のようなエネルギーの持ち主よ。ほんとうに、何があったの？」ステファは声の調子を変えた。「記憶にあるかぎり、あなたと私は今まで一度も朝食をいっしょに食べたことがなかったわね」

「いや、あるよ。一度ね」

「いつのこと？　ソビエスキ王（十七世紀のポーランドの王）の時代？」

「ぼくがリーナとオトウォツク（ワルシャワの南東約三十五キロの地方）で暮らしていたときだ。ぼくがきみにダンチヒ鉄道駅から電話すると、きみはぼく宛ての手紙をひと包み預かっていると言った。ぼくはもうとぼしい朝食をその朝すませていたけれど、きみは無理やりぼくにもう一回食事をつき合わせた」

「あらまあ、この人ったら薄気味悪いほどの記憶力ね！　そうよ、あなたの言うとおりだわ。どのくらいになるのかしら？　永遠の倍くらい？」

「まるで昨日あったことのように覚えているよ」

「そうね、そうね。あなたは私をあのばかみたいなヘブライ語の先生のアパートに引っ張っていって、そうしてその先生は無礼な態度で私たちを追い出したのだった。どういうわけか、ほかならぬあの朝食にかぎって頭から抜け落ちていたわ」

「ほかならぬあの朝食がぼくの命を助けてくれた」

「あなたはあのとき碌なものじゃなかったし、年とともに悪くなるばかりで、良くならないわね。私のことを物語に書いたりもして、ありとあらゆる変な名前や偽名をつけているけれど、私は自分だとわかるわ。レオンだって私だとわかるし、彼自身だということもわかる。読んでいる最中に、彼はこう言うわ、『おまえの容姿だ、おまえの言葉だ』って。アレーレ、あなたの今朝の姿で心配になるわ。病気か何かなの？」

「病気じゃない」

「じゃあ、何？　気でも狂った？」

「どうもそうらしいな」

「そう、身から出た錆よ。ほんとうのことだけれど、あなたの女たちのことであなたを恨んではいないわ。私がイギリスから戻ってきて、あなたがここでのあなたの生活を語ったとき、私はあなたに言ったわ、『友だちでいましょう、それ以上の関係ではなく』って。私たちは見ず知らずの他人同士にはなれないもの、だって私たちのあいだに起きたことは神様ご自身だって消せないのだから。私はイギリスで十分に苦しんで、新たなごたごたには巻き込まれたくないと願っているの。あなたやあなたの女たちにかかわると健康な人間は病の床につく羽目に陥るわ。そうだとしても、私たちの友情に免じて尋ねるのだけれど、どうして自分をだめにして才能をめちゃくちゃにしているの？　どんな意味があるの？」

「意味なんてまるでない」

「何があったの？」

「家にいられないのさ、つまり自分の部屋にね、そしてオフィスにも行けない。二、三日の休養が必要なんだ」

「知ってのとおり、ここで好きなだけ休めるわ。フランカの部屋は空いていて、今はあなたのものよ。ここで食べて寝ればいい。心配しないで、あなたを襲ったりしないから」

「その心配はしてないよ」

「だれかに追われているの、脅されているの？」

「いや、でも数日のあいだは身を隠す必要がある」

「私の家はあなたの家よ。レオンがあなたに夢中なのは私以上だわ。どうしてなのかは、私には絶対にわからないでしょうね。奇妙で途方もないことに聞こえるかもしれないけれど、私はあなたと絶交できるけれど、彼には無理だわ。今日はあなたを私の恋人と呼んでいた。ときにはこう言うのよ、『おまえの二番目の夫』って。彼は確信していて、自分が死んだら私たちが大急ぎで結婚式の天蓋の下に立つだろうって信じているのよ」

「彼は間違いなくぼくより長生きするよ」

「私もそう思うわ。今、何かしてあげられることはある？」

「何もない。必要なのは休息だけだ」

「フランカの部屋に行って休みなさい。もうこれ以上質問しないから」

「ステファ、きみはぼくの知っているなかでもっともすばらしい人だ」

「嘘つき、悪党！」

「キスしなくちゃならないよ！」

「しなくちゃならないって言うなら、しなくちゃね」

私はフランカの部屋に引き下がったが、そこは窓が公園に向かい、太陽が差し込んでいた。部屋にはベッドがあり、机、本棚があった。フランカはいく人かの映画スターの写真を掛けていて、ほかにも彼女の祖父たち、祖母たち、そしておばの写真が掛かっていたが、そのおばはあまりに踊りすぎたため若いころに亡くなったのだった。一方の壁に見えるのは、馬に乗った若いポーランド人将校の写真だった——それはマルク、フランカの父親だ。

その日、私はステファやレオンとともに暮らすことになるのが決まったも同然となった。私が反対したにもかかわらず、ステファはフランカの部屋にソファを一つ増やす予定だと宣言し、戸棚も入れるから、そこに私の本や原稿、連載された私の小説の新聞からの切り抜きを置けばいいと言った。レオンは私に贈り物をするつもりだった——新品のイディッシュのタイプライターである。あらゆる機会をとらえて彼は同じことを繰り返して言った。自分が死んだあと、きみがステファの新しい夫になると定まっているのだから、今から始めたらいいじゃないか、と。「私が死ぬようにと祈る手間が省けるだろう」とレオンは言い、ステファが言い返した。「もしそういうばかげた空想がおもしろいのなら、どうぞご自由に夢見てちょうだい」

ラジオの談話は数週間分前もって録音してあったが、月曜には新聞社のオフィスに戻らねばならないとわかっていた。受付係の若者に電話すると、私の留守中に、助言を求める人たちが大勢オフィスにやってきたと告げられた。彼はその人たちに番号を割り当て、客の多いパン屋の流儀で対応した。月曜日は朝食のあと、私の計画では、七〇丁目の私自身の部屋に行って、そこに残してきた原稿を取ってくるつもりでもあった。ステファと約束し、その部屋を解約して彼らのところに引っ越すことになった。せめて食事代を払いたいと申し出たが、夫も妻も私に、侮辱しないでほしいと言うのだった。私は良い給料を稼げるようになってなんとか銀行に少し預金もできるようになったとたんに、人に食べさせてもらう生活になりつつある気がした。レオンは暗示めいたことを言い出し、遺書を書き換えてステファと私を遺言執行者にしようとほのめかした。私は抗議したが、彼はそつなくこう答えた。「私の遺書だよ、きみのじゃない」

ステファはつぶやいた。「八十歳になって、まるで子供みたいにふるまい始めているわ」

その日は暑くなりそうだった。私は依然として鍵も小切手帳もないままだった。少なくともミリアムが生きていることはわかった。日曜日に彼女に電話をかけ、彼女の声を聞いてから切ったのだ。もしかするとスタンリーが彼女といっしょにいて、彼女を家に閉じ込めているのかもしれない。たぶん彼女にやり直しを迫ったのだろう。今一度私はもうこれ以上ミリアムとはかかわるまいと誓った——彼女ともマックス・アバーダムともだ、彼はおそらく今ごろはポーランドにいる。小切手帳や貸金庫の鍵は簡単に新しいものが手に入るだろう。幸運が私にほほえんでくれていた——私という存在を支えている一本の柱を失ったとたんに、別の柱が代わりを務めてくれた。たしかに、こうなったのは、ただただ私が人との関係を決して終わらせることができないからだ。やり始めたことはなんでも、ずるずると永久にあとをついてくるらしく、それは私の書くものにおいても私の人生においても同じだった。

七〇丁目の下宿に来ると、入り口のドアがあいていて、外気を入れるつもりのようだった。自分の部屋に行こうとして階段をのぼり始めると、玄関で電話が鳴るのが聞こえた。すぐに駆けおりて、受話器をつかみ、大きな声で「もしもし！」と言った。電話の向こうでつぶやく声がして、返事をするかどうか決められない人が立てるサワサワという音がした。とうとうミリアムの声がして、弱々しく、震えがちに言った。「私よ、娼婦」

私はあたかも受話器を置くようなしぐさをしたが、受話器がまるで手に張りついているかのようだった。私はしゃべりたくなかったのか、あるいはしゃべることができなかったのだが、ミリアムは続けてこう言った。「あなたは私の部屋に鍵を置いていったし、小切手帳とお金もいくらかあるわ。ユダ（「創世記」に登場するヤコブの息子の一人）が訪ねた娼婦のように、私は『あなたの印章とあなたの腕輪とあなたの杖』（「創世記」第三八章一八節。口語聖書では腕輪ではなく紐となっている）を返したいの」

ミリアムは英語で話したが、モーセ五書からの引用だとわかった。もう四十年ほども前に、私はこれらの文句をクロホマルナ通り（シンガーが少年時代を過ごしたワルシャワのユダヤ人街）にあったイェヒール先生《メラメッド》の初等学校《ヘーデル》で学んだ。ミリアムはどうやら英語の聖書でその話を見つけたらしかった。私は言った。「タマル（ユダの長男の妻タマルは遊女に身をやつし、ユダによって子を得た。「創世記」第三八章参照）は売春婦のふりをしたけれど、きみは実際にそうなんだ」

「それなら、どうしてユダのような聖人みたいな人が彼女のところに行ったの？」とミリアムが尋ねた。

「ミリアム、今はモーセ五書の物語を論じる場合じゃない」

「いつならふさわしい場合なの？　あなたの持ち物を渡したいのよ。私は娼婦かもしれないけれど、泥棒じゃないから」

今一度私は受話器を置きたくなったが、再びなんらかの肉体的な力が私を押しとどめた。自分がこう尋ねている声が聞こえた。「どこにいるの？」

「ブロードウェイ・カフェテリアの近くよ、私たちがいっしょに食事をしたところ」とミリアムが言った。「あなたの物を持っているの。もし娼婦といっしょのところを見られるのが恥ずかしいのなら、あなたの部屋に持っていってもいいわ」

「ミリアム、ぼくたちのあいだはすべて終わったんだ」

「わかっているわ、でもあなたの持ち物を返したいのよ」

彼女の声には訴えるような響きがあった。私はついに言った。「カフェテリアで会おう」

「いいわ。五分で着くわ」

受話器を置くと、私は誓いをつぶやき始め、絶対に、絶対に、絶対に二度とこの売春婦といかなる関係も持たない、と唱えた。

通りに出て、少しのあいだカフェテリアから離れる方向に歩き、ハドソン川の方に向かった。それから身をひるがえし、歩いて戻り始めた。私が建物に入ったとたんにミリアムが電話をかけてきたということは、彼女がそれまでに繰り返し電話していたということだ。スタンリーが彼女のあとを追ってきて私たち二人を撃つかもしれないという考えもまた、頭に浮かんだ。鍵と小切手帳をお決まりの面倒な手続きなしに取り戻せるのはうれしかった。仕事をなおざりにしていることはわかっていた。小説を連載している作家は決して自由ではない。もし自分の仕事に真剣であれば、作家自身の生活が連載のように分割されて生じるようになる。絶えず思いがけない事件や意外な展開を探し出し、スピノザが事物の秩序と観念の秩序と呼んだものに対応する予期せぬできごとを見つけ出さねばならない。私は急ぐなと自分に言い聞かせた。ミリアムを待たせておけ。だが私の足はそれでもやはり急ぎ足となり、まるで足が勝手にそうしているようだった。たぶんあの早朝のスタンリーとの話し合いがどう決着したのかを足が知りたくてたまらないのだろう。通りを行く人たちが私に向かって歩いてくると、私は避けようとして右によけたが、彼らは左によけるので、ぶつかりそうになった。これがいく度か起きた。私たちは互いに踊るような恰好をしたり、行く手をふさぎ合ったりした。八〇丁目に着くと、向かい側の角にミリアムがいて、赤信号が緑に変わるのを待っていた。

そうだ、あれはミリアムだ、だが様子が違う。丈の短い赤い服を着て、赤いブーツをはいている。ストッキングもまた、赤だ。頬には濃くルージュが塗られ、まつ毛はマスカラで青黒い。真っ赤な唇からはタバコが下がっているが、それは巻きタバコ用の長いパイプの先につけられている。即座に私は彼女がしたことを理解した。ワルシャワの売春婦のやり方で装ったのだ。長いパイプにつけたタバコまでもがワルシャワに特徴的なものだった。彼女はそれをすべて計画していたのだ——モーセ五書の引用も、今身に着けている服も。行きかう人々が目で彼女の姿を追っているのを私は見たが、彼らは肩をすくめ、笑みを浮かべていた。彼女と歩けばきっと私は逮捕される、という考えが頭をよぎった。信号が変わり、私は通りを渡ろうとした。ちょうどそのとき、巨大なトラックが七九丁目から現われ、ミリアムを視界からさえぎった。私は建物と言ってもいいくらい背の高いその怪物の周りを回っていかねばならなかった。警笛が聞こえ、一台の車がいきなり近くの脇道から飛び出してきて、すんでのところで私は轢かれそうになった。車がスピードを上げて通り過ぎるとき、そのエンジンの熱を感じ、ガソリンから揮発するガスのにおいがした。私が死にそうになったのは、あまりにもこの娘に会いたがったためだろうか、真実をひと言も言わない女、マックスを、この私を、スタンリーをだまし、ほかにもだれをだましたか知れたものではないこの娘に。「けがらわしい！　けがらわしい！　彼女は肉欲と欺きに完全に浸りきっている」と私は自分に言った。そして今一度、彼女の忌まわしい顔を見るのはこれが最後だと誓った。

私たちはカフェテリアで腰をおろしたが、今回は窓のそばのテーブルではなく、隅の方に奥まったところだった。数人の客が驚いた様子で私たちに目を向けたが、だれも近づいてきたり話しかけたりしてこなかった。しばらくしてミリアムがルージュとマスカラを顔から拭い取った。私たちはコーヒーを飲んでいて、彼女が話した。「そうよ、これが昔の私で、これからもずっとそうなのよ。罪悪感など感じない、一分たりともね。十六歳でヤネクのようなならず者に恋をして、これまで味わったつらい思いをずっと耐えてきたのはばかだったわ。でも良心のとがめを感じてどうなるの、そんなのは宗教上の観念よ。もしなんらかの人格神や性的倫理観を信じていないのなら、悔い改めなんてありえないでしょう？　私はけがれたゲームをすっかり耐え忍んだし、つけ加えなければならないけれど、いい思いをしたこともあった。あのころはほとんどいつでも酔っていたわ。私のいたところにいる方が、ゲットーの廃墟のなかをうろつくよりましだった。死ぬ覚悟をしていたし、私が生き延びて、少なくとも肉体的には五体満足のまま出てきたというのは、私には説明のつかないことだわ。もし後悔することがあるとすれば、あなたとマックスに真実を隠してきたことね。でも真実はいずれにしても浮かび上がる。よく言うように――水に浮く油みたいにね」

「きみのような人間は『真実』という言葉を口にすることだってすべきじゃないんだ」

「あなたはかつて書いたわよね、あらゆる嘘の背後には真実が隠れているって。フロイトの言う意味ではなく、明瞭かつ客観的にね」

「真実なのは、きみはぼくが運悪く出会ったなかで最大の悪党だということだ」

「そうかもしれないわね。でもそれでも私が生き、苦しみ、希望を持ったというのは事実よ。あなたはかつてスピノザを引用して、嘘などはない、ただゆがんだ真実があるだけだ、と言ったわ。蛆虫にだって自らの小さな真実はある。生まれて、つかの間を生きて、それからだれかの足に踏みつぶされる。それはあなたの言葉よ、私のじゃないわ」勝利感に似た表情がミリアムの目に現われた。

私は自分がこう尋ねている声を聞いた、「あの朝、ぼくが出ていったあと、どうなった？」そしてすぐに自分の言ったことを後悔した。

「あら、知りたいの？」

「答える義務はないよ」

しばらくのあいだミリアムはしゃべらなかった。「いろいろなことが起きたわ。スタンリーはあの日まる一日と次の晩も私のところにいた。その夜を生き延びられるとは思わなかったし、死ぬ覚悟をした。信じてくれなくてもいいけれど、私は何年も死とともに生きてきたのよ。自分自身の体を知っているように死については知っているわ。リボルバーで私を脅したのはスタンリーが初めてじゃない。私が命を捧げた例のあのヤネクは、ガラスのコップを私の頭に載せて、それを撃っておもしろがった。同僚を連れてきて――ポーランド人よ、ドイツ人じゃない――彼らは同じゲームをやった。これは何百もの実話のほんの一つだわ、あなたが信じようと信じまいとね。私が泣いたり、謝ったりするために来たなんて思わないでね。私はあなたに何も借りはないわ――あなたに借りはないし、マックスにだってないわ」

「マックスはどこにいるんだ？」と私は尋ねた。

「マックスはポーランドよ」

「出発前に彼に会った？」

「いいえ。どうやって会えたと言うの？　電話が鳴ったけれど、スタンリーは取るなと言った。マックスがパーティの翌朝マチルダ・トレイビッチャーといっしょにポーランドに出発したことはわかったわ」

「どうやってきみの夫から逃げられたんだ?」

笑いの兆しがミリアムの目に浮かんだ。「私の夫ですって、ええ? 私を殺さなかったんだから、遅かれ早かれ出ていかざるをえなかったのよ。出ていく前に、私と離婚するつもりだと言った。おかしかったわ、ほんとにおかしかった」

「なぜおかしかったんだ?」

「彼は私を殺すべきかどうか決心がつかなかったのよ。そのことについてずっとしゃべり続けて、とうとう私に助言をくれってたのんだ。そんな話、聞いたことがある? 人殺しが犠牲者に助言を求める。いわゆる私の悲劇の真っ最中に、ただもう笑わずにいられなかった」

「きみはなんと助言したんだ?」

「私の助言は、お好きにどうぞ、よ」

「これもきみの作り話の一つか?」

「いいえ、真実よ」

「それからどうなった?」

「さよならと言って、出ていった。ある瞬間に殺すと言ったと思うと、次にはやり直そうなんてべらべらしゃべる。子供を作ろうなんてことさえ言い出した。こんなことがありうるなんて私だって信じなかったでしょうね、ただこれまでの人生で目にしてきたことのあとでは私はもう驚かないのよ。何があっても私が衝撃を受けるなんてことはもうありえない。もし今この瞬間に天が裂けて神様がお供の天使や悪魔の一団に囲まれてこのカフェテリアに歩いてきたって、私はまばたき一つしないでしょうよ。あなたは作家かもしれない、作家ね、でも人類にどんなことができるかについては、私の方があなたよりよく知っているわ」

「きみの先生についてはどうなんだ、そしてきみの主張では戦争中の数年を過ごした暗い小部屋については——あれも嘘だったのか？」

「嘘ではなかったわ。私は生き続けようとしてあがいたりはしなかった——だってなんのために？でも一種の野心が私のなかに芽生えてきて、あらゆることに打ち勝ちたくなり、この汚らしい時代を強く生き延びてやろうと思ったのよ。私にとっては一種のギャンブルか気晴らしみたいになったと言ってもいいわ。うまくやってのけられるか、それともだめかってね。あなたはよく人生はゲームだとか、賭けだとか、何かそんなふうに書くでしょう。私は決心して、何があろうとも〈死の天使〉の両手をすり抜けてやろうと決めたのよ。だんだん事態が明白になって、今日にもつかまって、移送される集団の一つといっしょに送られてしまいそうに思えたとき、私は逃げ出し、昔の先生が受け入れてくれたのよ」

「それはいつのことだ？」

「一九四二年の終わり。いいえ、もう一九四三年になっていたわ」

「きみの先生はきみのふるまいについて知っていたのか？」と私は尋ねた。

「ええ。いいえ。どうだかわかるわけないでしょう？」

「そしてきみがああいう本をみんな読んだのは彼女の家でだったのか？」

「そうよ、その家で」

「そしてそれからどうなった？」

「一九四五年に私は這い出した、穴から出てきたネズミみたいにね、そして新たな章が始まった――さまよい、こっそり国境を越え、納屋で寝て、溝で寝て、そのほかあらゆること」

「きみのぽん引きはどうなったんだ？」

「ヤネクは死んだわ」

「蜂起のときに亡くなったのか？」

「だれかが当然の報いをしたのよ」

「それがまさしく人間のやることだな、互いに殺し合って、マルサスが正しかったということを証明するわけだ」と私は言った。

ほほえみがミリアムの唇に浮かんだ。「これがあなたの理論？」

「どんな理論にも劣らないよ」

私たちは長いあいだ黙ったまま座っていた。ミリアムがカップを取り上げ、一口すすって言った。

「コーヒーが冷めちゃったわ」

私たちは外へ出て、セントラルパークウエストの方に歩き出した。人々が通り過ぎ、私たちをじろじろと見た。男たちはミリアムの奇妙な格好を見て笑みを浮かべ、女たちは頭を横に振って非難の意志を表現した。ミリアムが言った。「あら、あなたの物を渡すのを忘れていた。このバッグに入れてあるの——あなたのお金と、鍵と、小切手帳」

彼女がバッグをあけようとする動作をしたが、私は言った。「この通りではやめてくれよ」

「タマルはどこでユダに彼の持ち物を返したの？」とミリアムが尋ねた。

「彼女はそれらを使いの者に持たせた。それより前に彼は彼女に子ヤギを送りたかったのだが、使いの者が彼女を見つけられなかった。彼女が薪の山に連れていかれて火あぶりにされそうになったとき、彼女は彼に担保《マシュコネス》を戻した」

「ああ、あなたはなんでも覚えているのね。私はその話をほんの二、三日前に読んだのに、もう忘れてしまったわ」

「きみはそれを読んだ、でもぼくは初等学校でそれを覚えたんだ」

「初等学校の子供たちがそんなことを習ったの？」

「遅かれ早かれ、子供たちはすべてを知るのさ」

「売春婦を一回訪ねるのと交換にヤギ一頭というのは悪くない取引きね」とミリアムが言って、笑った。

「明らかにタマルは見た目の美しい女だったんだな」

「いったいどういうわけで、重要人物、つまりユダヤ人がみんなあとでその名で呼ばれるようになった人が、売春婦のもとに行く必要があると思ったのかしら？　それにどうして聖書はそれについて私たちに語るの？　そしてなぜユダは子ヤギを彼女に送ったの？　あなたはあなたのオフィスのだれかに、売春婦のところに子ヤギを持っていくようにたのんだりするかしら？」

これはひどく風変わりだったので私は笑わずにいられなかった。ミリアムもまたどっと笑い出した。しばらくして私は言った。「そういうのは偶像崇拝の時代のことだ。売春婦は神殿とかかわりがあった。一つの制度であって、日本の芸者の制度に似ていなくもない」

「なぜその制度が今では存在しえないのかしら？　あなたがユダで、私がタマルだとしてみて。あなたは一つの担保《マシュコン》として私のところに小切手帳と、お金と、鍵を残していった。もしもあなたには使いの者がいなくて私にヤギを送れないのなら、あなた本人が払ってちょうだい」

「きみの値段は？」

「やっぱりヤギね」

突然ミリアムは歌い出した。

タイゲレヒ、ミゲレ、コジンカ、
赤いザクロ
パパがママを叩き始め
子供たちがみなで踊る

私たちはセントラルパークの外側にあるベンチに来て、腰をおろした。ミリアムが再びまじめな様子になった。彼女は言った。「実際のところ古代から何が変わったのかしら？　偶像崇拝者たちは相変わらず私たちとともにいるし、偶像だってそうだわ。ヒトラーは偶像じゃないとしたらなんだったというの？　そしてスターリンは？　それにハリウッドの俳優や女優たちだってそうでしょう、郵便袋で何袋もラブレターを受け取って、写真が世界をめぐっている。新しい外套を着ても中身は同じイエントル（イディッシュの女性の名前）だわ。娼婦たちはたしかに同じよ、たとえ大学を卒業したり、あなたについて博士論文を書いていてもね。私のような人間を何が抑制するのかしら？　私たちがワルシャワにいたとき、母はありとあらゆるくず連中と遊び回っていた。母は表面上は共産主義者で女優だった。母が女優だったなんて、私がラビの奥さん《レベツィン》だって言うのと同じだわ。それはみんな男たちと情事を持つ口実だった。父だって似たり寄ったり。どれだけ愛人がいたか知れたものじゃない。父が私をギムナジウムに入れ、そこで私はヘブライ語と聖書を勉強したけれど、父はどちらもまじめに考えてはいなかった。父は私のようなユダヤの娘は安息日を守らなければならないと主張したけれど、そのくせ父自身は安息日の掟をすべて破った。世俗的なユダヤ人はみんなそんなものよ。ドイツで父は密輸業者になった。母は半分ユダヤ人のジャーナリストとの情事を続けた。それにユダヤ人国家はどうなっているとあなたは思う？　メア・シェアリム（エルサレムにある正統派のユダヤ教徒が暮らしている地区）にいる宗教的な人たちを除けば、信心深いなんてとんでもない。そしてあなた自身はどう？　そしてマックスは？　そしてあのばかのスタンリーは？　あなたたちはだれも私を指さして非難する権利などない。私の大学にいる女の子たちと較べて、私がどれほど悪いの？　私のクラスメートたちに男性がどのくらいいるか、わかったものじゃない。それに夫が毛皮や宝石やキャデラックを惜しげもなく与えてくれるのに、あらゆる種類のくずみたいな連中と過ごしている女たちはどう？　私は、少なくとも、自分の悪臭芬々たる命を救い出そうとしていた。ナチの手に落ちたユダヤの娘ならほとんどが、チャンスさえあれば同じことをしたでしょうよ」

「ぼくは道徳を説いているわけじゃないし、ぼくに対して釈明する必要はないよ」と私は言った。

「あなたは説いているわよ、私を娼婦と呼んだわ。私が娼婦だとしても、あなたが好色漢である以上のことかしら？　あなたたち作家、あなたたち芸術家はいったい何者よ？　もし神が存在せず、人間がサルから進化してきたのなら、どうして私は好きなように行動してはならないの？」

「もし女たちみながきみのするようにふるまったら、男はだれも子供たちの父親が自分なのかどうかわからなくなるだろう。きみ自身が革命後のロシアで起きたことを知っている、売春がプロレタリア階級の美徳になったときのことをね。何十万という泥棒、犯罪者、人殺しどもが通りに姿を現わした。やつらがロシアを滅ぼしそうなくらいだった。ユダヤの娘たちがきみのようにみだらになったら、我々ユダヤの残りの者はどうなるだろうか？」

「彼女たちはすでにみだらだわ。私の大学のユダヤ人の女の子たちはみんなキリスト教徒と恋愛関係を持っている。結婚した女たちやシナゴーグ（ユダヤ教会堂）に加わった女たちだって、完全に同化した。アメリカのユダヤ性はイスラエルに小切手を送ったり、ハダッサ（一九一二年にニューヨークに創設されたユダヤの女性慈善団体）に属していることにあるのよ。そしてユダヤ人国家でも事情は変わらないと聞いているわ」

私たちは長いあいだ何もしゃべらずに座ったまま、まっすぐ前方を見ていた。私たちはどうやらアップタウンに歩いてきたようだった。というのも、腰かけたベンチはトレイビッチャーの家のある建物からさほど離れていなかったからだ。ミリアムが不意に体を動かした。

「さあ、あなたの担保《マシュコネス》よ」彼女はハンドバッグをあけて鍵と小切手帳と、彼女が封筒に入れておいた数枚のドル紙幣を私に手渡した。彼女は言った。「起こったことを全部マックスに言っていいわよ。ただこれも覚えておいてね、私は男性なしではやっていけないの。もしお望みなら、私たちが会うのはこれが最後でいいわ」

私たちはベンチから立ち上がり、公園に入って、黙って歩き、池に着いた。朝はよく日が射していたが、今は雲が空を覆っていた。空中には雨の降りそうな気配がただよい、近づきつつある秋の気配もわずかに感じられた。鳥たちがいくつもの群れになって飛び、があがあ鳴いて水面を渡った。ミリアムと会い続けるわけにはいかなかったが、彼女と別れる気にもなれなかった。

次はどうしたらよいのか？　たびたび感じていたことだが、人が何をして何を言おうとも、未来は過去の単なる繰り返しにすぎない気がした。ステファは私に家を提供し、私はそれを受け入れてしまった。彼女は太って、中年となり、機嫌の悪いことがよくあった。結婚した自分の娘に不満を抱き、娘に関して絶えず気に病んでいた。「フランカはユダヤ人がいやでならないのよ」と彼女はよく言った。「私に腹を立てているの。私があの子にどんな悪いことをしたというの？」だめだ、私はステファやレオンといっしょに暮らしていくことはできない。レオンの奇妙なおしゃべりをがまんできないし、遺書についてのほのめかしや、私の書くものについての果てしないむだ話には耐えられない。彼はうまく私をおだてたり、彼なりの単純なやり方で私を苦しめたりする。どういうわけか彼は私の抱く熱情や幻想を理解して、人生の空しさを見てきた老人特有のあざけりでそうしたものを愚弄するのだった。

黄昏どきとなったが、ミリアムと私はまだ歩いていた。公園には次第に人がいなくなり、まもなく私たち二人きりとなった。日の長い一日だった。赤い太陽が空にかかって、巨大な火の玉のようだった。照らすのではなく、光っていた。まるで、天文学になんらかの間違いがあったせいで、太陽が沈むのを忘れてしまい、途方に暮れてまごついたまま空にかかっているかに思えた。私はしばしば目の前で宇宙の変化が起きるところを空想した。地球が太陽から離れていくだろう——そしてそれから？　神はなんらかのやり直しを世界に引き起こしたりするのだろうか？　しかし人々が以前のままの人々であるならば、どんな違いがあるというのだろうか？

ミリアムが私の腕を取ったが、私は彼女の指の感触を肌に感じていらいらし、指を一本ずつはずしていった。彼女はワルシャワの崩壊、ポーランド人の蜂起やナチの残忍なふるまいの話をし、私はもうそれ以上聞きたいとは思わなかった。どういうわけか彼女は私に執着した。このような女が愛を感じることがありうるのか？　彼女が絶えず会話の話題を変えることに私は気づいたが、おそらく私を退屈させまいとしたのだろう。私は自分本位に考えをめぐらして、私がミリアムより優位に立ったのだろうか、あの生物学的な力、つまり男や女や動物や鳥の、あらゆる種、あらゆる属に存在するあの力――一種の普遍的なつつきの順位（鳥の群れにある社会順位。上位の鳥が下位の鳥をつついてもつつき返されない）を得たのだろうかと考えた。私はもう彼女を喜ばせる必要はない、私はありとあらゆる意味のない、ばかげたことをまくしたてることができるだろう。彼女の問いかける声が聞こえてきた。「イディッシュはどうなると思う？」

　彼女はその質問を急に思いついたのだろうか、それとも何か彼女がすでに言ったことにかかわりがあるのに、私がそれを聞いていなかったのだろうか？　私は真剣に答えようと決めた。「言語としては次第にもっと豊かになっていくと思うが、それを話す人間の方はますます貧しくなっていくだろう。イディッシュ主義者は乞食の集団になって、だれも読まない詩を書くことになるだろう。作家たちはリュックに原稿を入れて運び、それがあまりに重いので、その重みでよろめくだろう。彼らは革命を企てるが、それを起こすのは地上ではなくて……」

　ミリアムが突然さえぎった。「あれを見て！」

　私たちはセントラルパークの南側の縁まで来ていた。あらゆる摩天楼の窓が薄気味悪い輝きを反射して、まるで巨大なガラスの壁がひとりでに、そして自力で輝いているかのようだった。美しい眺めではあったが、ただその光のせいで建物の群れが空虚な、人間の存在を欠いたものになっていた。私はブラツラフのラビ・ナフマン（一七七二・一八一〇。バール・シェム・トーヴの曾孫でハシディズムの指導者。ブラツラフはウクライナの町）が語った物語を思い出した。それはある宮殿についての物語で、長いテーブルが王室の祝宴のためにずっと準備されているのだが、それにもかかわらずその宮殿は何十年もうち捨てられたままなのだった。

ミリアムが言った。「笑わないでね、でもおなかがすいたわ」

「それは笑う理由にはならないよ」

「バタフライ！　まだあなたをバタフライと呼んでいい？」

「ボフシの子ナフビと呼んだっていいさ」

「それって、いったいどんな名前なの？」

「モーセ五書のだよ（「民数記」第一三章一四節。口語聖書ではワフシの子ナヘビ）。その名前を自分で使った作家もいた——イディッシュで書いた人かヘブライ語で書いた人か、覚えていないけれど」

「バタフライ、私はもうあなたなしでは生きられない。それがつらい真実だわ」

私は足を止め、ミリアムもそうした。「そんなにすぐに？」と私は尋ねた。実のところ、しゃべっているのは自分ではないような気がした。自分の口に自律性のようなものを与えてしまっていて、口が勝手に動いたのだ。

「私には、なんでもすぐに起きるのよ。すぐに起きるか、さもなければ全然起きないか、どちらかよ」とミリアムが答えた。

「それでマックスはどうなの？」

「彼がいないのもさびしいわ」

「そしてスタンリーは？」

ミリアムは身震いした。「彼の名前を出さないでよ、いまいましい！」

「どこで食べたい？」

ミリアムは答えなかった。彼女は私の腕を取り、痛いほど締めつけた。彼女は言った。「バタフライ、いい考えがある。でも笑わないって約束してちょうだい」

「笑わないよ」

「あなたはもう私の真実を知ったのだから、すべてこのままにしておきましょう」

「何をこのままにしておくんだ？」

「私は売春婦で、あなたは私の客になるのよ。私の部屋が私たちの売春宿。あなたは私にお金を払う——でも安くしておくわ。一週間に一ドル、あるいは一晩につき十セント。ワルシャワにはそのたぐいの安い売春婦たちがいたわ、実のところ、あなたの住んでいたクロホマルナ通りにね。私は彼女たちに較べて魅力が劣るかしら？　ほんとうのお買い得品が手に入るわよ。料理だって作ってあげる。みんなどこでもお買い得品に飛びつくわ。私はあなたのお買い得品になる。娼婦と呼んでくれていいわ。それが今日からの私の名前よ」

「マックスはどうなるの？」

「彼も私をそう呼ぶことになるでしょう。もうごまかしのゲームはしたくない。正直な売春婦になりたいの」

私のなかで何かが笑おうとし、そして両目にちくちくする痛みも感じた。

「それでほかの人たちは？」と私は尋ねた。

「ほかの人たちって？　ほかの人たちなんていないわ」

「客が二人きりの売春婦かい？」

「そうよ、あなたとマックス。もしマックスが私をいらないと言ったら、あなただけのものよ。聖書に、娼婦と結婚した預言者の話があったのを覚えているわ。でも結婚はしたくない、文字どおり娼婦でありたいの」

「これからどうしよう？」と私は尋ねた。

「十セントちょうだい」

「前払いかい？」

「ワルシャワではみんないつでも前払いしていたわ」

「ちょっと待って」

私はズボンのポケットに手を突っ込み、十セント硬貨を見つけた。ミリアムは片手を差し出した。

「そら！」私はそれを彼女の手のひらに載せた。

彼女はしばらくのあいだその硬貨を握って、それをじっと眺めた。それからもう一方の手でそれを取り、彼女の唇に当てた。「生涯でもっとも幸せな夜だわ」と彼女は言った。

第二部

第七章

二週間が過ぎ、マックスからはなんの便りもなかった。共産主義体制のポーランドで逮捕されでもしたのだろうか？　ハイム・ジョエル・トレイビッチャーに電話したが、家にはだれもいなかった。私は夜をミリアムと過ごしたが、彼女の部屋ではなく、ミリアムが子供の世話をしているレズビアンの女性のパーク街のマンションでだった。ミリアムはその家の女主人――リン・ストールナー――に私を紹介した。緑色の目をした背の高い女性で、真っ赤な赤毛を男性ふうにカットし、顔と手にそばかすがあった。鼻は低く、唇はふっくらしていた。彼女の相手はシルヴィアといい、背が低く浅黒いタイプだった。どちらも夫と離婚していた。彼女たち二人は夏の休暇でマーサズビニヤード（マサチューセッツ州南東岸沖の島、高級避暑地）に出かけていて、ミリアムが子供の世話をすることになっていた。パーク街の豪華なマンションで、ミリアムは自分と私の食事の準備をした。私たちはリン・ストールナーの文学的なワインセラーからワインを出して飲んだ。日中、ミリアムがディディという男の子を公園や遊び場に連れていっているあいだ、私はリン・ストールナーの書斎に座って、彼女の本を読んだ。新しいテーマや思いつきを書き留めたりもした。ときにはイディッシュ新聞をぱらぱらめくったが、それはミリアムが朝のうちに持って上がってくるのだった。

　マンションのすべての部屋に電話が備えつけられていて、私はしばしばステファに電話した。私たちの会話はほとんど常に同じだった。こんな暑い夏の日にあなたはどこに隠れているのよ？　彼女はなぜ私が彼女に会いにこないのかを知りたがった。彼女とレオンはアトランティックシティ（ニュージャージー州南東部の都市。海辺のリゾート地）のホテルに一か月滞在する準備をしていた。彼らは私をいっしょに連れていきたがった。ステファは不平を言った。「あなたにはがっかりよ、アレーレ。仕事に集中するかわりに、ありとあらゆるくず連中と遊び回っているのだもの。私はあなたという人とあなたの才能を信じているのに、あなたは自分を破滅させるために、やれることはなんでもするのね。レオンはあなたがイディッシュで書くものに熱狂しているけれど、アメリカでだれがイディッシュを読むかしら？　あなたは泥沼にはまり込んでいて、二度と出られなくなるわよ。あなたより二十も若い三流作家が金持ちになって有名になっているのに、あなたは何か病んだもの、腐りつつあるものにしがみついて、生きているというよりは死んでいるものに執着している。レオンはだれかあなたの作品を英語に翻訳する人がいたらお金を出そうと提案した。ほかの人たちなら彼があなたにあげたチャンスに飛びつくでしょうけれど、あなたは自分が落ち込んだ苦境から抜け出すために何一つしない」

「ステフェレ、文学はぼくにとって、そのために物乞いをするほど重要なものではないんだ」

「何が重要なのよ？　あなたがあなたのお父さんみたいに信心深いユダヤ人だというのなら理解できるし、または、シオニストでユダヤ国家を再建したいというのならわかりもするけれど。あなたがしていること、あなたのふるまい全体はまったくの自殺よ。どこから話しているの？」

「ぼくのオフィスからだ」

「嘘つき、オフィスになんかいないくせに」

「どうしてわかる？」

「あなたのオフィスに電話したら、いないって言われたわ」

「なぜ電話をかけたんだ？」

「なぜならレオンの仕事が予想以上に早くけりがついて、明日アトランティックシティに出かけることになったからよ。さよならを言うために電話したわけよ」

「さようなら、ステフェレ。楽しい夏になりますように」

「あなたはどこにいるの？」

私は間をおいて、それから言った。「ぼくはレズビアンの母親のためのベビーシッターになったんだ」

「からかってるの、それともなんなの？」

「からかってないよ」

「ちょっと待って、だれかがドアのベルを押している。すぐに戻ってくるから」

ステファはドアのところに行き、私はそのまま受話器を耳に当てて座っていた。さっきから朝刊をひざに載せていたので、このときそれをぱらぱらめくる機会を得た。いきなり数段ぶち抜きの大見出しが目に入った。《ハリー・トレイビッチャー自殺》。体のなかで何かが身震いした。ハリー・トレイビッチャー、すなわちヘルシェレは、マックスが自分の顧客である難民の金をまかせた株式仲買人だ。新聞の記事によれば、トレイビッチャーは株や有価証券横領のため拘留中に首を吊ったとある。彼は共同体の活動で長く活躍してきた著名な慈善家ハイム・ジョエル・トレイビッチャーの甥である、と新聞は書いていた。ステファの声が聞こえた。「アレーレ」

「うん、ステフェレ」

「郵便配達人で、レオン宛ての書留だったわ。ベビーシッターとかレズビアンについて何をしゃべっていたの？　酔っぱらっているか何かなの？」

「酔ってはいない、でもたった今読んだんだが、今日の新聞に、ポーランドの難民たち、つまりぼくのいた地方の人たちの金で投機をしたある人物が、自ら命を断ったと書いてある。これはまったく大惨事だよ」

「その人にお金を預けていたの？」

「ぼくは違う、でもぼくの親友が預けていた。ひょっとしてマックス・アバーダムについて聞いたことがある？」

「いいえ、だれなの？　あなた、どこから電話しているの？　レズビアンって、だれ？」

「マックス・アバーダムはワルシャワからの友人なんだ。このニューヨークに愛人がいてね、学生なんだ。彼女がレズビアンのベビーシッターをしている」

「それがあなたとどういう関係があるの？」

「その学生はぼくの作品について博士論文を書いているのさ。書いたものを見にきてほしいと彼女に言われた。すごくたくさん間違いがあって、それを直そうとしているところなんだ」

「ほんとに、あなたは正気をなくしてしまったんだと信じてしまいそうよ」とステファが言った。「どんな大学だって無名のイディッシュ作家の作品についての博士論文を受理しないわ。あなたはいつだって、あなたの時間を奪うだけの人たちに夢中になるのね。私はニューヨークの夏にはがまんできないから、私たちは明日アトランティックシティに出発するの。でもあなたもよく承知しているとおり、来る日も来る日もレオンといっしょにひと月過ごすのはまったく耐えがたいことだわ。ここニューヨークなら彼にはビジネス上の用事があって、私は一人になれる。でもひとたび地方に行ってしまうと彼には私しかいなくなるから、彼を厄介払いするのはむずかしいのよ。もしあなたがいっしょに来てくれたら、私たちみんなが楽しく過ごせるでしょう。私たちの行く先の住所を知っておいてほしいの、そうしたら、もしあなたがあなたの頭の変な人たちやあなたのエネルギーを吸い取る取り巻き連中にうんざりしたとき、訪ねてきて私たちと過ごせばいい。鉛筆を持ってきて、書き留めてちょうだい……」

ステファはホテルの名前を言い、住所と電話番号を書き取らせて、それからこう尋ねた。「その人、あなたの友だち、あなたがさっき言った人の名前は何？」

「マックス・アバーダムだ」

「それが命を断った人？」

「そうじゃなくて、彼の仲介人、彼の株式仲買人だ」

「その人のことは聞いたことがないわ、でもレオンにはだれだかわかるでしょう。それがみんな、あなたとレズビアンになんの関係があるの？」

「全部からみ合っているんだよ」

「そう、じゃあそうしておきましょう、さようなら。神様に助けてもらうしかないわね！」

受話器を置いたとたん、電話がまた鳴った。ミリアムだった。彼女は動揺した声でこう尋ねた、「なんだってだれかとこんな長話をしていたのよ？」

「オフィスの人からだったんだ」

「アレーレ、マックスが病気なの！」と彼女は叫んだ。

「ポーランドで病気かい？　どうして知っているの？」

「ディディをベビーカーで私のマンションまで連れていったら、管理人がワルシャワからの海外電報を預かっていたの。何か良くないことだという気がした。マックスは入院している。手術を受けたのよ！」

「大変だ、何があったの？」

「電報にあるのは手術を受けたということだけよ。腎臓が悪かったことは知っているの。彼のこの旅行は心配だったのよ。ポーランドに行くと聞いたとたんに、彼は災難に向かうんだって私にはわかった。このニューヨークなら彼にはお医者さんがいて、彼のことはなんでも心得ていて面倒をみてくれる。でもワルシャワの医者、それも戦後の医者なんて、たぶんみんな若僧よ、学生だわ」

「電報は正確にはなんと書いてあるの？」

「彼が手術を受けたということ、それから、彼がスイスから電報を私に送るだろうということよ。それから、あなたによろしくって」

「スイスのどこ？」

「住所はないわ。たぶん静養するためにそこへ行くのよ。マチルダ・トレイビッチャーがスイスのどこかに別荘を持っているのはわかっているんだけど。もちろん、彼女が彼といっしょにいるのは知っているわよね」

しばらくのあいだ二人とも黙り込んだ。それから私は言った。「ミリアム、どうやらぼくらには次から次へと立て続けに災いが起こるらしい。ハリー・トレイビッチャー、つまり、きみがヘルシェレと呼んでいる人が、自殺した」

「なんですって？　信じられないわ！」

私は彼女に新聞の記事を読んでやった。ミリアムは抑揚のないワルシャワの嘆きの調子でしゃべった。「このせいでマックスは死んじゃうわ！　これでマックスは終わりよ——私の人生もね。彼なしでは生きていたくない。アレーレ、私の罰がとうとう来たのよ。マックスはハリーにお金をすべて預けていたの——自分のだけじゃなくてお客のお金もね。お金のこととなると、マックスはことのほか誠実なの。この話を聞いたら、彼は悲嘆にくれるでしょう。ああ、もうこれ以上生きていたくない。バタフライ、あなたはまさしく私の胸をナイフで貫いたわ」

「ねえミリアム、この知らせをきみに隠しておくことはできなかった」

「そうよ、そうよ、できるわけがない。これは災いだわ、大惨事だわ。プリヴァは何一つ、何一つなくなってしまうでしょう。私はマックスに注意したのよ、彼に言ったのよ。あなたに会ったまさに初対面のときに、私はあなたにハリーは詐欺師で山師だって言ったでしょう。競馬をやり、ロールスロイスを乗り回す。売春婦を追いかけるけど、私みたいに安い女じゃなくて高額の料金をサービスに対して要求する女たちよ——女優とか、モデルとか、オペラ歌手とか、そういった女たち。マックスはハリーの羽目を外した行ないについてみんな知っていたけれど、彼のことを金融関係の天才だと考えたの、ハリーのおじのハイム・ジョエルみたいな人物だと思ったのよ。おじさんの方は、いろいろ欠点はあっても、昔風のユダヤ人だけれど、ハリーは大ぼら吹きで、道楽者、盗人だわ。自家用機を持っているという話も聞いたわ。自家用機なんて、なんのために必要なの？　ほんとにならず者だわ！　これはただのお金じゃなかったのよ」——ミリアムの声が大きくなった——「これは大事なお金、殺された人の遺族が受け取るお金、母親が子供たちと引き換えに受け取った賠償金だったのよ。ああ、ちょっと待って……」

電話を通して、せき込んだり、あえぐように息をする音が聞こえた。ディディがすすり泣く声も聞こえた。「ミリアム、どうしたの？」

「なんでもない、なんでもないのよ。待って。しーっ《シャー》、ディディレ！　しーっ《シャー》、小さな宝物《オイツエル》、かわいい子《スウィート・ネショメ》。さあ、お飲み。アレーレ、落ち着かせたら、すぐにこの子を連れて帰るわ。もう一つだけ話があるのよ」

「何？」

「バタフライ、飛んでいって、逃げて！　もしあなたが完全に目が見えないのでないなら、私があなたを引きずり込んだ泥沼が見えたでしょう。窃盗、強盗、売春、汚物の海よ。あなたはもう少しでスタンリーに撃ち殺されるところだった。あなたがこんな目に遭う必要がある？　あなたは創作家で、休息と安らぎが必要なのよ。どうしてあなたが私の地獄で焼かれなきゃならないの？」

「そういう話はあとでしてくれ、ミリアム、電話じゃなくて」

「すぐに行くわ」そしてミリアムは電話を切った。

あまりにも気が落ち着かず、そのまま椅子に座っていることができなかった。立ち上がって、部屋の向こうにあるソファに行った。たしかに、私にとってマックス・アバーダムの健康がどんな実際的なかかわりを持つというのか？　なぜ私が、ハイム・ジョエル・トレイビッチャーの、詐欺をやらかした甥のことでやきもきするのか？　あるいは、プリヴァ、ツロヴァ、イルカ・シュメルケスと彼女のノイローゼ気味の息子エデクのことで？　私はこのもつれ合った人たちとの関係に終止符を打って、自分の仕事に戻らねばならない。だがどうやって身を振りほどくことができるのか、正確に言って何をすべきなのか？　七〇丁目の私の部屋で仕事をするのは不可能だった。一日じゅう日光が差し込んで、ついには暑さに耐えられなくなるのだ。ひょっとするとアトランティックシティのクレイトル夫妻に合流すべきなのだろうか？　もちろん一流ホテルが請求する料金を支払う余裕などなく、そんなところに二、三週間いたら私の蓄えは底をつくだろう。その場所で落ち着いて仕事ができるという確信も持てなかった。ほんとうは、私が好きなのは山であって、海ではない。私の青白い肌は灼熱する太陽には向いていなかった。泳ぎを覚えたこともなかった。おまけに、私は少年時代からずっと持ち続けている内気さのせいで、砂浜で裸同然の姿になって大の字になったり、海で女性や娘たちと水をかけ合ったりするなどできなかった。

うたた寝をし、目をあけるとミリアムが見えた。彼女は戻ってきていて、すでにディディをなんとか寝かしつけていた。驚くほどの変化が彼女には起こっていた。今では大人の女になり、髪は乱れ、目が赤くなっていた。じっと見つめる彼女のまなざしとすぼめた唇には絶望感が見て取れ、それは常に消えない憂鬱に悩む人のものだった。

ミリアムはマックスの最新の状態の詳しい話を聞こうとして、ハイム・ジョエル・トレイビッチャーに電話したが、その老人もまたヨーロッパに行ってしまったと知らされた。私に向かってミリアムは言った。「ポーランドへ行きたいわ、でもマックスの住所を知らないし、お金もないの」

「あるだけきみにあげるよ」と私は言った。

「いったいなぜそんなことをしてくれるの？　どうにかお金は掻き集められるわ――父が私にくれるでしょう。でももう一度あの国を目の当たりにしたくない、ユダヤ人が一掃されたあとだもの。どういうわけか今回のマックスの旅行は大失敗に終わるだろうとわかっていたわ。どうやったら彼のところに行けるかしら？　彼はマチルダの家で過ごそうとしてスイスへ行く途中なのかもしれない。ハイム・ジョエル・トレイビッチャーもスイスへ行く途中に決まっているわ。私は邪魔者ってことになるわね。いずれにしても私はマックスに近寄らせてはもらえないでしょう。私が望んでいるのはただ、彼が生き続けてくれることだけよ、でもこのヘルシェレとの一件で彼は死んでしまうわ。バタフライ、私は何をすればいいの？」

「何もするな」

「イルカ・シュメルケスが電話をかけてきたの。みんな私がマックスと関係があることを知っている。イルカが私に話したときの口調は、この私が彼女のお金を奪ったと言わんばかりだったわ。完全にヒステリックになっていて、まるでマックスが彼女の蓄えを私につぎ込んだみたいに言った。ああいう年取った鬼婆が何をするか知れたもんじゃないわ。お金のこととなると、みんな我を失うのよ」

「金だけが彼らを災いから守ってくれるのであれば、理解できるよ」

「みんな私のドアを叩きにやってくるわ。イルカは、マックスが奥さんのプリヴァを一文無しにしたと言った。それは嘘よ。彼女は自分自身のお金を持っているもの。でも彼女だって私を憎んでいて、ほかの人を私に対してけしかけるわ。あのツロヴァも卑劣な女よ。みんな徒党を組んで私に怒りをぶつけるでしょうね。バタフライ、私には一つだけ抜け出す道がある——死ぬことよ。あなたに一つたのみたいことがあるのだけれど、笑わないでね、ほんとに真剣なのよ」

「なんだい?」

「私の人生の暗黒の時期に何回か、いっさいを終わらせたいと願った。でも私は臆病で、勇気がない。一度、睡眠薬をいくつか飲もうとしたけれど、吐いてしまった。私が死ぬのを手伝ってちょうだい」

「ミリアム、もうたくさんだよ!」

「どならないで。生きていく当てがないのよ。やってみようとしたことすべてに失敗したわ。両親を辱め、まんまとあなたを引きずり落とすことまでやった。あなたは顔色が悪くて病気みたい。こういう揉め事は全部あなたの健康に悪いし、あなたの書くものには確実に悪いわ」

「正確に言えば何をしてほしいと言うんだい? 首を切り落とせとでも?」と私は尋ねた。

ミリアムの目が輝いた。ちょっとのあいだ彼女は再び若く見えた。「そうよ、あなた、それをやって。私は勇気がないから、自分ではできないのよ。でももしあなたが私のためにやってくれたら、あなたの両手にキスするわ。鳩みたいにあなたに首を伸ばすわ」

「鳩?」

「私のおばあさんがよく言っていたのだけれど、鳩をつぶそうとすると、鳩はナイフの方に首を伸ばすんですって」

「きみは喜劇を演じているんだな」

「違うわ、あなた、まじめに言っているのよ。うちに包丁があるから、それをあなたに渡すわ。私が自分でやったと書いたメモを残すことにする」

「ミリアム、アル・カポネだって自分で自分の首を切り落とすことはできないだろうよ」

「じゃあ、絞め殺して。強い手が二つあるでしょう。あなたの手でなら、幸せに死ねるわ」

「死のキスってわけかい？」

「なあに、それは？」

「言い伝えによれば、モーセは神にキスされて死んだんだ」

「あなたが私の神になってちょうだい」

「きみの〈死の天使〉という意味だね」

「同じことよ」

ミリアムは両腕を私の首に投げかけた。私にキスをし始め、私の口にかじりついた。ずっと以前から知っていたことだが、暴力や殺人、死についての話は情欲を掻き立てるのだ。激情の瞬間に「私を殺して！　ずたずたにして！　刺して！」と絶叫する声を何回か聞いたことがあった。先祖返りの熱望がのどから飛び出し、原初の森からの叫び、洞窟からの叫び声を上げるのだ。私たちはリン・ストールナーのソファに身を投げ出し、つかみ合い、転がり、抱擁し、キスをし、噛んだ。ミリアムは動物が吠えるような声で言い始めた。「あなたの子供がほしい！　あなたの子供を身ごもりたい！」

それはすべて愛のゲームの一部だった。夜になった。ディディが目を覚まして、ベッドでぐずりだした。ミリアムは私から身を引き離し、その子の部屋に駆け込んでおむつを替え、哺乳びんを与えた。この子の母親はニューイングランドのどこかでレズビアンの相手と寝ているのだ。ミリアムは戻ってくると、明かりをつけた。ディディを抱いていた――赤毛の幼児だ、青い目をして、色白の小さな顔、おむつの上から寝巻を着ている。小さな手をミリアムの胸に置いていたが、ミリアムはその子の指で私を指さして、言った。「ディディ、お父ちゃんよ」

子供は私を見たが、顔はまじめで、落ち着いていた。物静かな分別がその子の目に映っていた。どこかに、と私は思った、存在するあらゆるもののどこかに、ある力があって、肉体と精神のすべての複雑なからみ合いを知り、理解しているのだ。私は子供を持ったことがないし、新たな魂をこの呪われた世界に生み出したいと願ったこともないが、その夜はこの幼い生き物に父親としての愛情を感じ、まったく無力で人間の責任感とやさしさに完全に頼りきっているこの子の父のような気持ちになった。この子の年齢の動物には歯があるし、爪もあり、ときには角さえあって、すでにものを食べて自分の身を養うことができる。しかしヒトは無力な虚弱者として生まれ、何年もその状態のまま過ごさねばならず、それからようやくうまく対処する方法を学んで、経験を積んでいくのだ。子供の期間は世代が進むにつれて長くなっていくように思われる。ミリアムは子供を私の方におろした。「お父ちゃんに手をお出しなさい」

私はディディの小さな両手を自分の両手で受け止めて、キスをした。少しのあいだその子の両足のつま先をいじった。ミリアムの声がくぐもった、湿ったような声になった。「この子、かわいいでしよう？」

「当分のあいだはね」

「どういう意味？」

「大人になって、泥棒になったり、ペテン師になったり、人殺しになったりするかもしれない」

「むしろ正直な人になったり、芸術家や学者になりそうよ」とミリアムが言った。彼女は私を愛情のこもった非難の目で見て、言った。「もし物事がこんなに悪い方向に進まなかったら、私たちはディディみたいな小さな男の子を持てたかもしれなかったのに」


リン・ストールナーがミリアムに電話をかけてきて、翌日ニューヨークに戻るつもりだと告げたので、ミリアムは私に彼女の、つまりミリアムの、部屋に移ったらどうかと提案した。しかしミリアムの部屋は私には恐ろしかった。スタンリーはまだドアの鍵を持っており、いつ乱入してくるかわからなかった。私たちは別れて、私は七〇丁目の自分の部屋に戻った。出てくるときにブラインドをおろしておくのを忘れたので、太陽が終日部屋を暖めていた。部屋はまるでオーブンのように暑かった。本、雑誌、新聞が床に散らばり、ベッドに散乱していた。熱でそれらに火がつかなかったのは驚きだった。私はあまりに疲れていて、服を脱ぐこともできなかった。上着を着たままベッドに身を投げ出し、ズボンや靴もはいたままだった。朝刊を買ってきていたが、それを読む力は残っていなかった。遅い時間ではあったけれども、地下鉄のガラガラいう音、ガタガタ、バタバタいう音がブロードウェイから響いてきた。夏の数か月間、ニューヨークは焦熱地獄だ。私は服を着たまま夜通し眠った。

朝になると、ホールのバスルームでシャワーを浴び、それから地下鉄でオフィスに向かった。仕事を放り出したままにしていた。デスクにはリストがあって、それは、心の内を吐露して私の助言を求めようとしてやってきた人たちのリストだった。以前に見た名前もあった――ロシアに幻滅してマルクス主義の新たな解釈を求めている共産主義者。これまでに三回命を断とうとした女性。人に裏切られて、アルコールと麻薬に慰めを求めている男性。敵たちが照射する光線のせいで狂気に陥った青年。神にいたる道、そしてユダヤ性の再生にいたる道を模索する女性。私は彼らみなに、私には彼らを助ける力はないと断言した。私自身が破滅した人間なのだ。だが彼らは私だけが彼らを救えると思い込んでいて、私にしがみつき、私の慰めの言葉にすがった。私の書いた記事の数節を切り抜いて、言葉にアンダーラインを引く。あるときには私を分不相応なほど賞賛する。また手厳しい批判を浴びせかけるときもあった。そして全員が私に長い手紙を書いた。

私は以前に一連の記事を書いて、テレパシーや千里眼、予感、白昼夢やその他のオカルト現象を扱ったことがあった。すると多くの手紙が届いて、びっくりするような情報を知らせてきた。ときおり女性読者からラブレターをもらうこともあって、写真が同封されていた。

私は助言者の担当をはずれたいと強く願っていたが、上役たちが拒絶して、ラジオでも新聞でもその役割を投げ出すことを許してくれなかった。何年も私は無名だったが、突然すべての読者が私を知り、私のあらゆる筆名さえ見つけ出した。誹謗中傷する人たちも出てきた。私に向けられた苦情はきりがなかった。あまりにも悲観主義だ、迷信的でありすぎる、人類の進歩に懐疑的すぎる、社会主義に十分に打ち込んでいないし、シオニズムやアメリカ精神、反ユダヤ主義との闘い、イディッシュ主義者の活動、女性の権利の問題に身を入れていない、といった批判だ。批評家のなかには、ユダヤ人国家が私の目の前で出現したというのに、私はせっせと民間伝承のクモの巣を紡いでいる、と不満を訴える者たちもいた。彼らは私が読者を暗黒の中世に引き戻していると言って非難した。そうだ、それになぜそんなに性に関心を持つのか？　性はイディッシュ文学の伝統ではないのに、と。

　だれかがドアをノックして、それから押しあけた——ゆっくりと、用心深くあけ、何食わぬ顔で笑っているが、それは親しい間柄なのに、相手には自分がだれなのかわからないだろうと思っているときの笑みだ。華奢な体格の男性で、やせていて、鼻はとがり、先細りのあごをしている。格子縞のスーツを着て、ワルシャワで自転車帽と呼ばれた帽子をかぶっていた。私を上から下までじろじろと見て、こう言った。「そう、あんただ。モリス・ザルキンドという名前を聞いて、思い当たることがあるかね？」

「ザルキンド？　ええ、もちろん」

「ミリアムのおやじだよ」

　私は椅子から飛び上がった。「ショレム・アレイヘム（ユダヤの挨拶言葉。文字通りの意味は「あなたに平安を」）！」

　彼は私に手ではなく、指を二本差し出した。黒い水玉模様のついた黄色いネクタイを締めていて、結び目には真珠がついていた。指の爪にはマニキュアをしていた。私は〈作家クラブ〉にいたおしゃれな男たちを思い出した。私は思わずこう言った。「ミリアムのお父さん？　お若く見えます！」

「もう五十を過ぎたよ。つまり、生きてきた年数で言うと、もう百五十歳だ。ミリアムはたぶんあんたに私のことをしゃべっただろう。父親がいるってことをあの子が否定していないことを願うよ」彼は片目をつぶり、笑って、ずらりと並んだ入れ歯を見せた。宝石を一つつけた印章つきの指輪を指の一本にはめていることに私は気づいた。上着の前ポケットからはハンカチと金色の万年筆がのぞいていた。

「おかけください、おかけください。ほんとうにうれしい。お嬢さんはあなたのことをよくお話しになります」

「タバコを吸ってはいかんかな?」

「もちろん結構です。お楽になさってください」

彼は銀のシガレットケースとライターを取り出し、タバコに火をつけた。身のこなしはすばやく、的確だった。鼻から煙を吐き出した。彼は言った。「ロングアイランドに住んでいるんだが、オフィスはアスタービル（マンハッタンのソーホー地区にあるビル）にある。あんたの作品はワルシャワで読み始めたよ。新聞も全部読んだ――『ハイント』、『モーメント』、『エクスプレス』、『フォルクス・ツァイトング』までね。〈作家クラブ〉の会合にもよく参加していたが、あんたを指さして教えてくれる人がいたもんだよ。『ほら、あの赤毛の若い男がいるだろ?』とだれかが言うんだ。『先が楽しみだぜ』ってね。ロシアではあんたの名前を口にすることさえご法度だった。あそこのユダヤ人の批評家たち――ばか者《シュマゲゲ》――はあんたのことを帝国主義者と考えていたのさ。わかっとる、わかっとる。女房のファニアは――今は聖地

（イスラエル）で愛人《リュボヴニク》といるんだが——その一人だった。ワルシャワでは彼女はそいつらに金を渡していた、政治犯とかそのほかわけのわからん連中にさ。やつらはそれをみんな自分のポケットに入れたよ。そのころの時代について何冊も本が書かれたが、実際に起きたことの千分の一も書いてない。スターリンはもうすでにやつら全員に死刑を宣告していた。目さえ見えてりゃ、知らずにはおれなかったさ。いっしょに通りに出てくれ。あんたと相談したいことがあって、てっとり早くすますわけにはいかんのだ。コーヒーでも飲もう。あまり時間は取らんつもりだ。せいぜい十五分ってところだ」

　十五分は一時間になり、さらに延びて、それでもモリス・ザルキンドはしゃべっていた。私たちはカフェテリアで昼食を食べた。モリス・ザルキンドは繰り返し、食事代を払うと言ったが、私は自分の伝票をうしろのポケットに入れてしまい、彼の申し出には屈しないと決めていた。彼はこと細かに家族のこれまでの歴史をすべて語っていた。「あんたは知ってると思うが、息子のマネスは一九四四年の蜂起で死んだんだ。ユダヤ人というのは特有の微生物を持っていて、そいつは運の悪いことに永遠に生き延びるんだな。さて、ミリアムの話だ。待ってくれ、もっとコーヒーとケーキを持ってくるから。あんたの勘定書きをくれ」

「いいえ、結構です」

「頑固だな、ええ？　すぐ戻ってくるよ」

　モリス・ザルキンドはコーヒーのカップを二つとエッグ・クッキーを二つ持って戻ってきた。腰をおろすや否やしゃべり始めた。「そう、ミリアムだ。あの子のことで、あんたに会いに来たんだ。私はすべて知っているし、あんたもすべてわかっていると思う。あの子はあんたの作品について博士論文を書いている。あの子はあんたを高く買っているんだ。マックス・アバーダムは、あんたの友だちだが、大ぼら吹きだ。あの子は二十七歳で、あいつは六十七歳、マックス・アバーダムは、あんたの友だちえあるかもしれん。心臓が悪く、あげくに——女房持ちときた。以前の愛人も家に住まわせているじゃないか。名前はなんだったかな？　そうだ、ツロヴァだ。ミリアムの年齢で、才能もある娘が、そんな碌でなしにかかわるなんて、自殺行為だ。一つだけ言い訳はできる。あれの母親がほぼ同じってことだ、完全にいかれてるのさ。話はこうだ。私はもうあれと口をきくことができない、つまりミリアムのことだがね。なぜあの子は怒っているんだろう？　彼女は許されて、私はだめなのか？　もし女房がほかの男とユダヤ国家で、おおっぴらに、衆人環視のなかで暮らせるのなら、どうして私がそうしてはいけないんだ？　ミリアムは私のことを父親としては抹殺したも同然なんだ。

「たのみたいのだが、まず第一に、あの子と話をしてもらいたいんだ。あんたはたぶん知っているだろうが、ハリー・トレイビッチャーが大勢のヒトラーの犠牲者の金をちょろまかしたあと破産して自殺した。マックス・アバーダムが仲介人だ。みんなは彼を信用したのであって、ハリーを信じたわけじゃない。マックス・アバーダムは昔の愛人のマチルダ・トレイビッチャーといっしょにポーランドへ行き、重い病気になった。マチルダも病気になったという話で、ハイム・ジョエル、あの間抜けが、大急ぎで彼女の病床に駆けつけたと聞いている。私の子、私の一人娘がこんなスキャンダルにかかわり合うなんて、恥さらしで面汚しだよ。娘がこのアバンチュールに一役買い、私までもが悪評芬々だ。

人から聞いたが、ミリアムはマックスに会おうと海外へ行く準備をしている。むろんあんたは自分の書き物で忙しいわけだが、あんたはみんなに助言しているようだし――それもなかなか分別のある助言をね――、私の娘に助言してくれんかね、娘はあんたを熱烈に賞賛して、文字どおり崇拝者なんだから。たぶんもう承知していると思うが、私の娘は途方もないばかな真似をやらかして、げすな家の出のどこかのうすのろ、低能野郎と結婚した。ミリアムはまったく自分自身が自分の最悪の敵なんだ。あの子は、マゾヒズムと呼ぶしかないことをやってきた。とうとう私たちはあの子を精神科医に診てもらいたいと考えるところまでいったよ、ビエチョフスキ博士とかいう先生で、その分野ではポーランド最高の専門家の一人だった。だがミリアムはそんな話に耳を貸そうとしなかった。あの子のねじくれた頭には、私たちがあの子を精神病院に送りたがっているように見えたんだろう。そうさ《ヌー》、まだまだ話すことはたくさんある」

　モリス・ザルキンドはイーストブロードウェイに車を止めていて、彼の新しい車でいっしょにあちこち見て回ろうとしつこく言った。私をカフェ・ロイヤルやリンディの店、あるいはシープスヘッドベイのシーフードレストランに連れていきたがった。「なんだってあんたはうだるようなニューヨークで座ってなきゃならんのかね？　私が今住んでいるところ、ロングアイランドでは、空気がひんやりしているよ。すがすがしい風が海から吹いてくる。あんたは来世があるとは信じていないのだから、もう少しこの世を楽しんだらいいじゃないか。さあ、二、三時間、いっしょに過ごそう。住まいはどこかね？」

「西七〇丁目に家具つきの部屋があります」

「せめてバスルームはあるのかい？」

「ホールに」

「それはいったいどういうことなんだ？　あんたはあんたのエネルギーすべてを文学上の不朽の名声にそそぎ込むつもりじゃないのかね？」

「それほどじゃないですよ」

「私はミリアムに尋ねたんだよ、アーロン・グレイディンガーに関して博士論文を書くと言っても、論文の主題のご本人が貧乏人なら、おまえはどんな生計を立てられるようになるんだい、とね。あの子は言い返して、私の心は金のことばっかりで、理想というものに関心を払わない、と言った。あんたに訊くが、理想がどんないいことをもたらしてくれるんだ？　だが私の娘は頑固で、ほんとにロバみたいだ。あの子のために金はたくさん出してきてやったし、今日だって出すさ、もっともあの子は知らないが。あの子の年ごろの娘は結婚すべきなんだ、重病で、既婚者で、おまけに破産した男なんかと遊び回るんじゃなくてね。どんな意味があるっていうんだい、ええ？」

「愛は意味など求めないんですよ」と私は言った。

「だが、あいつの何が気に入っているんだろう？　私には忌まわしいやつなのに」

「彼女は彼女の目で彼を見ているんです、あなたの目じゃなくて」

「あんたがそう言うのはたやすいことだ。女房もなければ、娘もいないんだから」

ブルックリンブリッジを渡ったなと私はぼんやり気づき、モリス・ザルキンドの車がコニーアイランド（ロングアイランド南岸の遊園地・海水浴場がある地区）に向かっているとかすかに意識した。コニーアイランドは何年も見ていなかった。シープスヘッドベイを過ぎ、ブライトンを通って、私たちはサーフ街に出た。たしかにコニーアイランドだ、そしてそれでも変化がいくつか目についた――新しい家がたくさん建っていた。同じなのは騒音と人混み、そして海水浴客でいっぱいの、さんさんと日の当たる砂浜だけだ。私がここに住んでいたときに海辺で戯れていた少年や少女らは今ではすっかり大人になっているはずで、今そこで遊んでいる裸同然のひどく日焼けした若者たちはおそらく彼らの子供たちだろう。しかし顔は同じだ――燃えるような目、快楽への渇望を露呈している熱狂した表情、そしてどんな犠牲を払ってもそれをつかみ取ってやろうという意欲。ある青年は女の子を肩に担ぎあげていた。彼女は彼の巻き毛をつかみ、ソフトクリームをなめ、若さゆえの勝ち誇った笑い声をたてた。飛行機が何機か水の上を低く飛び、食事の宣伝をしていたが、「コーシャ」（コシェル。ユダヤ教の規定に適っている、適法な）という言葉はめったに見られなかった。板張りの遊歩道沿いに並ぶベンチでは、老人たちが座って杖にもたれかかり、論じ合ったり、おしゃべりをしたりしていた。

「一つ訊きたいんだがね」とモリス・ザルキンドが言った、「だが気を悪くせんでくれ。答える義務はないよ。ただ私の好奇心からだ」

「何をお尋ねになりたいのですか？」

「私の娘とどういう関係なのかね？　娘があんたの書くものに夢中なのはわかる。だがあんたはミリアムより二十歳ほども年上だ。それに第二に、娘にはすでにあの間抜けな老いぼれのマックスがいるのなら、この色恋沙汰でのあんたの役割はなんなんだ?」

モリス・ザルキンドは車を止めた。車はすでにレストランに乗り入れていた。しばらく私は黙ったまま座っていて、会話のなりゆきに呆然としていた。それから自分がこう言っている声が聞こえた。

「あなたの娘さんは魅力的で、賢く、学問があり、めったにないほど文学に対する理解力がある。まったくすばらしい娘さんです」

「父親として、自分の娘がそんなに激賞されるのを聞くのはうれしいよ。だがすでにあんたに言ったとおり、移民たちのニューヨークというのは小さなシュテトルで、噂話を広げるのがおもな仕事だ。みなの言うところではミリアムには愛人が二人いて、マックス・アバーダムとあんたなんだ。信じられんよ。なぜあの子は年配の男が二人も必要なのかね? こんなことを言って申し訳ない。私はすでに五十を超えている。だがミリアムの年齢の娘にとって、あんたは若くはない。もし私の聞いたことが事実なら、まったくの気違い沙汰だ」

「事実ではありません」

「それにおまけに、娘には夫がいる。たしかに、いっしょに暮らしているわけではないが、目下のところやつは娘と離婚する気はない。どうやら娘にほれ込んでいて、首ったけなんだが、リボルバーを持ってうろつき回り、だれかに打ち明けて言うには、私たち全員を殺すつもりだそうだ——娘と、私と、マックスと、そのほかだれだかわからんが。やつの脅迫については警察に知らせてある。いったいなぜあんたみたいな知性のある人がこんな陰謀やら醜聞やらにかかわり合っているのかね？」

「ミリアムは博士論文の一部を私に読んでくれました、そしてそれが知り合った経緯です」と私は言った。こうした言葉を声に出すのもやっとだった。のども上あごもカラカラだった。

「それはたしかに理解できる、だが娘と夜を過ごすというのはまったく別のことだ。はっきりわかっていることだが、あんたは娘の部屋で夜を過ごした。建物の住人の一人が私の顧客で、あんたが朝の五時に建物から出ていくところを見たんだ。その男が何を見たかを教えてくれたとき、顔に一発平手打ちをくらったような気がした。あんたとはすっかりあけっぴろげに話したい。もしミリアムとのあんたの関係がまじめなもので、あんたたち二人がある種の了解にいたったのなら、それなら私はこの上ない幸せ者だ。たしかにユダヤ人は自分たちの作家を金持ちにはせんが、あんたがすでに英語で世に出ていることはわかっている。あんたの家系は立派だから、私たちみなにとって名誉となるだろう。私自身の生き方はあんたに説教できる権利を与えてくれるようなものではないが、父親は父親だ。さあ、コーヒーでも飲もう。あんたの返答がどんなものであっても、友人であることに変わりはない。ほら、レストランだ！」

私たちはテーブルにつき、ウエーターがレモネードとロールパンを持ってきた。おかしなことだが私がモリス・ザルキンドをうっかりマックスと呼んでしまうと、彼は寛大な笑顔を見せた。「私はモリスだ、マックスじゃない。やつが女たちをたぶらかすことができるのは理解できるし、私の娘をさえだましおおせるのはわかる。だがあんたを丸め込むとは——こいつは理解しがたいな」

「魅力があるんです」

「何が魅力なのかね――おべんちゃらかい？」

「そう言ってもいいかもしれません。あらゆる人に気持ちの良いことを言うのは一つの才能ですから」

「そしてその人たちから金をだまし取ることもな」

「彼は決して私からだまし取ったりしなかったし、あなたの娘さんからだまし取ったりもしなかった」

「そこがあんたの間違っているところだ。私は娘に五千ドルやったが、やつは娘に代わって株を買い、今は死んじまったあのインチキ代理人の名義にしたんだ。娘はびた一文だっておがめないだろう」

「それは知りませんでした」

「あんたが知らんことはたくさんあるのさ」

私たちは長いあいだ話し合った。モリス・ザルキンドの声が聞こえた。「持参金を持たせるのはもう流行りじゃない、ことにアメリカではそうだ。だがあの子は私の一人娘だから、あんたにはかなりの額の持参金を渡すつもりだ、二万ドルはくだらない。実際のところ、私の所有するものはすべてあの子のものだ。あんたに家を一軒持たせる用意だってある、そうなればあんたは安心して文学の仕事ができるだろう。答えてくれないか、明解に、正直にな」

私の首と頭が熱くなり、口が勝手に答えた。「すべて彼女しだいです。もし彼女が同意してくれれば、そのときにはそうなるでしょう」

「本気で言っているのかね？」とモリス・ザルキンドが尋ねた。

「ええ、本気です」

「そうか、今日は私にとって歴史的な日だよ。あの子は同意するさ、同意するよ。あんたを崇拝しているんだから。あのスタンリーからどんなことをしてでも離婚を取りつけよう」

「あなたは今、芸術家と暮らしておられるそうですね」と私は言った。

「そう、そう、そう。リンダだ。自分ではリンダ・マクブライドと署名している——マクブライドというのは彼女の夫の名前だった——だがユダヤの娘で、ガリツィア出身だ。一人でいるのは良いことじゃない。我々の民族には格言がある、『一人でいることはだれもいないということだ』ってね。ほんとのところを言うと、彼女の詩は理解できない。絵も描くんだが、彼女の絵はわからん。そう、いっしょに暮らしているよ、リンダと私でね。だが妻と離婚してリンダと結婚するというのは——そうするつもりはないんだ。食べなさい、皿に料理を残しちゃだめだ」

「ありがとう。そんなにたくさんは食べられません」

「ひょっとしてシーゲート（コニーアイランドの西側の地区）を見てみたいんじゃないか？　以前そこに住んでいたのを知っているよ」

「どこでそんなことをお知りになったんですか？」

「あんたからだよ。あんたはそういうことを書いて、それから、書いたということを忘れる。でも私たち、読者は覚えているんだ。ウエーター。ウエーター！」

モリス・ザルキンドはウエーターに勘定を払った。私は自分の分の食事代を払いたかったが、ザルキンドは聞き入れようとしなかった。私たちは再び車に戻ると、すぐにシーゲートに着いた。私は彼に、かつて住んでいた家を見つけたいと言った。イディッシュのジャーナリストや作家たちが部屋を借りていた家は取り壊されていた――それはわかっていた。ホテルが今ではその場所に建っていた。けれども私は正面に木の柱が二本ある家がまだあるかどうか見たかったのだ、それは私の兄が住んでいた家だった。しかしそれもまた、なくなっているとわかった。

私たちが海に向かって歩き出すと、モリス・ザルキンドが不意に私の腕を取った。父親のような温かみが彼の腕から流れてきて、愛情によく似た気持ちが私を襲い、自分の娘を私に妻として与えたいというこの男に対する感情に圧倒された。彼自身がマックスに似ている気がしたが、それは外見上のことではなく、精神的な類似だった。

私たちは手すりのところに立ち、モリス・ザルキンドがこう言った。「この砂とこれらの貝殻を見てごらん――何百万年も前のものだ。私たちがアフリカとして知っている場所はかつて北極――とにかく寒い地域――だったと読んだことがある。今は寒い地域であるところに、ヤシの木や熱帯の植物の痕跡が発見されたりしている。世界は一度あべこべにひっくり返ったんだ、そしてひょっとするとまたそうなるかもしれない――だれにわかろう？　息をし続けるかぎり、己が存在する目的《タクレス》は何か、己の子供たちの目的《タクレス》は何かと考えなければならない。神は何を望んでいるんだろう？　神の望むことが何かあるに違いないんだ」

第八章

私の世界は小さいものではあったが、興奮に満ちていた。突然に、マチルダ・トレイビッチャーが亡くなったという話を聞いた。スイスへ行く途中の飛行機のなかでのことだった。彼女はワルシャワで病気になり、入院するのを拒んだのだった。ハイム・ジョエル・トレイビッチャーは、妻の病床に付き添うためすでに飛行機でポーランドに来ていて、彼女が亡くなったときには、彼女とマックスとともに機中にいた。

マックスはミリアムにスイスから電報を送った。ミリアムは返事に長い電報を打ったが、それは百ドルほどもかかったに違いない。彼女はマックスに確約して、彼女と私が彼を心から愛していること、彼がいないのをさびしがっていること、そしてすべては以前のままだと言い切った。私たちは二人とも、彼から連絡があればすぐに飛行機に乗るつもりだった。編集者には休暇を取るつもりだと伝えてあった。新聞社は私に一回の休暇どころか数回分の休暇の借りがあった。私は事実上まるまる一年を通して仕事をし、記録も取らぬまま記事を送り、インフルエンザにかかったときでさえ原稿の提出を決して怠らなかった。小説を連載している最中で、その小説はまだ完結していなかったから、新聞社を辞められなかったし、辞める気もなかった。

日中の一部、そして夜はずっと、ミリアムと過ごしていた。作家生活で初めて、私は新聞用の記事をいくつか口述筆記してもらい、物語さえいくつか口述筆記にした。ミリアムは自分でイディッシュの速記のようなものを作り上げていた。彼女はイディッシュのタイプライターを使って猛烈なスピードで原稿を打った。私はさまざまな記事のテーマについて彼女と議論し、私たちはいっしょに私の小説の残りの数章――最後の三分の一――の計画を練った。彼女のアドバイスの適切さに私はびっくりした。

まもなく彼女にスタンリーの消息が伝わり、彼が新しい恋人を見つけて、女優ということになっているその恋人とブリティッシュコロンビア（カナダ西部太平洋岸の州）に行ってしまったという話を聞いた。ミリアムの父親は目下リンダ・マクブライドとヨーロッパを旅行中だった。私がミリアムに彼と会ったことを話すと、彼女はこう言った。「どんな力も絶対に私をマックスから引き離せないわ――二万ドルだって、たとえ二千万ドルだって――特に今はね」

私はミリアムに約束して、生きているかぎり彼女とマックスの二人に私は忠実だと断言した。私たちは戯れに、私が「三人」という小説を書いたらどうかと考え、二人の男性と一人の女性の物語にして、感情がどんな法律も気にすることなく、いかなる宗教的、社会的、また政治的なシステムにも留意しないというテーマにしようなどと思いめぐらした。私たちが同意したところでは、文学の使命とは感情を正直に表現することだった――その感情が野蛮であろうとも、反社会的であろうとも、矛盾していようとも、である。

夜には、たいていミリアムを誘ってレストランに食事をしに行った。度が過ぎるほど愛し合ったり、話し込んだりはしなかった。彼女と論じ合えない話題などなかった――哲学、心理学、文学、宗教、オカルティズム。私たちの議論の方向はすべて遅かれ早かれマックスに向かい、また、彼との私の奇妙な協力関係に向かった。しかしマックスからの音信はなかった。スイスの病院で臥せっているのだろうか？

話によると、金《かね》を失った数人の難民がプリヴァの住まいに乱入し、家具を壊して、衣類やリネンをクローゼットから引きずり出し、タンスの引き出しから宝石を持ち出したという。女の一人がツロヴァを殴ったので、彼女は警察を呼びたかったのだが、プリヴァがだめだと言った。イルカ・シュメルケスはどうやら自ら命を断とうとして睡眠薬を何十粒も飲んだのだが、エデクが救急車を呼んで病院に運び、そこで胃洗浄を受けて手遅れにならずにすんだ。

マックスの音信不通のせいでミリアムは憂鬱状態に陥った。自殺するとほのめかし始めた。もしマックスが死んだのなら、私だって死んだも同然だ、と彼女は言った。その夜、私にはまるで幽霊が私たちのあいだに横たわっているかに思え、私たちが近づくのを妨げているような気がした。何回か彼女は私をマックスと呼び、それから謝って、訂正した。私は眠り込んだが、居間の電話が鳴る音で目が覚めた。腕時計の夜光塗料の文字盤が一時十五分を指していた。ミリアムは睡眠薬を飲んでいたので、ぐっすり寝入っていた。いったいだれが真夜中に電話をかけてくるのだろう？　またスタンリーか？　暗闇のなかで――私は明かりのスイッチがどこにあるのかまだ知らなかった――受話器をつかんで耳に当てた。だれもしゃべらなかったので、もう切ろうとしたところ、ぶつぶつ言う声と咳が聞こえた。男の声がこう言った。「アーロン、おまえさんかい？」

まるで私のなかで何かが崩れたような気がした。「マックス？」

「そうだよ、わしだ。おまえさんを絞め殺そうと思って、墓から戻ってきたんだ」

「どこなんです？　どこから電話してるんですか？」

「ニューヨークだ。ヨーロッパから着いたばかりだ。飛行機が遅れて、一時間着陸できなかった。アーレ、身元を隠してここにいるんだ。プリヴァだってわしが着いたことを知らない。もしわしの難民たちがわしがここにいると知ったら、わしを八つ裂きにするだろうが、そうする権利が彼らにはあるさ」

「どうして手紙をくれなかったんです？　電報を出しましたよ」

「最後の最後まで、飛行機に乗れるかどうかわからなかったんだよ。マチルダは亡くなったし、わしは死んだも同然だ。トヘハー（「レビ記」第二六章一四節・四五節、「申命記」第二八章一五節・六八節にある呪いを列挙した箇所）にある呪いが全部この旅行中にわしの頭に降りかかった」

「今どこにいるんです？」

「ブロードウェイのエンパイア・ホテルだ。ミリアムはどうだい？」

「ミリアムは睡眠薬を飲んで、今はぐっすり眠っています」

「起こさないでやってくれ。わしはポーランドで重病になって、しばらくはもう死ぬかもしれんと思っていたよ。マチルダは心臓発作を起こして、機中で亡くなった。さんざん苦労して、ハイム・ジョエルがなんとか亡骸を〈イスラエルの地《エレツ・イスラエル》〉[11]へ運んだ。彼女はそこでほかの善男善女とともに墓に横たわることになるだろう。わしはどうかというと、ニューヨークの墓で間に合わせなきゃならんだろうな。ワルシャワのやぶ医者どもがわしを手術して、へまをやったんだ。血尿が出てるんだよ」

「なぜスイスで病院に行かなかったんです？」

「この病気の最良の医者はアメリカにいるって言われたんだ」

「これからどうするつもりですか？」

「スイスでアメリカの医者の名前を教えてもらった、この分野の世界的権威なんだ。その医者に電報を打ったが、返事がない。見知らぬ人間ばかりのなかで死にたくないよ」

「ミリアムを起こしましょうか？」

「いや。明日こっそり来てくれ。わしがここにいるとだれにも知られちゃだめだ。別の名前を使っている——シグムンド・クラインってんだ。八階にいる。白いあごひげを生やしているから、レブ・ツォツ（不詳）みたいに見えるぜ」

不意に居間の明かりがつき、ミリアムが、ネグリジェに裸足という姿で、受話器を私の手からひったくった。彼女は笑いと涙の入り混じった声で受話器に向かって絶叫した。それほどヒステリックな状態の彼女をこれまでに見たことがなかった。私は寝室に戻った。三十分以上の時間が過ぎた。彼女がそれを隠したことは一度もなかった——マックスが彼女の一番目なのだ。突然ドアがぱっとひらいて、ミリアムが明かりをつけた。

「バタフライ、彼のホテルに行くわ」

私がいっしょには行かないと決めると、彼女は尋ねた。「怒っているか何かなの？」

「怒ってなんかないよ。ぼくはきみより二十も年上で、こういう冒険をする力がないんだ」

「力ならあなたにたっぷりあるわよ。彼を独りぼっちでおまけに病気のまま放っておくくらいなら、私は死んだ方がましだわ！」

私は仰向けに横たわって、ミリアムが服を着るのを見守った。彼女は着替えを終え、すぐに出ていった。私は彼女に、エンパイア・ホテルに着いたらすぐ電話をくれるようにたのんだが、彼女がそうするかどうかまったく確信が持てなかった。

私はうとうとし始め、〈過越しの祭〉でワルシャワにいる夢を見た。父はセデル（〈過越しの祭〉の儀式的正餐。第一夜（と第二夜）に行なう）の最中で、弟のモシェが四つの質問（セデルの儀式で子供が問いかける質問）を尋ねているところだった。すべてはっきりと見えた。ヘイセヴベッド（〈過越しの祭〉で用いられる枕を備えた椅子）、父はキッテル（主要な祭の礼拝のときに着る白い衣）を身に着け、母は安息日のドレスを着ているが、そのドレスを母が初めて着たのは結婚式の日だった。覆いをかけたテーブルには銀の燭台、ワイン、ワイングラス、そしてセデルの皿があって、ハロセット（挽いた胡桃、すったリンゴ、レーズン、砂糖、シナモン、ぶどう酒から作られた甘い練り物）、苦菜、卵、すね肉が載っている。マツァ（酵母を入れないパンで〈過越しの祭〉に食べる）はマツァ用の絹の布に包んで置いてあるが、その布は母が花嫁となったときに花婿のために金糸で刺繍したものだ。父が声を張り上げて朗唱するのが聞こえた。「アザリアの子、ラビ・エレアザルが言った。見よ、私はほぼ七十歳であり、夜に出エジプトを語ってもらう恩恵に浴したことが一度もなかったが、ついにベン・ゾマがかく詳述し……」

「お父さんは生きている！」と私は思った。「ヒトラーはいなかった、ホロコーストはなかった、戦争はなかった。それはみんな悪い夢だ」私は身震いして目を覚ました。電話が鳴っていたのか？　いや、ただそれが鳴るのが聞こえると思っただけだ。不意に何かの力で、私は金曜日の新聞に載る分の小説で致命的な間違いを犯してしまったと悟った。女主人公が〈新年祭《ローシュ・ハシャナー》[12]〉の二日目にシナゴーグへ行って死者のための追悼の祈りを朗唱すると私は書いた。今になって初めてイズコル（追悼の祈り）は〈新年祭〉には朗唱しないことを思い出したのだ。自分の大失敗に愕然とし、〈過越しの祭〉と父のセデルについての夢が〈新年祭〉に関する誤りに気づかせてくれた事実に仰天した。私の脳はその誤りにずっと気づいていたのだろうか？　その大失敗は単なる見落としではなかったし、若い植字工が犯した誤植でもなかった。描写で埋め尽くされた長い段落で起きたことだった。私は新聞の読者の笑い種《ぐさ》になるだろう。訂正する時間がまだあるだろうか？　本文が入っている組版はまだ植字室の印刷工の植字台の上にあって、活字はおそらく朝一番に鉛版にされるだろう。私の文学上の評判を恥辱から救う方法が一つ残されていた——服を着て、編集局に出かけ、この手でその段落をまるごと引き抜くのだ——、印刷工組合の規則のもとでは一作家には許されない行為だった。

　疲れて、体が弱っていた。ほとんど目もあけていられなかった。どうやってイーストブロードウェイまで行ってくれるタクシーを見つけよう？　建物はあいているだろうか、エレベーターは動いているだろうか？　ブラツラフのラビ・ナフマンの言葉を思い出した、命の火が燃えているかぎり、いかなることも正すことができる、と。私は跳ね起きて、服を着始めた。なんとかスーツを着て、靴をはいたが、ネクタイがなくなっていた。探したけれども、消えてしまっていた。ドアに向かって歩いていたちょうどそのとき、電話が鳴った。あわてていたので送話口を耳に当て、耳に当てる方を口に持っていって、大声で言った、「ミリアム！」

「バタフライ、あなたの部屋を取ったわ！」とミリアムが叫んでいた。「ここのホテルにね。マックスの部屋の二つ向こうよ。すぐに来て。マックスは病気なの、ひどく重くて、あなたと話したがっているわ」

ミリアムはわっと泣き出し、話そうにもしゃべれなかった。私は「どこが悪いの？」と尋ねた。そして私自身の胸に熱いものが込み上げてきた。

「全部よ、全部よ！」とミリアムが泣きわめいた。「今すぐ来て。ワルシャワの医者たちが彼を殺したのよ！　アレーレ、すぐさま病院に連れていかなければならないわ、でもどうしたらいいのかわからない。救急車を呼ぼうとしたんだけれど、うまくいかなかったの」

ミリアムはなぜ救急車が来ないのかをもう一度話そうとしたが、また涙があふれてきて言葉にならなかった。彼女がしゃべろうとしてむせているのが聞こえ、私はつぶやくように言った。「すぐに行くよ」

エレベーターのところに出た。「ああもう、大失敗を印刷して、おれを笑いものにしてくれ！」と私は自分に言った。その夏二度目となったが、私はミリアムの部屋を真夜中に出た。涼しい風が公園から吹いてきたが、歩道からは昨日の熱気が蒸気となって立ちのぼっていた。頭上の空は都会の明かりで赤く色づき、月はなく、星もなく、宇宙の腫物のようだった。街灯柱が公園の木々に光を投げかけていた。

角で十分間待っていたが、タクシーは来なかった。それから二台通りかかったが、私が合図しても止まってくれなかった。私はダウンタウンに向かってエンパイア・ホテルの方へ歩き始めた。今度は突然タクシーが何台か姿を見せ始めたが、私はもう合図したいとは思わなかった。するとー台のタクシーが通りかかって私の近くに止まった。ひょっとして運転手が私に強盗を働くつもりなのか？ その男が私にイディッシュで呼びかけて、私の名を呼ぶのが聞こえた。それは子供のころから知っている男、ミシャ・ブドニクだった、私の同郷人《ランツマン》で、ビルゴライ（ポーランド南東部の町。シンガーの母方の祖父がこの町のラビを務めていて、シンガーも少年時代の一時期をここで過ごした）がオーストリア軍に占領されていた当時シュテトルに住んでいた男だ。私は当時まだ〈学びの家〉にかよっていて、すでにものを書き始めていた。ミシャは私より五歳ほど年上で、因襲にとらわれない考えを持ち、あごひげ（敬虔なユダヤ教徒の男性はあごひげを伸ばす）をそり落として、丈の長いブーツと乗馬用のズボンをはいていた。オーストリア軍が地元の百姓たちから雄牛を没収し、その牛たちをミシャがルヴァ‐ルスカ（ビルゴライの約七十キロ南東にある町）まで連れていき、そこで牛たちは貨車に積まれてイタリアの前線に送られた。ルヴァ‐ルスカからの帰り道で、ミシャはガリツィアからタバコをこっそり持ち帰った。彼と、やはり密輸業者だった妻のフリードルは、ニューヨークに渡ってきていて、私を捜し出し、新たな交友関係が私たちのあいだに育っていた。彼と彼の妻は私の作品を欠かさずに読む読者だった。娘が二人いて、どちらも結婚していた。この友人たちとはあまり行き来をしないままになっていたが、彼らからは私が望むなら彼らの家の一室をいつでも私のものにしてかまわないという申し出を受けていた。

フリードルは昔のビルゴライイの料理を私に作ってくれて、会話では親しい者同士の呼びかけ方をして、しばしば私にキスをした。夫と妻はアメリカで無政府主義者になっていた。

「ミシャ！」と私は叫んだ。

「アレーレ！」

ミシャはタクシーから転がるように飛び出して、私に抱きつき、彼の硬いあごひげが私の顔にちくちく当たった。身長は百八十センチで、力持ちで有名だった。私は思わずこう言った、「奇跡だよ！天から降ってきた奇跡だよ！」

「奇跡だって、ええ？　真夜中にどこへお出かけだい？」

私は自分の陥っている窮地をミシャに説明し始めた――友人が重病でエンパイア・ホテルにいること、そして新聞が私のとんでもない大失敗を載せようとしていること。彼は立ったまま私をじっと見つめて、頭を横に振った。彼は鋭い口調で言った。「エンパイアまで三ブロックだ。乗れ！」一分もしないうちに私たちはホテルの前に乗りつけた。彼は尋ねた。「友だちはどこが悪いんだ？　心臓発作か？」

「前立腺に問題を抱えているんだが、どうも急に具合が悪くなったらしい」

「おいおい、病院に運んでやろう。作家か？」

「いいや」

「名前は？」

「マックス・アバーダムだ」

ミシャの黒い目が怒りで膨れ上がった。「マックス・アバーダムがニューヨークにいるのか！　このホテルにか？」

「彼を知っているのか？」

「やつは五千ドルをフリードルから奪って、ポーランドのボルシェヴィキのところへ逃げやがったんだ」

「彼を知っているとは思わなかったよ」と私は口ごもった。

「知らなきゃよかったよ。やつはフリードルの虎の子を取りやがったんだ」

「ミシャ、重病なんだよ！」

私たちはホテルのロビーに入った。フロント係がデスクの向こうに座って、うとうとしていたが、眠そうな目をあけた。「なんでしょうか？」

「マックス・アバーダムの部屋は何号室だ？」とミシャ・ブドニクが尋ねた。

「何号室であろうとも、真夜中にお訪ねにはなれません」フロント係は歯のあいだから言葉を出すように言った。

「マックス・アバーダムは病気なんだ。心臓発作なんだよ！」ミシャ・ブドニクがどなるように言った。

「私の知るかぎり、ここではだれもどんな発作も起こしていません」フロント係は大きな帳面をひらき、調べ、そして言った。「そのお名前のかたはここにはおられません」

その瞬間、私はマックス・アバーダムが変名でホテルに宿泊したことを思い出した。その名前がなんだったか彼は私に教えたが、私は忘れてしまっていた。

ミシャ・ブドニクは立ったまま、じろじろと私を見た。「ほんとうに、まるでわけがわからない」と彼は言った。「冗談か何かなのか？」

「冗談に思えるかもしれないけれど、あいにくほんとうなんだよ」

「マックス・アバーダムがここにいるって？」

「そうだ。国外で病気になって、医者に診てもらうために飛行機でこっちへ来たんだ」

「やつがこっちに来るのは危険だぞ。やつの犠牲者がやつを八つ裂きにしちまうだろうからな。日に千回もやつを呪ってるぜ。フリードルと知り合って初めて、あいつが泣くのを見たよ。五千ドルというのはおれたちにとっては小さな問題じゃない」

「盗んだのはマックスじゃないよ」

「さあて、大騒ぎになるだろうよ。ナチの犠牲者から金を巻き上げるなんて、冷酷でなきゃできないさ」

フロント係が呼びかけた。その怒った表情と、彼がドアを指さしていることから、出ていってくれと言っているのがわかった。私はミシャに待つように合図して、もう一度フロント係に近づいた。

「すみません」と私は言った、「でも若い女性が私のために今晩もっと早くに部屋を取ってくれました。病気の男性は私たちの友人で、私たちは彼といっしょにいたいんです」

フロント係は肩をすくめた。「若い女性のお名前は？　あなたのお名前は？」

「若い女性です、背は高くない。名前はミリアム・ザルキンドです」

「ザルキンド？　その名前のかたはここにはおられません」とフロント係は言った。

ミシャ・ブドニクがデスクの方にやってきた。「あんた」と彼は言った、「この人は作家だ。嘘をでっち上げるためにここに来たわけじゃない」

「おそらくほかのホテルにご用なんでしょう。出ていっていただくか、さもなければ警察を呼ばざるをえませんよ」

外に出て、私はいく度もマックスが教えてくれた名前を思い出そうとしてみたが、なんだったのかぼんやりとも思いあたらなかった。ミシャが言った。「やれやれ、明日になればすべてはっきりするさ。その若い女性がおまえの家かオフィスに電話をかけてくるだろう。さて、おまえの小説の本文にある大失敗はどうなんだい？　話全体がおれにはどうもはっきりしない」

再び私が植字室の問題をできるだけ単純に説明すると、ミシャは言った。「お望みとあらば、新聞社に連れてってやるぜ」

「ほかの乗客みたいに金を払わせてくれさえするならね」

「ばかか？　乗れ！」

タクシーはイーストブロードウェイで止まった。私たちは降りて、『フォワード』（シンガーが多くの作品を発表したニューヨークのイディッシュ新聞社。註1参照）の入り口があいているのを見た。エレベーター係は二〇年代から私のことを覚えている男だった。そのころ私はよく夜遅くに原稿を届けて、定期的に寄稿している人たちに会わずにすむようにしていたが、そういう人たちは給料を十分にもらって、ペレツ組合に所属していたのだった。ミシャと私は十階に上がった。植字室はあいていて、一つきりの電燈が照らしていた。私の小説のもっとも新しい連載分を入れた組版が植字台に載っていて、その上にはうち捨てられた校正刷りがかぶせてあった。私は間違いを含んでいる段落を取り除き——運の良いことに、それは最後の部分だった——くず入れに投げ込んだ。校正刷りのその段落を×印で消し、削除したと余白に記して、印刷工に何か埋め草を挿入するようにたのんだ。ありがたい、一瞬にして不可能事が既成事実となった。

帰り道で私はミシャにたのみ込み、私たちの長年の友情にかけてマックスがニューヨークにいるということを秘密にしておいてほしいと懇願した。文句を言ったり弁じ立てたりしたあとで、ミシャはとうとう同意した。ミシャ・ブドニクは実際のところ、私のもっとも古い友人だった。彼は、私がまだ赤毛のわき髪を伸ばしてベルベットの帽子をかぶり、スモック《カラト》を着ていたころのことを知っていた。彼の妻、フリードル（ミシャを無政府主義者にしたのは彼女だった）は、私とひそかに関係を持った。フリードルとミシャはどちらも自由恋愛を信じていて、結婚制度を時代遅れで偽善的なものだと見なしていた。フリードルはラビによる結婚を拒否した。彼らはクラクフで役所の結婚証明書を手に入れたが、その理由はただ、それなしにはアメリカに入国できないからだった。私宛ての手紙でフリードルはフリードル・シルバースタインと署名していたが、それは彼女の結婚前の姓だった。その意味では彼女は有名なエマ・ゴールドマンのさらに先を行っていた。

マックスがホテルに記帳したときの名前を私が思い出したのはちょうどそのときだった——シグム

ンド・クラインだ。

朝の九時にシグムンド・クラインに電話すると、ミリアムが電話に出た。彼女は私の声を聞くと、金切り声を上げた。「あなたなの？　生きてるの？　あなたが真夜中に消えたと警察に通報しようとしてたのよ。何があったの？」

話している最中に、彼女はわっと泣き出した。私は何があったのかを説明しようとしたが、彼女はあまりに動転していて奇妙な細かい事情を理解できなかった。「すぐに行くよ！」と私が叫ぶと、ミリアムは受話器を置いた。私は顔も洗わず、ひげも剃らずにエンパイアに向かい、エレベーターで八階に行った。ミリアムは、部屋着に室内履きの姿で、青ざめ、みだれ髪だった。おびえたような表情が目に現われていた。マックスはほとんど彼だとわからないほどだった。ベッドに横たわり、頭を二つの枕で支えていた。あごひげは白くなっていた。彼がやせて黄色くなった手を私の方へ伸ばしたとき、彼の人差し指にはもう印章つきの指輪がないことに私は気づいた。私は身をかがめて、彼にキスをした。彼は私の両肩を両方の手でつかみ、私にキスをした。彼は言った。「おまえさんについて『死者をよみがえらせたもう神に祝福あれ』を唱えなきゃならん。わしらは二人ともおまえさんが事故に遭ったに違いないと思い始めていたんだ。何があった？　かけてくれ」

私はマックスに〈新年祭〉のイズコルに関する大失敗について話し、それから思いがけなくミシャ・ブドニクと出くわしたことについて話した。マックスの目が笑いでいっぱいになった。「ふうむ、さて、おまえさんは書くネタを手に入れることになるだろう。わしは、なあ、おまえさん、具合が良くない。

だが、ありがたいことに、今のところすぐにもおさらばしそうなわけじゃない。何もかもがうまくいかなかった、そもそもの最初からな。まるでツァディク（ハシディズムのカリスマ的指導者）か妖術師がわしを呪ったみたいだった。今はなぜおまえさんとミリアムがハイム・ジョエル・トレイビッチャーのパーティに姿を現わさなかったのか承知しているが、あのときにはおまえさんたちに何があったのか想像もつかなかった。マチルダの意見では、おまえさんたちはただ駆け落ちしちまって、わしをやきもきさせているんだ、ということだったがね。わしらがワルシャワに着いたときは、文字どおり病気だったよ、二人ともね。ワルシャワではユダヤ人が存在しているってことがすでにもう忘れられていた。わしがやつらの手術で命を落とさなかったのは、神の奇跡の一つだが、そのあとやつらはやってきて、もう一回手術が必要だと言ったんだ。まもなくマチルダが亡くなって、わしはもう国外にいたくなかった。ここでなら少なくともミリアムとおまえさんがいるからな。ヘルシェレの自殺の知らせが届いたよ。それを聞いたとき、わしは自分の終わりも近いと確信したんだ」

「マックス、ここで回復するよ、すごく丈夫になるさ」と私は言った。

「バタフライ、この人があきらめないようにして」とミリアムが声を張り上げた。「何百万という男の人たちがこの人と同じ病気にかかって、切り抜けて、健康で丈夫になっているわ！」

「そうなるかもしれんし、そうならないかもしれん。永遠に続くものは何もない。アレーレ、ここにはいられないよ、もう一日だってね。ここで横になって、最後のわずかの金をわしが奪ってしまった人たちのことを考えると、死にたくなる。わしの居場所をおまえさんがだれにも教えていないといいが。もし見つかったら、みんながイナゴみたいに飛んできて、わしを生き埋めにしちまうだろうな。プリヴァがあらゆる手を尽くしてわしを見つけようとしているのはわかっている。こんなことがいつまで続くのかな？」

「マックス、すべてうまく終わる、そうなるよ」と私は言った。「金がなくなっただろう。ぼくがいくらか持っている、多くはないけれど、まったくないよりましだ」

「それでどうやって金を手に入れることになったんだい？」とマックスが訊いた。「銀行を襲ったか？」

「四千ドルある」

「二十五万ドルの負債があるんだ、四千ドルじゃなくてな」とマックスが言った。

「ぼくが渡すと言っているのは負債の弁済のためではなくて、医者や病院のための金だ」

「どうだい、ミリアム？」とマックスが尋ねた。「一夜にして彼は慈善家になって、有り金をすっかりくれちまう気だぜ」

「ミリアムはバスルームにいるよ」と私は言った。

「いったいなんだって、おまえさんがなんとか貯めたわずかな金をわしにくれようってんだい？」とマックスが尋ねた。「あの世からわしが小切手を送ってくると当てにしているのか？」

「何も当てになんかしていないよ。治るさ、大事なのはそれだけだ」

「そうか《ヌー》い、戻ってきて、そういう言葉を聞けるなら、骨折り甲斐があったな」とマックスは言った。

「格言ではどうだったかな？　『売らねばならないのならズボンも売りなさい、だが、信頼できる友人は持っていなさい』だ。おまえさんの金に手は出さんよ。わしが今やらねばならんのは、医者と病院を見つけることだ——このニューヨークではなく、遠いところだ、たぶんカリフォルニアかな。目下のわしの状況ではがまんできるのはせいぜい二人まで、ミリアムとおまえさんだよ」

ミリアムがバスルームから姿を現わした。「髪をとかしたいのだけれど、私の櫛が見当たらないわ」

「おまえの櫛はわしのベッドのなかだ。何かが脇腹に当たって、それがおまえの櫛だった」マックスは枕の下からそれをひっぱり出した。ミリアムはそれを彼の手からさっと取って、すぐにバスルームへ戻った。マックスは目で彼女を追った。

「あの子も犠牲者だ」と彼は言った。「この何年ものあいだ、わしがしてきたことはただ一つ——犠牲者を捜して、その人たちの頭に災いを積み上げることだった。だがおまえさん、バタフライよ、まだ時があるうちに——飛んで行け！　おまえさんは、息を引き取るまぎわの老人のあとをついて回ったりする代わりに、自分の仕事をやらねばならん。友人として言っているんだ、敵としてじゃない」

「もうぼくの友情はいらない、そういうこと？」

「必要だよ、ほんとうだ、おまえさんはわしには大事な存在なんだ。だから、あらゆる聖なるものにかけて懇願してるんだよ、疫病から逃げるみたいにわしから逃げてくれって」

第九章

偶然のことだったが、マックスがもっと若いころにワルシャワでかかっていた医者のヤコブ・ディンキンと、泌尿器科の専門医アーヴィング・サフィアが、どちらも今ニューヨークにいて、二人ともがマックスはまず回復してから二度目の手術を受けるべきだと判断した。彼は前立腺が悪いだけでなく腎臓も機能不全になっていて、尿毒症の兆候を見せ始めていた。二人の医者は抗生物質を処方し、ほかにも貧血を防ぐため肝臓エキスを処方した。ミシャ・ブドニクは私たちの秘密を守ると約束してくれていたので、彼が約束を破るとはとうてい思えなかった。マックスが戻っていることを暴露したのは、おそらくセントラルパークウエストのミリアムの隣人で、私がミリアムと夜を過ごしたとモリス・ザルキンドに教えた、その同じ男だったのだろう。

マックスが心配していた騒ぎはまったく起こらなかった。難民たちはマックス・アバーダムが重病で、再度の手術が必要だと知ると、プリヴァの家の戸を叩くことをやめ、彼女に電話したり脅したりもしなかった。マックスがニューヨークにいると知れ渡るほんの一日前に、プリヴァは小さなユダヤ船に乗り込み、それはほぼ一か月かけてイスラエルへ――マルセイユとナポリに寄港して――向かうものだった。マックスが私に語ったところでは、プリヴァは彼女自身のかなりの蓄えを持っていて、それは彼が与えた金と彼女がドイツから受け取った一時金によるものだった。

プリヴァはリバーサイドドライブのマンションの賃貸料を三か月分未払いにしており、所有者側が立ち退き命令を申し立てていた。医者のディンキンとサフィアの考えではどちらも、マックスは数週間地方に滞在して、うだるようなニューヨークの熱波から離れるのが良いとのことだった。ミリアムはローマにいる父親に電報を送り、金を貸してくれるようにたのんだが、モリス・ザルキンドの返答は、あのいかさま師のマックス・アバーダムにかかわっているかぎりは一銭もやるつもりはない、というものだった。今や無一文のマックスは、私の金を受け取ることを固く拒否したが、私の説得によって三千ドルを私から借りた。これでは手術の費用にも地方のホテル代の支払いにもまだまだとても足りなかったが、そのときあることが起きて、ミリアムはまったくの奇跡だわと言った。リン・ストールナーが友人のシルビアとメキシコに飛行機で行く準備をしていたのだ。彼女はミリアムに留守中ディディの面倒を見てほしいとたのんだ。リンはレイクジョージ（ニューヨーク州東部にある湖）近郊に家を持っていて、それを彼女はシャレー（アルプス地方などで傾斜した屋根の軒が張り出したコテージ）と呼んでいたが、先のとがった屋根とよくスイスで見かけるようなバルコニーがついていた。彼女はミリアムにディディとその家で過ごしたらどうかと提案した。リンとミリアムは常に信頼関係にあって、ミリアムがマックスと私を連れていってもいいかと尋ねると、リンは「だれでも好きな人を連れていきなさい」と答えた。

すべてがとんとん拍子に進んだ。リン・ストールナーはマックスと面識があったし、英語で出た私の小説を読んだことさえあった。その家には考えつくかぎりの便利なものがすべて揃っており、小型のモーターボートまであって、湖の波止場につないであった。管理人が家と敷地の世話をしていた。

二日後にリンはミリアムに小切手を手渡したが、一枚はミリアムとディディの出費をまかなうため、もう一枚は彼女の給料に充てるためだった。リンは自分のステーションワゴンに荷物を詰め込んで、これから先の何週間かでディディに必要となりそうな、思いつくかぎりの品々を積み、おもちゃやベビーカーも入れた。ミリアムはディディの面倒を生後四週間のときからみていて、その子に必要なものは母親以上に心得ていた。ディディは今、十四か月を過ぎ、すでに歩き出そうとしていた。ハイハイをし、立ち上がることさえできた。母親をママと呼び、どういうわけかミリアムをナナと呼んだ。私を見覚え始めてさえいて、私の肩車が好きだった。リンはディディのために小児科医二人と契約していた。一人はブルックリンで診てもらうことができ、もう一人はレイクジョージでの医者だった。彼女、リンは、メキシコから一日おきに電話することになるだろう。レイクジョージの家には車庫と車があり、ミリアムが自由に使ってよかった。

その朝、マックスとミリアムと私はディディやリンとエンパイアのロビーで落ち合った。私はミリアムやディディといっしょに後部座席に乗り、マックスは前でリン・ストールナーのとなりに座って、リンが運転した。マックスとミリアムと私は三人のあいだではめったに英語で会話することはなかった。このとき私はマックスが英語でリンに話しかけるのを聞いたが、ポーランド系ユダヤ人の強い訛りがあるものの、語彙が豊富だった。病気であるにもかかわらず、彼は陽気にふざけたり、彼女に冗談を言ったり、お世辞を使ったりし、リンはそれに応じていた。

レイクジョージまで車で六時間だったが、そのあいだに私はリンの関心の幅広さと彼女の言葉の正確さを知って驚いた。ポーランド系ユダヤ人が一般に信じているところでは、アメリカ生まれの人たちは十分な教育を受けずに、高校や大学をほとんど無教養のまま出てきてしまうことになっていた。この若い女性はふさふさした赤い巻き毛で、顔にはそばかすが点々とあったが、株について非常に多くの知識があり、有価証券、銀行、保険、不動産、政治にも大変詳しかった。彼女は自分が直接に知っている知事や上院議員や下院議員たちの名前を挙げた。ユダヤに関する事柄について専門的な知識を見せ、新たに樹立されたユダヤ人国家についてなんでも知っていて、その国のアラブ諸国との紛争、政党やその綱領について何もかも承知していた。彼女は振り返って、肩越しに私と文学についてのやり取りをし、作家や批評家たちの名前を挙げたが、その人たちの名前を私は聞いたことがなかった。私自身の本について彼女が表明したいくつかの意見に私は仰天した。「いつ、どこで、こういうことすべてを学んだのだろう」と私は自分に問いかけた。ときどきマックスが振り返って、私に「これをどう思う?」と問いかけるようなまなざしを送ってきた。彼がこう言っているのが聞こえた。「ストールナー夫人、あなたはきっと教授でしょう」

「実のところ教授だったのよ」と彼女が答えた。「正教授じゃなくて、助教授、講師、あるいはヨーロッパで言う大学講師」

「何を教えていたんですか?」

「政治経済学」

「ほんとですか?」

「そう、まさにね。これがアメリカよ。ここでは女はジャガイモの皮をむいたり、皿を洗ったりして一生を送る必要はないの。ときには私もジャガイモの皮をむいたり皿を洗ったりするけれど、その一方で、きちんと自己管理できれば時間を見つけてなんでもできるってわかっているわ」

彼女は猛烈なスピードで車を運転し、しばしば片手だけでハンドルを操り、口にはタバコをくわえていた。タバコの火が消えると、マックスに合図してライターで火をつけさせた。口からではなく鼻から煙を吐き出した。私はショーペンハウアーやニーチェ、オットー・ワイニンガーの古い考え方で成長したので、女には時間の観念もなければ論理もなく、常に感情に左右されると思っていた。けれどもリン・ストールナーは瞬時に決断を下し、すべての言動に確固とした意志がうかがえた。

私たちはリン・ストールナーが予告したぴったりの時間にレイクジョージに到着した。彼女はその家をバンガローと言ったが、私の目には宮殿のように映った。一階には五部屋か六部屋あり、二階に同じ数だけ寝室があった。台所には最新の設備が備えてあり、料理はすべて電気でなされた。リンは家の切り盛りについてあらゆる細かなことまで記録していて、ミリアムに何をしなければならないかを正確に示した。

マックスが葉巻に火をつけたが、リンは厳格な口調で注意して、葉巻は決して家のなかで吸わないようにと言った。そうしたければ庭があり、ハンモックとレジャー用の椅子がいくつか置いてあった。それにまたリンがイディッシュを話すこともわかった。彼女はまだ英語も覚えないうちにイディッシュで祖母と話していたのだった。マックスが彼女に言った。「あなたはほんとうにエイシェス・ハイルだ。どういう意味かわかりますか？」

リンは答えた。「ええ、価値ある女（「箴言」第三一章一〇節。口語聖書では「賢い妻」）ね」

「あなたに足りないのはただ男だけだね、門に座って町の長老たちにあなたをほめたたえるだろう男だけ、というわけだ」（同書同章二三節「その夫はその地の長老たちと共に、町の門に座するので、人に知られている」、三一節「その手の働きの実を彼女に与え、その行ないのために彼女を町の門でほめたたえよ」）

「それはもうディディの父親で手に入れたわ」とリンが答えた。「そしてまったく値打ちがなかった――まるっきりね！」

リンは雑用を済ませると、私たちに別れを告げた。彼女はミリアムを抱いてキスをし、次にマックスだった。彼女は私の方を向いて同じことをしようとしたが、どういうわけか私はしりごみした。彼女は「まだイェシヴァの学生なのね！」と言った。そして私に、小さい引き締まった手を差し出した。ハンドルの前に座ると、即座に彼女の車は見えなくなった。マックスは葉巻を口から離した。「アメリカならでは、だな」と彼は言った。


その晩、マックスはあからさまに語った。彼は一時的に――少なくとも次の手術で回復するまでは――男性としての機能を失ってしまっていた。ポーランドの医者たち、ならず者《シュコツィム》どもに、もう少しで去勢されるところだったんだ。だが嫉妬深い宦官の役を演じる気はないぞ。反対に、おまえさんたち二人で楽しんでほしい。彼、マックスは私たちが親密であってくれればうれしい、というのだ。いく度も繰り返して彼は、いかに自分が年を取っているかを語った――私の父やミリアムの祖父と言っていいくらいの年齢だと言った。しかしミリアムは大きな声で言った。「マクセレ、あなたは私のおじいさんじゃないわ、私の夫よ。私の命あるかぎりあなたを愛するし、あなたといっしょにいるわ」

「わしの命あるかぎり、ってことだ」とマックスが訂正した。

「いいえ、私の命あるかぎりよ」

「マックス、ぼくらはあなたの世話をするためにここに来たんだ、乱交パーティをやらかすためじゃない」と私は言って、自分の言葉に驚いた。「あなたの健康ほど大事なものはないんだ」

「『七年目《シェミター》がシナイ山といかなるかかわりを持つか？』」とマックスは、ゲマラの一節を引用した。「一つのことがもう一つのことといかなるかかわりを持つか？ わしらはここに楽しみに来たんだ、『詩篇』を朗唱するためじゃない。もしおまえさんとミリアムが幸せなら、わしも幸せだ。わしはおまえさんたちが身を捧げる偶像じゃない。実のところは、こうしたことはすべてお見通しだったし、だからおまえさんたちを引き合わせたんだ。わしはあのワルシャワの病院で横になっていて、苦しいし、周りにいるのは酔っ払いや、変質者や、狂人たちだったが、一つだけ、慰めになる考えがあった、おまえさんたち二人がアメリカにいて、互いに愛しているってな。わし自身の娘たちは亡くなってしまったから、おまえさんたちがわしの子供なんだ」

「マクセレ、私はあなたの奥さんで、あなたの娘じゃないわ。プリヴァがイスラエルに行ってしまって、あなたが病気の今、私の居場所はあなたのところよ。私の言うこと、わかる？」

「さて、さて、急に聖者になったな、第二のサラ・バス・トヴィム（十八世紀の、人口に膾炙した女性の嘆願の祈りの作者）だ」とマックスが言った。「たぶんポーランドの小説で読んで、今、女主人公のまねをしたくなったんだ。ばかばかしい、わしは人生の終わりに近づいているのに、一方、おまえの人生は始まったばかりなんだよ。わしの忠告はこうだ、あのスタンリーと離婚して、アーロンと結婚しろ。おまえさんたちは似合いだよ、不実で、不運でさ」マックスは自分の冗談でくすくす笑った。私は顔が赤くなるのを感じた。ミリアムはすばやく私を一瞥した。「マックス、今度は結婚仲介人になったの？」

ミリアムは私の方に近寄った。「マックスと私はリンの寝室で寝ることにするわ、そこにディディのベビーベッドを置いたの」

「そうだね、ミリアム、ありがとう」私は彼女を抱いた。彼女は私の唇にキスをして、しばらくそのままでいた。彼女の顔は青白かった。「私はあなたたちのどちらも愛しているわ、でも今はマックスの健康が一番大事なのよ」

「そうだ、そのとおりだ」

車のなかで私は非常に疲れていて、ほとんど目をあけていられなかった。しかし今は眠気が逃げてしまった。「そうだ、我々は役者だ」と私は思った、「プリム[13]の役者の一座だ。知れたものじゃないぞ」――こういう考えが脳裏をかすめた――「神自身が――神が存在するとしてだが――やはり役者かもしれない」「詩篇」の一節「天からほほえんで見下ろす神」（「詩篇」第二篇四節）が思い浮かび、こう思った、神は天に座して、自分自身の喜劇を笑っているのだ、と。

数時間眠って、それから再び目を覚ました。腕時計の夜光塗料を塗った文字盤が二時二十分前を指していた。よくあることだが、自分がどこにいるのかを即座に思い出せなかった。ベッドで身を起こし、それからすぐにまた枕に頭を落とした。マックスは最初は私の金を借りることを断った。しかしどういうわけか私は頑固になって譲らず、とうとう彼はそれを受け入れた。あの四千ドルはいつでも私にとって安心の源だった。イディッシュの新聞社で何が起きようとも、少なくとも一年間は備えがあるとわかっていたからだ。私は編集長と何度か衝突していた。書いた記事のなかで私はしばしば、その編集長が労働者階級に団結を求め、より良き世界を闘い取ろうと呼びかけるのを茶化した。共同編集者の一人は毎朝私に声をかけて、昨晩きみを弁護してやったよと知らせてくれた――ほかの者たちが私を攻撃したしるしだ。少なくとも一年間は出費をすべてまかなえるとわかっているのは安心だった。それ以上、何が必要だろう？　本は、ありがたいことに、図書館が無料で提供してくれる。私の女友だちは私に贅沢品など要求しない。彼女たちは芝居に行きたいとも、映画に連れていってくれとも言わない。それにまた、ステファとレオンは私が彼らの家で暮らすことを願っていて、一部屋を私のために取っておいてくれていることもわかっている。

いきなり私は不用意にも、ありったけの財産の四分の三を浪費家で、放蕩者で、おまけに破産した男にやってしまった。女と関係を持ったが、その女は二十七歳になるまでにありとあらゆるアバンチュールを経験していた。マックスに愛情を傾けているにもかかわらず、私も十分に気づいているとおり、彼女は彼ではなく、私の周りに計画をめぐらしていた。私と子供を持ちたいという夢を打ち明けたし、彼女の父親が私を義理の息子にしたいと願ってさえいる。心の奥深くで、私はほんとうに自分の名をミリアムに与えたりするだろうかと疑っていた。男としての古くさい自尊心がまだ私のなかには息づいており、愛人と妻とを区別し、情事と結婚を別物と考えた。

その夜、リン・ストールナーの家で横になって、私は自分自身を再検討しようとし、同時に一種の文学上の在庫調べも試みた。たとえば、どうやったら私の目下の物語を読者に語れるだろうか？　もしも私の助言を求めて読者がやってきたら、私はなんと言うだろう――私と同じ年齢で、多かれ少なかれ同じ状況にいる読者が来たら？　たいてい私は神託のように判決を申し渡し、それも、たどたどしくしゃべる彼らの話を聞き終える前に告げることすらあった。私には確信さえあって、人の不安感を、ただその人を見たり、声を聞いたり、あるいは用いる言葉の傾向から予言できると思っていた。『イワン・イリッチの死』を再読し、再びトルストイの物語に感心して、自問した。もし生身のイワン・イリッチが私のところにやってきたらどうだろう、話を聞く忍耐心が私にあるだろうか？　否。私たちが文学作品を楽しむのはまさに、それらが私たちになんの責任も要求しないからだ。私たちはいつでも好きなときに本をひらいたり、閉じたりできる。苦しんでいる人を慰めたり、手を貸すよう求められたりはしない。ヒトラーの犠牲者が何人も私たちの編集局にやってきたが、彼らの話を私たちが進んで聞く気になれなかったことが、どれほど多くあったことか。ここ数年、編集長は、トレブリンカやマイダネク、シュトゥットホフ、そのほかの強制収容所の生き残りの人々の体験記をほとんど活字にしなくなった。彼がそうした体験記の書き手に説明するのを私は聞いたことがある。「私たちはもうこういうものは載せないのです。私たちの読者が読みたいと思っていないのです……」読者はだれのものかわからぬ苦しみを好むのだ、ある種の楽しみを与えてくれるように仕立てられた苦難の方がよいのだ。

眠り込み、再び目が覚めた。それ以上眠ることができず、ゆっくりと思考が現実へと向かった。ミリアムは今、何をしているのだろう？　ほんとうに眠っているのだろうか？　そしてマックス――彼はほんとうに不能なのだろうか？　外科手術が男女間の永遠の関係を打ち壊してしまえるのだろうか？　いや、それはいわゆる無生物のなかにも存在している。私の信じるところでは、神は小説家で、自分の好むことを書く、そして全世界は神を読んで、神が何を言わんとしているのかを見出そうと努めなければならないのだ。

翌日は晴れわたったが、暑くはなかった。マックス、ミリアムと私は朝食をとっていて、そのあいだにディディは急速に歩き方を身につけていた。一つの椅子から別の椅子へよちよちと歩き、ときどき私たちの方を見やって、まるで「ぼくが何をできるか見てごらん！　ぼくがどんなにお利口か見てごらん！」と求めているかのようだった。ときおり彼はわっと泣き出して、ミリアムが抱き上げ、キスをしてなだめるのだった。「しーっ《シャー》、ディディ、いい子ね。そのうちなんでもできるようになるわ。いつの日かすごく立派な男の子になって、フットボールをしたり、一マイルを一分で走ったりするようになるわ」マックスはディディを膝に乗せて、彼を上下に弾ませた。彼はディディにイディッシュ、英語、ポーランド語で話しかけた。彼は言った、「喜べ、ディディ、おまえが生まれたのはアンクル・サムの国（アメリカ）で、ロシアじゃないぞ。ロシアなら、おまえは世界主義者とか破壊活動家とか排外主義者と呼ばれて、パスポートにはユダヤって書き込まれるんだ」ディディはマックスのあごひげをつかんだ。どんな味がするか試そうと、口のなかに入れようとさえした。

ミリアムはマックスの言葉を聞いて笑った。「散歩の時間よ！」と彼女は宣言した。

ミリアムがディディをベビーカーに乗せ、私たちはいっしょに出発した。湖の周りを長いあいだ散歩した。通りかかったほかの人たちは、たいていは初老の夫婦で、ドイツからの難民であり、私たちを目で追った。男たちは非難の目で見た。私たちはイディッシュでしゃべっており、この東方ユダヤ人《オストユーデン》の言語（イディッシュ）はここアディロンダック山脈（ニューヨーク州北東部の山脈）にはなじまないのだ。それはキャッツキルのホテルの言語だ。ミリアムは『フォワード』をディディのベビーカーに置いていたが、それは嫌悪の目で見られた。これらのドイツからの難民たちは同化を信じていた――少数民族であるユダヤ人は多数を占める人々に溶け込むべきであり、東ヨーロッパの〈流浪《ゴーレス》〉を自らに課すべきではない、と考えていた。これらの男たちのコートのポケットからは『アウフバウ』がのぞいていた。マックスがだしぬけに言った、「なんだってじろじろ見ているんだろうな、ドイツ系ユダヤ人《イェケス》たちはさ。同化したからってドイツでどう役立ったと言うんだい、ええ？」彼らは以前のままの、西欧化したユダヤ人《イェフディム》で、そのわずかばかりのユダヤ性を成り立たせているのは、〈新年祭〉と〈贖罪の日〉にシナゴーグへ行ってラビネル（正統派ではないラビ）の説教に耳を傾けることだけだ。さてそうだとすると結局のところ、マックスのユダヤ性は何で成り立っているのだろう——あるいは、ミリアムの、そして私のユダヤ性は？　私たちはみな私たちの出自から身を切り離してしまったのだ。私たちはカバラー（ユダヤ神秘思想）が呼ぶところの「裸の魂」であり、精神的なホロコーストの生き残りの者たちなのだ。そして現代の元キリスト教徒は現代のユダヤ人とさほど違わない。

　散歩のあと、ミリアムが昼食の準備をし、マックスと私が台所で手伝った。昼食と夕食のあいだの時間にマックスは横になって眠り、ミリアムは博士論文の作業を続け、一方私は『フォワード』への原稿を書き、小説のいくつかの章の訂正をした。一度、ミリアムが次のように言うのを聞いた、「もしも私の思いどおりにできるなら、夏が決して終わらず、私たちは永遠にここに居続けるのにね」

　一晩おきの八時から九時のあいだにリンがメキシコから電話をかけてきた。会話はいつも同じだった。ミリアムが、ディディは元気で、天気は良い、と報告する。リンがメキシコをほめたたえて、美しい海や山々、アステカ族の遺跡、メキシコ人の自然のままの性質を賞賛する。リンはミリアムに刺繍がほどこされたショールを買い、マックスには葉巻用のパイプを買った。彼女は私と話をしたいと言い、彼女が出会ったある教授について私に語ったが、その人物は中央アメリカをくまなく調べてマラーノ、すなわち、ずっと昔にスペインの宗教裁判から逃げてきた隠れユダヤ人の痕跡を探しているのだった。メキシコシティで彼女はポーランド出身のユダヤ人たちに出会ったが、彼らはイディッシュの雑誌を発行していた。

　毎日マックスは私たちに気分が良いと請け合い、申し分なく元気になりつつあると断言した。しかしミリアムは私に、彼は夜あまり眠れていないし、血尿が出ていると告げた。その晩リンから電話がなく、私たちはみな、彼女に何かあったのだろうかといぶかった。十一時近くに、私がミリアムとマックスにおやすみと挨拶していると、電話が鳴った。ミリアムが受話器を取り上げ、彼女がこう言うのが聞こえてきた。「どなた？　マックス・アバーダムとお話しになりたいの？　どちら様ですか？」

かけてきたのがだれであれ、私は邪魔をしたくなかったので、ゆっくりと階段を上がって自分の部屋に向かった。マックスが電話で話しているのが聞こえた。秘密がもれてしまったのだろうか？　それにだれがマックスに電話をかけてきたのだろう？　すぐに重たい足音が階段をのぼってくるのが聞こえた。私の部屋のドアがひらき、マックスが敷居に立っていた。彼はやっとのことで息をしながら、大きな黒い目で私を見ていた。

「アーロン、奇跡が起きた、ほんとうに――奇跡だ！」

「何が起きたんです？」と私は尋ねた。のどがカラカラになって、ほとんど口がきけなかった。

「わしはイスラエルへ飛ぶよ。ハイム・ジョエル・トレイビッチャーがわしに医者を見つけてくれたんだ」

マックスがよろけたので、私はベッドから飛び起きて、彼に手を貸して椅子に連れていった。彼がひどくずっしりともたれかかってきたので、私は倒れそうになった。

「だれが電話してきたんですか？　どうやってあなたがここに滞在しているって知ったんだろう？」

「ツロヴァだ、プリヴァの女中だ。おまえさんがうちを訪ねてくれたとき、紹介したよ。覚えているかい？」

「ええ、覚えています」

「テルアビブから長い電報がマンションに届いたんだ。ハイム・ジョエル・トレイビッチャーからのものだった。彼はわしがワルシャワで知っていた医者に会ったんだが、その医者が今ではイスラエルで有名な泌尿器科医になっている。ハイム・ジョエルはわしがイスラエルへ飛ぶ費用を全額負担しようと申し出てくれた。おまえさんに金を返せるだろう。どこかに神様がいて、まだ今のところわしが神様の作った世界におさらばするのを望んではいないんだと信じかけてきたよ。プリヴァは、知ってのとおり、聖地へ向かう船の上だ。どうやらわしの方が女房の船より先に着きそうだ」

「ツロヴァはどうやってあなたがここにいることを知ったんです？」と私は尋ねたが、自分自身の声が耳慣れないものに聞こえた。

「話せば長くなる。ツロヴァは電報を受け取ったとき、わしがアメリカにいるに違いないと悟ったんだ、スイスじゃなくてな。ミリアムはこのレイクジョージの電話番号を自分のところの管理人に残しておいて、それでツロヴァがわしを探しにミリアムの家に行ったとき、その男が彼女に番号を教えたんだ」

マックスはしゃべりながらぶるぶる震えていた。彼は不意にこう言った。「ひょっとすると、わしは聖地で埋葬されるように定められたのかもしれない」

「マックス、だれもまだあなたを埋葬したりしないよ。元気になりますよ」と私は言った。

「ミリアムはもうすっかり興奮している。あの子はわしといっしょにイスラエルへ飛びたがっているが、しかしできるわけないだろう？　ここで子供といっしょに釘づけなんだから。できるだけ早く飛び立ちたいよ。ここでは具合が前より悪くなった、良くはなっていない。もしおまえさんがいっしょに来たいなら、わしらの金持ちの恩人の費用で連れていくよ」

「パスポートを持ってないんです。それにビザも必要だろうし」と私は言った。

「それは思いつかなかった。わしに今あるのは、第一次書類（外国人が帰化の意志のあることを宣言する書類で、帰化手続きの第一段階だった）だけだ」

「出国して旅行し、また戻ってくるのは第一次書類でできますよ。でも移民局で許可を取得しなければいけないだろうな。ポーランドのパスポートはどうしたんですか？」

「期限を延ばしてもらってある」

ドアがさっとあいて、ミリアムが叫んだ。「バタフライ、奇跡よ、奇跡だわ！　私たちの番号を管理人に残しておくべきかどうか、私は迷ったのよ。最後の最後に、残しておこうって決めたの。どうしてツロヴァが私の家にマックスを探しにいこうって思いついたのか、それにどうしてジョンが彼女に番号を教えたのか、私には絶対にわからないでしょうね。マックスといっしょに飛んでいきたいわ、彼をこの状態で一人きりにできないもの。でもディディをどうしよう？　まるで私に意地悪するみたいに、今晩リンは電話をかけてこなかった。ディディの具合が良くない気さえするのよ。おでこに触ってみたら、熱いように思えたの。リンは体温計を置いていったけれど、私はそれをどこかに置いて、今は見つからないのよ。ああ、気が狂いそう！」

ミリアムがわっと泣き出した。私が腰かけていたベッドの端から立ち上がると、ミリアムは私の両腕のなかに身を投げ出した。彼女の顔は熱く、涙で濡れていた。

「ミリアム、ヒステリーを起こすな」とマックスが彼女に呼びかけた。「万事きちんとなるさ。それに、もしたとえそうならなくても、空が落ちてくるわけじゃない。リンはメキシコの電話番号を残していかなかったのか？」

ミリアムは私の両腕から身を引き離した。「あなた、正気を失ったか何かなの？　疲れたわ。やっていけないわ。行きなさいよ、パレスチナに一人で飛びなさい。私みたいな女たちはエルサレムにだっているわ。もう男は要らない、男なんてみんなうんざりよ。不愉快だわ。私はどこかで横になって、〈死の天使〉が迎えに来てくれるのを待つわ。一人だけ友だちが残っている——死よ！」

ミリアムは飛び出して、ドアをバタンと閉めた。同時に電話が鳴った。マックスが言った、「電話を取ってくれ、アーロン。わしは立ち上がれない」

私は受話器をつかんだ。「ストールナーさん？」

若い声がスペイン語訛りでしゃべった。「ミス・シルヴィアがメキシコシティから呼び出しています。料金を負担されますか？」

「ええ、ええ、もちろん！」

聞きなれない女の声がして、かすれた、きしるような声で言った。「グレイディンガーさんですか？シルヴィアです、リンの友人の。こんな時間に電話してごめんなさい。悪い知らせです、残念ながら。リンが事故に遭ったの。彼女は病院なんです」

「事故ですって？　何があったんですか？」

「彼女が車を運転していたら、酔っ払いがぶつかったのよ。私はいっしょではなくて、彼女は車で美容院へ行くところだったの。腕を折って、ほかにもいくつか裂傷がある。すみませんが、ミリアム・ザルキンドさんとお話しできますか？」

「ちょっとお待ちください」

私は受話器をベッド脇の小テーブルに置いた。ドアがぱっとひらき、ミリアムが駆け込んできた。

「だれなの――リン？」

「ミリアム、びっくりしないでくれ。リンが自動車事故に遭った」

ミリアムは部屋のまんなかに立ち尽くした。彼女は静かに言った、「わかってたわ。ずっとわかってたわ」

私はバスルームに行き、便器の蓋に腰をおろした。なんて奇妙なんだ、と私は思った、マックスを診てくれそうな医者と彼のイスラエル行きという良い知らせがミリアムを混乱状態に叩き込み、一方でリンの事故という悪い知らせを冷静に受け止めるとは。一つたしかなことがある。ミリアムはマックスとともにイスラエルへ飛んでいくことはできないということだ。

私は立ち上がり、まだ抜けずに残っている歯を磨こうとして、洗面台の戸棚をひらいた。まんなかの棚に体温計があり、私はそれを取り上げた。ミリアムの電話での会話は終わった。彼女は私のベッドの端に座って、マックスに話しかけていた。彼女がこう言うのが聞こえた。「夏のスーツとレインコートだけは持っていきなさいよ」

私は言った、「ミリアム、洗面台の戸棚で体温計を見つけたよ」

ミリアムはうなずいた。「あとで使うわ。今はディディを寝かせておくわ、かわいいおチビさんをね」

第十章

すべて終わった――マックスの旅行鞄の荷造り、レイクジョージからニューヨークへのバスでの移動、アメリカを出国して再入国する許可を迅速に得るための手配。ミリアムはディディとあとに残り、マックスと私はバスでニューヨークへ向かい、マックスのマンションに滞在した。プリヴァを非難して彼女の宝石を盗んでいったまさに同じ難民たちが、今はマックスに電話をかけてきて別れの挨拶を述べ、早く回復するようにと祈ってくれた。ハイム・ジョエル・トレイビッチャーはマックスに電報を送ってきて、ハリーが働いた詐欺の犠牲者に賠償するつもりだと告げ、その知らせはたちどころに被害者たちに広まった。この高徳な人物の高潔さと度量の広さにみなが感動した。
ニューヨークで過ごした数日のあいだ、ツロヴァと私は親しくなり、互いに打ち解けた呼びかけ方をするようになった。ワルシャワで彼女は子供のない病気の老夫婦に代わって下着店を経営していた。彼らはツロヴァに商売をゆだね、二人が亡くなると彼女がそれを引き継いだ。案の定、ツロヴァは私に彼女のこれまでの人生を語った。彼女はルブリン地方（ポーランド南東部）の小さな町に生まれ、幼いころに孤児となった。独学で縫い物と刺繍を覚えた。コルセット製造会社で働いたことがあり、下着を女性の体に合わせる専門家となって、バストが並外れて大きかったり小さかったりする女性や、乳房を手術した女性のために下着の調整をした経験があった。「年寄りたち《アルテ》」とツロヴァは雇い主夫婦を呼んだが、彼らはよく体調が悪くなって外国の湯治場に出かけたり、オトウォツクに所有している別荘に行ったりした。ツロヴァは商売上の事柄に加えて彼らの大きなマンションの細々した家事の面倒もみた。客たちはポーランド各地から彼女を訪ねてきて、彼女は彼らが必要とするものをすべて調えた。戦争中には強制収容所に投げ込まれた。のちにドイツの難民キャンプでアメリカへのビザを手に入れた。プリヴァとの友人関係はワルシャワに暮らしていたあいだに始まった。プリヴァはオカルティズムにのめり込んでいて、ポーランドの有名な霊媒クルスキの降霊術の会に何回か参加したこともあった。プリヴァが明かりを消し、ツロヴァが小さなテーブルに両手を置くと、テーブルが持ち上がり、出された質問すべてに正しく答えた。ツロヴァはウィジャ盤に熟達した。彼女が私に請け合ったところでは、ハイム・ジョエル・トレイビッチャーの電報が届いて、マックスの新しい医者が見つかったことを知らされるずっと以前に、彼女は夢でそのできごとを予見したのだった。ツロヴァはまた、夢で、マックスがミリアムと湖の近くの家で暮らすのを見たと主張した。ツロヴァは私の右の手のひらを見て将来を読みたいと求め、こう言った。「大きな火があなたのなかで燃えている」

「それは神の、それとも悪魔の？」とマックスが尋ねた。

「両方が混ざっている」とツロヴァが答えた。

マックスはしばしばツロヴァをからかって、彼女の幻視や夢をばかにし、足でテーブルを持ち上げたと言ってとがめたり、自分自身と他人を欺いているのだと非難した。彼は「おまえのこういう霊たちがおまえをナチから守ってくれなかったのはどういうわけだい？」と言った。それでも彼らが互いにいかに親しいかが私にははっきりと見て取れた。ツロヴァは絶えずマックスに、彼が食べていいものと食べてはいけないものを教えていた。彼が葉巻に火をつけると、彼女は文字どおり彼の口からそれを引き抜いた。彼女は彼のリネン類や下着、薬を手慣れた妻の手際で荷造りした。彼女自身はタバコを毎日三箱吸うので、マックスが彼女に注意するのを私は耳にした。「自殺してるようなもんだぞ、ツロヴァ。わしよりもずっと先にあの世に着いちまうかもしれんぞ」

「じゃああなたの歓迎会を準備しとくわよ」

「どんな歓迎会だ？」とマックスが、好奇心がないわけでもない様子で尋ねた。するとツロヴァが言った。「あなたを黄金の椅子に座らせて、足載せ台としてあのあばずれ女、ミリアム・ザルキンドをあげるわ」

マックスが出発する前日、旅行で必要になりそうな物をツロヴァが買いに出たとき――パジャマ、ソックス、浣腸器、爪切り、便秘薬、そしてほかに役立ちそうな品々――マックスは秘密を打ち明けた（私がわけなく推測していた秘密だったが）。つまり彼はかつてツロヴァと暮らしていたのだった。ジプシーのような白い歯とタタール人のつり上がった目をしたこの若い女がワルシャワでは雇い主を、ニューヨークでは女主人を欺いていたことを彼は知っていた。マックスは私に言った。「どうしようもないんだよ。わしは生まれつきブタみたいにがつがつと貪欲なんだ。おまえさんはわしからミリアムを受け継いだんだから、ツロヴァも手に入れればいい。おまえさんはわしと同類だ。わしは、なあ、おまえさん、ごみ溜め行きだよ」

「良くなって、まだまだもっとたくさん『がつがつ』できますよ」と私は言った。

「おまえさんの口から神様の耳に届きますように」

マックスは、私がよく知り合いの女たちに言っていた、まさにその言葉を口にした。「一度に一人より多くの女を愛せるのが、わしの罪かい？」

「一夫一婦制という考え全体が大嘘なんだ」とマックスは言った。「それは女どもやピューリタン的なキリスト教徒たちのでっち上げだ。ユダヤ人のあいだにはあったためしがなかった。我々の偉大な師モーセだって、黒人女をほしがって、姉のミリアムが彼を非難すると、彼女は疥癬に見舞われたんだ（「民数記」第一二章参照）。わしがモーセや族長のヤコブよりももっと高徳でなきゃいかんとどこに書いてある？性的な力があるかぎり、わしは楽しむぜ。今わしはおさらばする準備をしているんだから、おまえさんが引き継ぐ潮時だ。

「わしの最初の妻は」とマックスは続けた、「天国で安らかでありますように——ちゃんとしたユダヤ娘だった——、だがこれっぽっちの想像力も持っていなかった。目覚めさせてやろうとして、わしにできるあらゆる手段でやってみた。モーパッサンを読ませ、ポール・ド・コック（一七九三・一八七一。フランスの作家）や我らがポーランドのガブリエラ・ザポルスカ（一八五七・一九二一。ポーランドの作家）まで読ませた。だが女房の考えはただただ服のこと、つまらん装飾品、ぜいたくな毛皮のことばかりだった。バターミルクが血管に流れていたのさ、血じゃなくてね。わしはキャバレーのダンスに連れていこうとさえしたんだぜ。だが、ちょっとでも身をよじらせたり、体をくねらせたりするようなことは、女房によればひとまとめでこうだった——わいせつ、だ。男が不能なら、そいつはラビの前に引っ張っていかれて、女房を離縁してやるよう強いられる。だが女房が不感症で、まるで氷みたいに冷たい場合は、貞淑だといって賞賛される。わしの女房には救いとなる美徳が一つあった——完全にわしに貞節を守ったよ。マチルダ——安らかでありますように——、彼女については、何もかもが名声の問題だった。もしもパリの貴婦人《グラン・ダーム》たちが愛人を持っているならば、それなら彼女も愛人を持たねばならなかったのさ。ハイム・ジョエルは、こんなことを言っては申し訳ないけれど、肉体的にばかりじゃなく精神的にも、男らしさがないんだ。彼の情熱はいつだって金だったし、今でも金さ——そしてありがたいことに、難民たちみんなに賠償金を支払ったって余るほど持っている。もし女が熱い血を持って生まれたら、世界中が立ち上がってその女を非難する。まさに売春婦ってわけだ。女だけじゃなく、男だって——女たらしってわけだ。だれのことを考えているか、よくわかるよな」

私は自分の顔が青ざめるのを感じた。「ミリアムがすべてを話したんですね？」と私は尋ねた。

「すべてね」

「あなたは彼女の過去を知っているんですね？」

「そうだ」

「それで、彼女をなんと呼びますか？」

「あるがままに受けとめるよ」

「彼女と結婚しますか？」

「もしおまえさんの年齢なら、するね」

「彼女は子供をほしがっている。その子供たちがあなたの子であるとどうやってわかるんです？」

「おまえさんの子供であっても気にはせんさ」

「郵便配達人の子供かもしれませんよ」

「そんなことはないよ」とマックスは笑った。「しゃべっていて何になる？　だが、おまえさんにしてほしいことが一つある――あの子を裏切らんでくれ」

「裏切っていません」

「裏切っとるよ。あの子はおまえさんに望みをかけているんだ。まさかと思うかもしれんが、ほんとうの愛ということになると、あの子は貞節な乙女なんだぜ」


翌朝早く、ツロヴァと私はマックスを空港まで送っていった。タクシーでの帰り道に、ツロヴァは彼女の膝を私の膝に押しつけた。私は彼女に言った。「きみのことは全部知っているんだよ」

「あなたが知っているってことは承知してるわ」とツロヴァが答えた、「そして私はあなたのことを全部知っているわ」

「どういう意味？」と私は尋ねた。

「第一に、マックスが約束を守れないと私は知っている。彼は酔っぱらっている人間みたいなのよ。頭に浮かぶと、口に出る。第二に、私は起きているときに幻を見ることもあれば、夢で見ることもある。マックスが初めてあなたをプリヴァのところに連れてきたとき、私はあなたの頭の周りに輝きを見たの」

「どんな輝き？　それはどういう意味かい？」

「あなたが私のものになるだろうということ」

「いや、ツロヴァ。今回は思い違いだ」と私は震え声で答えた。

ツロヴァは片手を私の膝に置いた。「今日じゃないわよ。今日は生理なの。あなたが戻ってきたときにね」


私はミリアムに子供はほしくないと言い、彼女とであろうとだれかほかの人とであろうとそれは変わらないと告げた。新聞や雑誌は人口爆発の記事であふれている。マルサスはリベラルな人々が主張するほど間違ってはいなかった――何十億もの人々に足るほどの食糧などまったくない。ヒトラーとスターリンがもたらした大惨事が証明したように、恒久平和や人類の一致団結といった人間の夢は非現実的である。何十もの新たな国家が誕生してきたし、いたるところで衝突と戦争が起きている。ユダヤ人に対する世界の憎悪はヒトラーのホロコーストのあとですら減らず、イスラエルは敵に取り囲まれている。こんな世界に子供をもたらしてどのような意味があるというのか。何ゆえ人間の苦しみの総量を増やすのか。ミリアムはいくらか私に同意したが、それでもこう論じた。「もしも邪悪な人だけが増えたなら、どんな希望を人間は持てるの？」

「希望などない、希望などまったくない」

「じゃあ、どうやってサルが人になったの？　どうやってスピノザのような人が存在するにいたったの、トルストイやドストエフスキーやガンジー、アインシュタインのような人たちはどうやって出てきたの？」

「ぼくはこの宝くじに加わりたくない」

私たちはキスをし合い、議論を続けた。我々にできる残されたことはただ、つかの間の快楽をすばやくつかんで、あとは、互いにぶつかり、まるであぶくのようにはじけるだけだ。ミリアムも私も、いっしょにいることも離れたままでいることもできなかった。神を否定することも、神に仕えることもできなかった。だれに、あるいは何に、仕えるというのか――引力と磁力を操る技術者、宇宙の大爆発と宇宙光線をもたらす技術者、我々の祈りを受け入れもしなければ拒絶もしない者に仕えるのか？　私たちは夜、ベッドに横になって自分たちの罪を告白したが、犯した罪も想像上の罪も、喜劇的なものも悲劇的なものも告白した。そして互いに言うべきことがたくさんありすぎて、夜があまりに短いことがしばしばだった。

　ミリアムは私に遠慮なく次のように言った。マックスがイスラエルにいる以上、アメリカにはいられないわ。彼はまだ回復の途中よ、私の助けと私の愛情が必要なの。彼女は私に、いっしょに国を出ようと提案した。実のところ、彼女は自分自身の費用をまかなうほどの金すら持っていなかった。私は彼女に私の蓄えの残り千ドルを差し出した。いずれにしても、イスラエルで私は何をするのだろうか？　あの地で君臨しているのはイディッシュではなくヘブライ語だ、族長たちの誇り高き言語であって、流浪のごたまぜ語（イディッシュを指す）ではない。古代から続くペリシテ人とのいくさを戦い続けている人々は、自分たちの記憶から追放とゲットー、宗教裁判とポグロム（大虐殺。特に帝政ロシアのユダヤ人虐殺）に満ちた二千年を消そうと企てている。彼らはさまざまな国家のなかの一国家になることを望んでいるのであり、ほかのあらゆる国々と同じものになりたがっている。私はいつの日かその地を訪れるつもりではあったが、今はまだそのときではない。

　あることが私の小説に起きた――袋小路に陥ってしまったのだ。何十枚か書き直しをせねばならず、すでに植字工に送った原稿の一部を取り戻さねばならなくなった。実は私は絶え間ない危機的状況にあって、筋を忘れたり、登場人物たちが精彩を欠いたり、緊張感が希薄になったりする危険に直面していた。私は悪魔たちと戦っていて、その悪魔たちは作家の進む道につまずきの石を置き、記憶力を麻痺させ、独りよがりの自己満足で作家を酔わせるのだった。そういう悪霊たちを追い払う私なりの方法があったし、私は彼らの悪ふざけやいたずらを承知していた。しかしそれで十分とは決して言えなかった。命取りの病原菌が薬に対して免疫を持つようになって常に新たな攻撃の手段を見出すように、文学の小鬼たちも決して戦いをあきらめない。しつこく弱点を探し、もろい箇所を探る。作品ができ上がってくればくるほど、創作者はますます疲れ、これらの破壊者たちはいよいよずうずうしくなってくる。絶えず警戒していなければならない。偉大な作家たち、古典作家や巨匠たちでさえ失敗作があった。ひょっとすると人間の脳は他人の欠点を見抜くことには長けていて、自分の欠陥については子供のように判断力に欠け、盲目であるようにできているのかもしれない。

イスラエルへ出向けば、私は精力と時間を奪われるだろう。私は常に編集者たちと連絡を密にしておかねばならなかったし、校正刷りを読み、いつでも本文を訂正できるようにしていなければならなかった。しばしば私はカバラー主義者たちの次の言葉を思い出した。すなわち、人はこの世にティクン（修復）のために送られた、という言葉である。我々は絶えず我々の過ちを修正するよう求められている。アツィルート、すなわち流出の世界（「神がみずからを原型の形で示現する」世界（チャールズ・ポンセ『カバラー』邦高忠二訳、創樹社））でさえ、器が壊され、神の火花が下の深淵にばらまかれ、ケリパ（自然及び人間存在の世界）の世界に流れ込む。芸術はそうした古代の神秘家や彼らの用いた象徴から学ぶべきところが大いにある。

三週間が過ぎ、リン・ストールナーが戻ってきたが、片腕にギプスをつけ、もう一方の腕には包帯を巻いていた。彼女といっしょにシルヴィアとメキシコ人の女中がいた。ミリアムはディディと別れるときに泣き、私も自分自身の目がうるんでくるのを感じた。その小さな男の子は私にキスをして、私をお父ちゃんと呼んだ。

やがて航空郵便がマックスから届いて、体調は良くなったが、あまりに手術をたくさん受けたので体がひどく弱ってしまったと書いてあった。ミリアムと私の両方に会いたがっていた。彼は小切手を一枚、私が彼に貸した三千ドルの分として送ってくれ、さらにもう一枚の小切手を、ミリアムの費用として送ってきた。どちらの小切手にもハイム・ジョエル・トレイビッチャーの署名があった。ハイム・ジョエルは私にはヘブライ語で書いた手紙もくれて、それには美文調の聖書の表現やゲマラからの引用があちこちにちりばめてあった。イディッシュで書いたミリアム宛ての心のこもった短信が同封してあった。彼は甥のヘルシェレ、すなわちハリーのやったすべての窃盗の返済を始めたが、それはハリーが無力な顧客に詐欺を働いてアメリカに残していったものだった。ミリアムには五千ドルを返す予定であり、それは彼女の父モリス・ザルキンドが彼女に与えて、マックスとハリーが株に投資してしまった金だった。

ミリアムはその手紙を読むと、小躍りして、両手を打ち鳴らし始めた。彼女は私に身を投げかけて、キスをしたり、叫んだりした。しかし私は、自分はイスラエルへ飛べる状態ではないと彼女に言わねばならなかった。進行中の連載小説に関する危機はさらに悪い状態になっていた。初めてのことだったが、編集長がいくつかの章をまるごと、私になんの相談もなく削除しようとしていた。私は彼に電話をかけ、もしもなくなっている部分を復活させないならば、その小説は放棄する、と告げた。私たちの反目は新聞社の経営委員の会議で議題に取り上げられる予定だったが、その会議は何週間か経たないとひらかれず、その理由は経営者や委員のいく人かが〈労働者の日〉（九月の第一月曜日）まで休暇を取ったり海外に出たりしているからだった。私の小説ばかりでなく、ジャーナリストや相談回答者としての地位さえ危機に瀕していた。ミリアムに心配をかけないように、こうしたあらゆることを彼女に隠してきたのだが、今や状況をすべて打ち明けねばならなかった。

たまたまミリアムは〈新年祭〉の三日前に飛行機で出発する予定になっており、最初はパリに、それからテルアビブに向かうことになっていた。私は彼女に贈り物を買いたいと思い、何がほしいのか尋ねてみると、彼女は「聖書」と答えた。

「イスラエルにはありとあらゆるすばらしい版の聖書が目白押しだよ」と私は言い、代わりに万年筆はどうかと勧めてみた。

しかし彼女は言った。「聖書が私のほしいもので、あなたが私にくれなければいけないものよ。もしくれないなら、自分で一冊買わなければいけないことになるわ」

彼女がこんなふうに私に言ったことは以前にはなかった。私は彼女に尋ねた。「どうしたの？　一夜にして宗教的になってしまったのかい？」

すると彼女は答えた。「そうよ、宗教的に」

私はブロードウェイのショーウインドウで小さな聖書を見かけ、木の装丁で表紙に〈嘆きの壁〉（エルサレムの神殿の外壁で、紀元七〇年のローマ軍による破壊で残った部分）が刻まれているその聖書を彼女のために買った。店主は青銅のケースに収められた小さなメズーザー（中に聖句を収めた金属製や木製の小さな箱で、家や居住目的の部屋の脇柱に取りつける）とハヌカーのドレイデル[14]をおまけにつけてくれた。これを全部ミリアムのところへ持っていった。驚いたことに彼女はどこからか二つの銀の燭台を取り出してきたが、それはスタンリーと結婚したときに彼女の母親がくれたのだと彼女は言った。

「何をするつもり？」と私は驚いて尋ねた。

するとミリアムは答えた。「聖書をひらいてトイへへ（イディッシュで、ヘブライ語のトへハーに同じ。一七八頁参照）の章をあけてほしいの」

「どうやってトイへへについて知ったの？　何をしようというんだい？」

「あなたが書いた物語でそれについて知っているのよ」

「何をやってのけようというわけ？　そんな物語について覚えていないよ」

「ひらいて。私は覚えています」

私は聖書をひらき、その章をあけ、一方ミリアムは二本のろうそくを灯した。

「なんのおふざけだい？」

「静かにして、待っててちょうだい」

ミリアムは髪を白いスカーフで覆った。ブラウスの下から彼女は紙を一枚取り出して、読み始めた。

「天にまします神と私の大切な人々の魂にかけて、ヒトラー――その名と記憶が消し去られますように――、彼の手で命を落とした殉教者たちの魂にかけて、私は誓います、生涯マックスとあなた以外に、ほかの男を持つことはありません。もしもこの神聖な誓いを破るようなことがあったら、トイへへのすべての呪いが私の頭に降りかかりますように。アーメン」

ミリアムはそれらの言葉を一種の読経口調で読み上げたので、私はカディッシュ（服喪者の祈り）を思い起こし、あるいはエル・マレ・ラハミーム（葬儀や命日などに唱えられる故人のための祈り）や信心深い女たちが死者を葬るときに唱える哀歌を思い出した。彼女は両腕を上げて、目を天に向けた。私はさえぎりたかったけれども、彼女のまなざしのなかにある何かが私を押しとどめた。彼女は言い終わると、聖書にキスをして、閉じた。

私は言った。「なんてばかばかしいメロドラマだ。ほんとうに、ミリアム、これはやりすぎだ。悪趣味だ。どうやってそんな誓いができるんだい？　ぼくはきみより二十歳も年上で、マックスは四十も年上なんだぜ」

「わかっているわ。でも私たちのあいだに何が起きるとしても、私はあなたが夜、眠れぬまま横になって、私がほかの人たちとつるんであなたを裏切っているなんて考えてほしくないのよ」

「この誓いにどんな価値があるんだ、神を信じていない者がするんだから」

「私は神を信じています」

「ろうそくを消していいかい？」と私は尋ねた。

「灯しておいて」

「ぼくもきみがしたような誓いをするべきかな？」と私は尋ね、自分自身の言葉にびっくりした。

「いいえ、いいえ、いいえ。あなたは私になんの義務もない。私があなたから離れていくのであって、あなたが私から離れていくわけではない。私はマックスといっしょにいることになるし、あなたはだれとでも好きな人といていいのよ」

何か畏敬の念を起こさせる、古めかしいものがミリアムの声と態度にあった。私の胸に熱いものが込み上げてきた。不意に私は両親を思い出し、おじたち、おばたち、いとこのエステルがよみがえってきたが、彼らはみなナチの手にかかって命を落としたのだった。昼ひなかに灯されたこれらの二本のろうそくは、亡骸の枕辺に置かれるろうそくを思わせた。私はこの儀式全体が芝居じみていて、女性のヒステリーの表われだと自分に言い聞かせようとした。けれどもその代わりに私は立ち上がって、ミリアムをじっと見つめ、彼女の両目の瞳のなかで踊る二つの小さな炎を凝視した。彼女はまだ白いスカーフを頭にかぶっていた。このわずかな時間のあいだに彼女が何年も年を重ねたように思えた。

今一度マックスの声が聞こえてきた。「ほんとうの愛ということになると、あの子は貞節な乙女なんだぜ」

「どれだけのあいだ、このろうそくを灯しておくつもり？」

「ひとりでに消えるまで」

その晩ミリアムは私に、電燈をつけないようにと言った。彼女は二本のろうそくのほの暗い光ですべての家事をこなした。小さな台所で私たちの夕食を調え、それから彼女はイスラエルに持っていく予定の三つの大きな旅行鞄に自分の荷物をすっかり詰めた。頭に白いスカーフをつけていると、彼女は私が幼いころの母に似て見えたが、そのころの私はラジミン（シンガーが幼いころ一時期を過ごしたワルシャワ地方の町）のダルデケ・メラメッド（ヘブライ語の初歩を幼い子供に教える教師）のフィシェルのもとにかよったり、ワルシャワのグジボウスカ通り五番にあったモシェ・イツハクの初等学校にかよったりしていた。トランプ用のテーブルの上にミリアムは皿と銀器を並べたが、まったく無言で、まるで私が彼女の年若い被後見人で、彼女は新婚のハシドの花嫁であるかのようだった。私は二つの小さな炎から目を離すことができず、それらの炎は静かに燃え、あたかも外の騒がしい文明――不信心者の文化、ここ二百年のうちに作り出された無数の機械や発明品の文化――が偽りであることを証明しているかのようだった。「いったいどうして小銭で買える二本のろうそくが男と女の気分をこうも変えてしまえるのだろう?」と私は自問した。私たちはこれまでとは異なる食べ方をし、これまでほどしゃべらず、声を低めた。奇妙なことだが、ミリアムの手が以前よりも繊細になったように思え、指がより長く、細くなったように見えた。影に包まれた彼女の目からは、ある高貴さが輝き出ており、そうしたものが存在することを私が忘れてしまっていたたぐいのものだった。宗教書に目を通したり、聖所の内部に足を踏み入れたりしたのは何年も前のことだった。しかしちらちら燃えるこれらの炎が私に〈学びの家〉や〈ハシディムの祈りの家〉を思い出させ、私が初めてゲマラのページを学び始めた場所をよみがえらせた。ベラホートの篇（祝福の朗唱などを論じているミシュナーの一篇）にある最初のミシュナーが記憶の表面に浮かび上がってきて、私は小声で詠唱し始めた。

「夜にはシェマーはいつ朗唱されるのか?　司祭たちが捧げものを食べに入ってきたときから、とラビ・エリエゼルは言った。そして賢者たちは真夜中までと言う。ラビ・ガマリエルは夜明けが訪れるまでと言う……」

「何か言った?」とミリアムが尋ねた。

「ちょっとゲマラの文句をね」

彼女は歯を磨きにバスルームへ行った。私がベッドに横になると、私のところに来たが、これまでに見たことのないレースのネグリジェを着ていた。彼女は言った、「ポーランド語でシルプというのは結婚という意味なのよ、そしてシルプは誓いでもある」

「そうだ」

「今日、私はあなたと結婚しました」と彼女は明言した。

私たちは互いに腕をまわし、黙って横になった。ミリアムは私の腕のなかで身もだえした。彼女の体は熱く、呼吸は速くて、まるで熱でもあるかのようだった。彼女は言った。「心配しないで。あなたに何かを無理強いしたりしないから。私はあなたと結婚した、あなたが私としたわけじゃない。私が神に対して重大な罪を犯していることはわかっているし、あなたに、そしてマックスに、重大な罪を犯していることはわかっている。昔なら、追放されたか、石で打ち殺されさえしたかもしれない。だけど、ちっぽけな人々がこの惑星で何をするかについて神がどんな関心を持つというの？　神は宇宙に無数の世界を持っていて、いたるところにほかの生物やほかの魂を持っている。この地球においてさえ、あらゆる生き物が同じ掟に従っているわけじゃない。以前に飼っていた犬は、自分の母親と番《つが》ったわよ。待って、ろうそくがまだ灯っているか見てくるわ」

ミリアムはベッドから出て、居間に向かった。戻ってくると、こう言った、「一本のろうそくが消えていて、もう一本はまだ揺らめいている」

私たちは眠り、きっかり三時間後に目を覚ました。目覚めたおかげで私はほっとしたのだが、なぜかというと夢のなかで、私はある作家に招待されて高いビルの最上階の部屋にいたからだ。私はだれかを同伴したが、それはミリアムでもあったし、ミリアムでなくもあった。私は会の主催者たちにワインを一壜持ってくるのを忘れてしまい、すぐに戻るとことわってその場を出た。おびただしい数の階段をくだり始めた——エレベーターはなかった——、そしてようやく通りに出ると、驚いたことに私はニューヨークではなく、シュテトルにいて、小さな木造の家々や、舗装されていない歩道、小川や、雨が降ったあとのような水たまりが目に入った。ヤギたちがうろつきまわり、鶏たちは周囲のトウモロコシの粒をついばんでいた。「どうしてこんなことがありうるのか?」と私は自問した。ある小さな家の戸があいていたので、私は入っていき、ワインを売っている店がどこにあるか尋ねようとした。なんとそこには、ワルシャワで知り合いだった若い男女がすっかり顔を揃えていた。彼らはみな私に挨拶し、一人の少女が、ぼろぼろの服を着て、みすぼらしい靴をはいた姿で、私を非難して、見捨てたと言って私をきびしくとがめた。彼女は立って、私のよく知っている詩を読んだ。「私はどこにいるのだろう?」と私は尋ねた。「ここはニューヨークか? ある作家の家に招かれて、ワインを一壜買いに下におりてきたんだ」「住所はどこ?」とみんなが尋ねた。「その作家の名前は?」たちどころに私は自分がそれを両方とも忘れてしまっていると悟った。「ブロードウェイのどこかだ」と私は言った、「でもマンハッタンじゃない、クイーンズだ」彼らはみな私をじっと見つめ、私の言葉を理解できないでいた。私はポーランドに戻っているのだ、でもどうやって? おまけに、ポーランドには今、ユダヤ人はいない。それに私を招待した人はなんと言うだろう？　その瞬間、私はミリアムの声を聞いた。「バタフライ、眠っているの？」

「いや」

「今は何時かしら？」

「二時二十分過ぎだ」

「ああ、バタフライ、あなたを置いて行けないわ。もうあなたが恋しい。ここにあなたと留まりたい、でもマックスが私を待っている。彼は私の父親よ。彼はとても具合が悪い。すごく怖いわ！」

「何が怖いの？」

ミリアムは答えなかった。彼女は唇で私の唇に触れた。


私はしばらくミリアムの家に居を移していたが、七〇丁目の自分の部屋を手放してはいなかった。マックスが私に借りていた三千ドルを返してくれたので、私は金持ちになった気がした。休暇を過ごさないかという三つの招待をもらった。フリードル・ブドニクが、〈新年祭〉の最初の晩は彼女との約束があると私に念を押した。彼女は第二夜も来てほしいと言ったが、私はすでにその夜は、ステファやレオン・クレイトルと過ごす約束をしていた。ツロヴァも私に電話してきた。プリヴァは海の上にいてイスラエルに向かっており、ツロヴァはまったく一人きりだった。彼女はアメリカでだれとも友だちづき合いを始めていなかった。英語を覚えず、きちんと話せるようになっていなかった。彼女は言った。「あなたがこの前ここにマックスと来て以来、生きた人間と話してないの」

私たちは〈新年祭〉の前日の二時に昼食をともにすることにした。ブロードウェイとセントラルパークウエストのあいだの七〇丁目から八〇丁目、そして九〇丁目台にかけての建物にはユダヤ人が大勢住んでいるのだが、〈大祭日〉（〈新年祭〉と〈贖罪の日〉）のしるしはまるでなかった。ブロードウェイは一年のほかの日とまったく同じに見えた。ニューヨークでは、ブドウやパイナップル、ザクロは〈新年祭〉のために備えておく特別な果物ではない。角笛（ショファル。ユダヤ教の儀式で用いられる、雄羊の角で作った笛）の響きが〈エルルの月〉（〈新年祭〉や〈贖罪の日〉の直前の月で、それらに備える厳粛な月。西暦の八月・九月に当たる）のあいだにシナゴーグで聞かれることはない。だれもサタンを脅して追い払おうとしないし、サタンがイスラエルの民を糾弾するのをやめさせようとはしない。絶えず聞こえてくるクラクションの音や地下鉄のガタガタという騒音が、救い主の到来を告げ知らせる角笛の響きさえ包み込んでしまっただろう。ツロヴァのためにチョコレートを一箱、ル・シャナー・トーヴ・ティケテイヴェ（「良き一年にあなたが記されますように」の意。〈新年祭〉の伝統的な挨拶）と読める金字の銘が入ったものを買い、プリヴァとマックスの住居のあるリバーサイドドライブの方へ歩いていった。途中で足を止めて、『フォワード』を一部買った。来《きた》る祭日に捧げられた厳粛な記事と新年の挨拶、その挨拶はイスラエルとアメリカの大統領に加えてさまざまなユダヤ系の組織からのものだったが、そうした記事にはさまれて、私の小説の最新の回がわずかばかり平日の世界を新聞に持ち込んでいた――その場面はたまたまワルシャワの刑務所が舞台だった。

彼女の玄関の呼び鈴を鳴らすと、ほとんど間をおかずにツロヴァが姿を現わし、エプロン姿で、室内履きをはいていた。彼女には軽い昼食を準備してくれるようにたのんであったが、それはその晩遅くに私はフリードルやミシャ・ブドニクと正餐をとることになっていたからだった。フリードルは自分のことを無政府主義者で無神論者だと考えており、宗教を大衆のアヘンだと信じていたが、祭日には食事を昔のやり方に従って準備した――〈過越しの祭〉にはマツァがあり、ワインを注いだ四つのカップ、苦菜、ハロセットが並べられた。〈新年祭〉にはラディッシュ、はちみつを添えたリンゴ、ニンジンと鯉の頭を出してくれた。彼女はいつも、デカンターに入れた甘いユダヤワインを用意した。フリードルのブリンツ、ダンプリング（練った小麦を丸めて茹でたもの）、〈ハヌカーの祭〉のパンケーキ、〈七週の祭〉[15]のバブカ、そして〈プリムの祭〉のハメンタシェン（ドライフルーツ、ケシの実入りの三角形のペストリー）は一級品だった。〈ホシャナ・ラバ〉（〈新年祭〉や〈贖罪の日〉のあとにくる〈仮庵の祭〉の七日目）には彼女はハラー（安息日や祭日に食べるパン）を焼き、ニンジンを薄く「円」の形にスライスした。〈プリムの祭〉のハラーを彼女は両側でねじって、サフランをまぶした。フリードルは何世代も続いた信心深いユダヤ人とハシドたちの家系の出だった。

ツロヴァがドアをあけると、私たちの昼食のかぐわしいにおいが台所から漂ってきた。彼女は私を抱き、キスをした。チョコレートの箱を彼女に手渡すと、彼女は「浪費家ね！」と叫んだ。食堂のテーブルはすでに用意ができていた。ツロヴァが以前に断言したところでは、難民たちがプリヴァの陶器や立派なガラス製品を叩き割ったということだったが、テーブルは晩餐会もひらけそうな様子だった。しばらくして私たちは座って食事をした。すでに知っていたことだが、一人暮らしの人々は、男も女も、しゃべりたいという極端な欲求を感じるものである。腰をおろして、菜食主義者用のチョップトレバー（タマネギ、ゆで卵とともに刻んで味付けをしたレバー料理）やトマトスープ、マッシュルーム入りのカーシャ・ヴァーニシュケス、そしてコンポート（果物の砂糖煮）に紅茶、レモン、ジャムというメニューに取りかかろうとしたとたん、ツロヴァは彼女の人生のこれまでの物語を再び語り始め、新たな細部やできごとをすっかりつけ加えた。彼女は食べ、タバコを吸い、おしゃべりをした。

私はテーブルにつき、ツロヴァと男女の関係を始めたりはしないぞと誓った。ミリアムが出発前にした誓約と、彼女が空港に行く途中に言ったことが記憶に新しかった。ツロヴァに彼女の超自然的な力について質問し始めると、彼女は熱心にその話題に応じた。彼女は言った。「子供のころからこういう力があったの。子供のとき、ある人が死ぬ夢を見たら、数日後にその男の人が担架に乗せられてうちの窓辺を運ばれていった。何回か両親に自分が夢で見たことを話したら、母に叱られた。母はこう言ったわ、『そういう夢は不安だわ。おまえの夢が全部、すべてまるごと私たちの敵に降りかかりますように』ってね。父はゲマラの教師で、私に、もしもう一度おまえの夢の話をしにきたら鞭で打つぞ、と言った。父は鞭を持っていて、革ひもが六本も野ウサギの足に釘で留めてある鞭だった。それを使ってよく男の子たちを打っていたの、いたずらをしたり、勉強に集中しようとしない子をね。父は私の髪をつかんで、うちの道具——シャベルとか、箒《ほうき》とか、こね鉢を置いてあった部屋に引きずっていった。父は私に『おまえの夢は邪悪な源から来ている、魔術にほかならない』って言ったわ。『源』というのがどういう意味かわからなかったし、『魔術』もわからなかったけれど、その二つの言葉がとても怖かったので、今でもその二つを聞くたびに身震いが出る。

「両親に誓いを立てて、もう口に出しませんと約束したけれど、それでも『幻』は見え続け、ときには起きているあいだに、ときには夢で見た。私には弟がいて、バルフ・ダヴィド・アルテル・ハイム・ベン-ツィオンという名だった。そもそも、五つも名前を持っている人なんて、いる？　弟はバルフ・ダヴィドという名前だったのだけれど、生まれる何年か前に両親は男の子と女の子の双子を猩紅熱で亡くしていたの。バルフ・ダヴィドが生まれたとき、父は父のラビであるクズミル（ポーランド東部のルブリン地方の町）のラビのところへ旅をしていき、そのラビがほかの名前を加えるように父に指示したの――ハイム（生きますように）と、アルテル（老年に届きますように）と、ベン-ツィオン（悪をまぬがれますように）をね。ラビは父に、息子には小さな白いカフタンを着せ、白いズボンと、白い帽子を身に着けさせるようにと言い、そうやって〈死の天使〉に、この子はすでに死んでいて経帷子を着ているんだと思い込ませるように、と教えた。家では私たちは一つの名前だけで呼んだわ、アルテルルよ。母と父はまるで弟が宝物であるみたいにやきもき気を使った。ほかの子たちはあの子と遊ぶのが怖かった。頭が良くて、あの子の初等学校の先生はゆくゆくは天才児となると予言した。父は教えることで生計は立てられなかったので、母がミルクを売って家計を助けた。母はそば粉のプレツル（タマネギを載せた薄いパン）も焼き、イェシヴァの若者たちがよくそれを買いに来た。私が九歳の子供だったころ、母が髪を二本のお下げに編んでくれた。なぜだかわからないけれど、あのイェシヴァの若者たちはいつも私を見て、がつがつした目つきをした。あのころは男の人たちが怖かったわ。

「私が十一歳のとき、ある晩に夢を見て、アルテルルがあの子の寝台で寝ていて頭上に黒い火が渦を巻いて立ちのぼっているのを見た。どうして火が黒いなんてことがあるのかしら？　でもそういうふうに見えた。目が覚めて、アルテルルが死ぬとわかった。あの子は私のとなりの寝台で寝ていたので、私は行ってあの子を見てみた。あの子はぐっすり眠っていたの、でも小さな顔がすっかり照らし出されていて、まるで月かランタンが光をあの子に投げかけているみたいだった。そしてあの子の頭上にあの黒い火が見えた、鍛冶屋のイチェ‐レイブが作業場に置いているふいごで熾すみたいな火よ。私はすばやく服を着て、家から逃げ出した。どんどん歩いて昼間になった。それは〈仮庵の祭〉[16]のあとで、道は一本の長いぬかるんだ轍だった。イゼヴィチェのぬかるみはポーランド中で有名だった。話を端折らせてね。その日、弟は死んだの。

「その後まもなく父が卒中の発作を起こした。崩れるように倒れて、息を吹き返させることはできなかった。母はそれからもう一年、苦労しながら生きた。私がお針子になったのは、実際イゼヴィチェでだった。ワルシャワについては、あなたはもう知っている。なぜこんなことをあなたに話しているのかって？　理由はこうよ。私はまさに今日にいたるまでずっと幻を見ているのよ」

「ぼくのなかに何が見える？」と私は尋ねた。

　ツロヴァはしばらく私を吟味して、それから言った。「あなたは同じじゃないわね」

「『同じじゃない』って、どういう意味？」

「怒らないでね」とツロヴァが答えた。「悪気はないのよ」

「どういう意味か言えよ！」

あたかも私を値踏みしようとしているかのように、ツロヴァは言った。「あなたは何か、今は後悔していることをやったわ」

「何をぼくはやった?」

「ひょっとして、結婚した?」

「結婚などしなかった」

「あなたは何かをやったわ。あのミリアムというのは魔女よ。待って、もっとお茶を持ってくるわ」

＊

日が暮れ、それでも私たちは座って話していた。私はツロヴァにキスをし、彼女の顔、唇、乳房にさえキスをしたが、それ以上には進まなかった。私はミリアムを裏切らないと誓いを立てていた。私の腕時計は六時を指しており、そこでツロヴァに、もう行かなければならない、ブドニク夫妻が待っているから、と告げた。

「彼らの家までついて行くわ」と彼女は言った。

「何を言っているの? 地下鉄にかなりのあいだ乗るんだよ、一時間かそれ以上も」

「時間はたっぷりあるの。〈新年祭〉に一人きりでいたことなんてなかった。強制収容所にいたときさえね」

「いっしょにおいでと言いたいけれど、女性がどんなものだか知っているだろう」

「わかってる、わかってるわ。みんな私が大嫌いなの、みんなね、なぜなら私の方が若いし、それにマックスがかつて私のものだったからよ。みんな怒りをすべてプリヴァと私にぶちまけた。彼女を罵り、私を呪って、つばを吐きかけた。なぜ彼女や私が責められねばならなかったの？　彼女はマックスの企てや計画について何一つ知らなかったのよ。それにどうして彼女はイスラエルに逃げたのかしら？　さあ、いっしょに行かせてちょうだい」

「ツロヴァ、意味がないよ」

「ちゃんと意味があるわ。私は一人きりでいると、止めどなく考え始めてしまうの」

「マックスがいなくてさびしい？」

「ええ、それに今は、あなたがいなくてさびしいとも思うでしょうね」

　私たちは部屋を出た。ツロヴァはドアに鍵を二つかけた。エレベーターではシナゴーグへ向かう数人の男女といっしょになったが、彼らは晴れ着を着込み、手には祈禱書を持っていた。地下鉄はがらんとしていた――〈新年祭〉が始まったことがはっきり見て取れた。キリスト教徒の乗客たちは、まばらにしか人のいない電車のあちこちに散らばり、座って英語の夕刊紙を読んでいたが、その新聞は、白いあごひげのユダヤ人が祈禱用ショール《タリス》を身に着けて角笛を吹いている写真を掲げていた。それはすべて出版物用に前もって準備されたものだ。ツロヴァと私は最後尾の車両の隅に腰をおろして、レールが飛び去っていくのを見ていた。ツロヴァが私の腕を取った。

「彼は私が恋しく思ってあげる値打ちのない人よ。マックスはだれとでも関係を持った。トルコ人みたいだった。彼にあればよかったのよ――なんと言うんだったかしら？――ハーレムがね。でも病気になっている、病気に。ある日はすごく丈夫だったのに、次の日にはハエみたいに弱ってしまって。そしてそれでも私に訊くのを絶対にやめなかったのよ、だれと関係を持ったのか、関係を持ったのは何人か、って」

「何人と関係を持ったの？」と私は尋ねた。

「今度はあなたが知りたいの？　数えたことないわ」

「二十人？」

ツロヴァは長いあいだしゃべらなかった。「十人にもならないわ」

「どこで？　ワルシャワで？」

「全部ワルシャワよ。ここではマックス以外にだれもいない」

「強制収容所では何があった？」

「やつらはユダヤ人の娘に触れることを許されていなかった。『人種的不名誉』と呼んでいたわ。私たちはみんなシラミだらけだった。ああ、地下鉄がどんどん走って、目的地に絶対に着かないでくれたらねえ」

「どこに走っていってほしいの？」

「イスラエル、中国――あなたといっしょにいられるならね。一人きりで家で何をしようかしら？」

私たちはしゃべらずに座っていて、ツロヴァが頭を私の肩にもたせかけた。彼女は眠り込んだに違いない、なぜなら突然小さく鼻を鳴らして、座り直したからだ。「どこなの？」

「サイモン街だ」

「それはどこ？」

「イーストブロンクスだよ」

「どうやって帰ったらいいか、わからないと思うわ」

「ツロヴァ、きみをあの人たちのところへ連れてはいけないよ。彼らはぼくを招待したのであって、きみじゃないんだ」

「あら、まさか、まさか。たとえ彼らに招待されたって、行ったりしないわ」

「この電車に乗って路線の最後まで行き、引き返すのを待っていなさい。そして七二丁目で降りるんだ」

「電車が路線の最後で一晩中止まっているかもしれない」

「別の電車が来るよ」

「そんなことするのは怖いわ」

「じゃあ、どうしたいの？」

「あなたを待つ」

「気でも違ったの？　ぼくは彼らのところに泊まるんだぜ」

「あなたはそんなこと言わなかったわ。女主人とベッドで夜を過ごすつもり？」

「ぼくのための予備の部屋があるんだ」

「女の名前は何？」

「フリードル」

「あなたに恋をしているの、ええ？」

「ばかなことを言わないでくれ」

私たちは地下鉄を降り、私はツロヴァにマンハッタンに戻る電車への行き方を教えた。ツロヴァは言った。「ここで待っていて。私が反対側の階段をのぼってあなたを見るまで、行かないで。迷子になっていないことを確かめたいの」

「いいよ」

私は立って待っていたが、それでもツロヴァの姿は見えなかった。ダウンタウンへ向かう電車が向かいのプラットフォームに二回到着して、出て行った。「いったい何が起こったっていうんだ？」と私は自問した。急に私はヒステリックな笑いに取りつかれた。私たちは知り合いになったばかりで、もうすでに彼女は私に妻みたいにすがりついている。「どうしたんだろう？」と私は自問した。とうとう彼女が見えたので、「どうしてこんなにかかったの？」と彼女に向かって大声で呼びかけた。

「私は小銭を持ってなくて、係の男が十ドル札を受け取ろうとしなかったの。明日の晩はどうするの？」

「明日の晩には別の招待があるんだ」

「いつまた連絡をもらえるの？」

返事をする間もなく、電車が到着し、ツロヴァはそれに乗った。彼女は何かを呼びかけ、身振りをした。私はすぐに階段をおり、ブドニク家のマンションに向かって歩き出した。ここイーストブロンクスでは、〈新年祭〉はひときわ目についた。店はすっかり閉まり、通りはほの暗かった。夜のとばりが空から降りた。ゲマラの文章が思い出された。「いかなる祭日に新月は隠れるか？〈新年祭〉に」そうだ、死者たちはどこにいる？　この地上でかつて生きた無数の世代の人々はどうなった？　彼らの愛はどこに行ったのか、彼らの苦痛は、彼らの希望は、彼らの幻想はどこに行ったのか？　彼らはみな、永遠に消え去ったのか？　それとも宇宙のどこかに記録保管所があって、そこに彼らはすべて記録され、覚えられているのだろうか？

不意にブドニク家に手ぶらで行くわけにはいかないと気づいた。まだあいていそうな店を探し始めて、イーストブロンクスの通りで道がわからなくなりだした。細かな、針のように鋭い霧雨が降り始めた。通りすがりの人を呼びとめて、ワインの店がありそうなところを尋ねた。何人かは返事をしようとしてくれなかった。店は今ごろみんな閉まっているよ、と言う人たちもいた。だしぬけに明かりが十分についた通りに出て、酒店が現われた。輸入物のシャンパンを一壜買い、タクシーを止めて、乗り込んだ。数分後にブドニク家のドアを叩いた。

フリードルは祭日に合わせて晴れ着を着て、いく本かのろうそくにすでに火を灯していた。小柄な女性で、髪を目の色と同じくらい黒く染め、小ぶりな顔からはポーランド系ユダヤ人の喜びが発散していた。彼女がミシャを無政府主義者にしたのかもしれないが、ここ数年は譲歩し始めて、人生は必ずしもバクーニンやスターネン、クロポトキンがかくあるべきと定めた通りにはならない――たとえばユダヤ国家がそうだ――と認めるようになってきた。私は蜂蜜をつけたハラーを食べ、「来る年が良き、甘きものでありますように」と唱えた。ニンジンを食べて、「我々の美点と美徳が増え、増しますように」と唱えた。この最後の願いはイディッシュという言語と結びついていた。たしかにセファルディのユダヤ人[17]はこれを唱えなかった。私は鯉の頭には手をつけなかったが、それは私が菜食主義者であるからで、フリードルが座って食べたときには、彼女のためにこう唱えた、「我々が今からは頭となり、尾となりませんように」こうした習慣はユダヤ人がイディッシュを話し始めてから生じたものであり、ドイツか、あるいはひょっとするとのちにポーランドで起こったのかもしれない。

　ミシャは祈りや祝福にはすべて背を向けたが、食べ物に背を向けることはなかった。がつがつとおいしそうになんでも食べ、同時にあらゆる陣営のユダヤ人反動主義者に罵りや悪口を浴びせた。総合シオニズム主義者、シオニスト労働者党、正統派や改革派のユダヤ教徒、保守派のユダヤ教徒、またユダヤ人社会主義者や共産主義者、すべてに対してである。彼が言うには、彼らはみなただ一つの願望しか抱いていない――自分たちのために特権を掻き集め、他者を搾取することだ。彼らは自分たちの貪欲さを隠して、美辞麗句や偽善的なスローガンで覆っている。この二十年、無政府主義者たちはテロを手段とすることを公式に放棄してきた。しかしミシャは無政府主義者の目標がそれなしに達成できるかどうか疑っていた。「革命がどうやって起こるだろうか？」と彼は問いかけた。「軍国主義者、ファシスト、スターリン主義者が突然に心を決めて、大衆に自由を与えるのか？　ばかばかしい、希望的観測だよ！」フリードルはほほえみ、頭を横に振ってミシャに注意し、政治的な話で私の訪問を台無しにしないという約束を思い出させた。しかしミシャはしきりに私を議論に引き込もうとした。彼は言った。「きみの作品を新聞で読んだよ。うまく書けてる、もっと良くなっただろうと思うのは、もしきみが——でも一般大衆がきみの書くものから何を学ぶんだろう？　愛、愛、そしてさらに愛」

「何を書くべきなんだい、憎しみかい？」

「工場に入っていって、労働者たちがいかに搾取されているかを見てみたまえ。炭鉱に行って、何が起きているかを見てみろ」

「だれも工場や炭鉱について読みたいとは思わないんだよ、労働者たち自身でさえね」

「ミシャ、食事をさせてあげてくれない？」とフリードルが言った。「彼に世の中は変えられないわよ。彼が地下鉄に乗る小銭さえ持っていなかったのはそんなに昔のことじゃないでしょう？　チョークみたいに真っ青な顔をしていたわ、覚えてる？　あの日まる一日、何も食べずに過ごしていたのよ」

「おれは覚えている、覚えているよ。でも彼は忘れてしまったのさ」

「ミシャ、きみだって忘れてしまっているよ」と私は言った。「よく夜に〈学びの家〉でぼくたちに話してくれた物語を思い出してくれ。小さな女の話、小人で、きみに松ぼっくりを投げつけて、きみを気絶させた話だよ」

「ああいうのはただのお話、ほら話だったさ」

「ミシャ、あなたは私に同じ話をしたわ。私たちがいっしょに暮らそうと決める前からよ」とフリードルが割って入った。「それにあなたがルヴァ・ルスカで会ったジプシーの女、あなたの家族みんなの名前を言い当てた女を覚えている？　彼女はあなたがいつ、どこで私と出会うかを予言したし、ほかのことも予言したのよ」

「フリードル、どうかしたのか？　きみも世の中の寄生虫どもと手を結んだのか？　きみ自身がおれに私有財産は窃盗だと教えたんだぜ。今じゃ、考えを変えちまったってわけだ」

「ミシャ、この世には、きみの頭の髪の毛よりももっと多くの謎があるんだ、海辺の砂粒よりももっと多くね」と私が言った。

「どんな謎だよ？　神などいない、天使などいない、悪魔もいない。そういうのはみんなおとぎ話だ、から騒ぎだ。フリードル、おれは出かけるぞ」

彼女の目が飛び出しそうになった。「どこへ行くつもり？」

「毎晩行っているところだ、おれのタクシーだよ。〈新年祭〉など、おれにはなんの意味もない。神は燃えさかる玉座に座っちゃいないし、だれが生き、だれが死ぬことになるかを神の本に書き記しちゃいない。今夜はおれにとってほかの夜と少しも変わらない」

「恥を知りなさいよ、ミシャ。アーロンみたいなお客がいるのに、出ていっちゃうの？　あんたが一晩中あちこち這いまわって稼ぐわずかのお金が必要ってわけじゃないのよ。外は雨が降ってるわ」

「ああ、金じゃない。金がなんだ？　自由な社会になれば金など存在しないだろう。人民は生産したものを交換することになる。昼に寝たから、今夜は一晩中一睡もしないよ。夜にタクシーを運転するのが好きなんだ。静かだぜ。夜に這い出してくるやつらがおれには興味深い。このあいだの夜には、裕福そうな二人連れ、紳士とご婦人のために車を止めた。彼らは腰をおろすや否や、男が女を殴り出した。女の顔をひっぱたき、パンチをかまして、大声で罵った。おれはタクシーを止めて言ってやった、『だんな、おれのタクシーは乗るためのものであって、ケンカのためのものじゃありません』ってな。女の方は金切り声を上げ始めて、『運転手さん、余計なお世話よ。行けと言われたところにどこまでも行けばいいのよ』だとさ。彼らは五番街に住んでいた。たぶん夫婦だろう。男は十ドルくれて、釣りはいらないと言ったよ。おれは女がタクシーのなかに財布を置き忘れたのに気づいた。おれは走って、それを女に渡した。女は『あんたは正直なごろつきね』と言った。それがその女の感謝の言葉だったんだ」

「ミシャ、あんたの話を聞いていると気分が悪くなるわ！」とフリードルが叫んだ。彼は彼女にキスをして、出ていった。

フリードルは言った。「彼は狂ってる。彼がどんな人間で、何を望んでいるのか、私には絶対にわからないと思うわ。三十年ほどもいっしょに暮らしてきて、ときに彼が子供みたいに世間知らずに思えることがあるの」

「そんなに世間知らずじゃないよ。何年も密輸業者をやっていたんだ。それに彼がきみと結婚したときには、きみが聖女ではないことを知っていたよ」

「戦争のあいだ、私がほかにどうできたって言うの？　私たち、つまり私の家族も私も飢えていて、私が家族の稼ぎ頭になったのよ。格言にあるように『パンか、死か』だった。母は知らないふりをした。父は〈ハシディムの祈りの家〉で終日座っていた。コレラがそのとき猛威を振るっていて——オーストリア軍が持ち込んだのよ——どの家にも死人が出た。ある日、急におなかが痛くなる。翌日か二日後までに、すべてが終わる。そんなときに、して良いことは何で、していけないことは何かなんて、だれがかまっていられる？　私はクロポトキンの本を一冊見つけた——つまり、ユダヤ図書館でね——、そしてほんとうにむさぼるように読んだ。彼、ミシャが私と出会って、私に恋をしたとき、彼は何も知らなかった。彼は祈禱書のお祈りは読めたけれど、新聞を読むことはできなかった。すべて教えてあげなければならなかった。うちの娘たちは大学へ行ったけれど、ときどきあの子たちはまるで子供みたいに話す。彼に似ているのよ。さてさて、もうこれ以上、言うことはないわ。マックスはイスラエルにいるそうね」

「そうだ」

「そしてあの娘——なんという名前だったかしら——、ミリアムは？」

「彼のあとを追って、テルアビブだ」

「なるほどねえ。彼に首ったけに違いないわね」

「そうだ」

「売春婦だわ」

「エマ・ゴールドマンの『シュルハン・アルーク』によれば、罪ではない」と私は言った。

私たちは無言のまま立っていたが、とうとうフリードルが言った。「ときどき思うのだけれど、世界全体が一つの巨大な精神病院のような気がするわ」

第十一章

世界が正気でないのだから、私は一つの正気でない計画を考え出した——イスラエル旅行に私のもっとも親しい友人たち、ステファとレオン、フリードルとミシャ、そしてツロヴァをともなって出かけるのだ。私がしようと考えていることを説明すると、彼らはみなその計画を受け入れた。旅行代理店の人たちや、ラビたちでさえ、グループを率いて新しいユダヤ国家に出かけていることを私は知っていた。アメリカの多くのユダヤ人はイスラエルに行ってみたいと強く願っているが、一人で行くのは気が進まず、その理由はほとんどの人が現代へブライ語を話せないからで、セファルディの発音か否かにかかわらず話せなかった。〈新年祭〉の前夜にまずフリードルに私の計画を提案したところ、彼女はこう言った。「あなたがそこでだれに会うつもりかわかっているわよ、でもやっぱりあなたと行くわ。マックス・アバーダムが私たちのお金を五千ドルも失くしたけれど、まだ旅費くらいは出せるわ」

フリードルと私が協力してミシャを説得し、イスラエルにも無政府主義者はいると納得させた。私はまた彼らに話して、ハイム・ジョエル・トレイビッチャーが甥の出した損失と負債を弁済するつもりだと説明した。イルカ・シュメルケスはすでに彼から返済金を受け取っていた。ハイム・ジョエルはただ座してトレイビッチャーの名がけがされるのを見ている気はなかった。

私がミシャにこのことを話すと、彼は無政府主義者らしく語った。「どこで彼はそんなにたくさんの金を手に入れたんだ？　詐欺と盗みによるものに違いない」

「もしそうだとしても」と私は言った、「それでも受け取ればうれしいだろう。ハイム・ジョエルは正しい人だし、泥棒は盗んだ金を自分から返したりはしないよ。『自由労働者の声』に百万ドル寄付してもらえばいいじゃないか」

フリードルはくすくす笑って、私に目くばせした。私は朝食を終えてから出ていき、ユダヤ人経営のものではないドラッグストアを探した。電話のブースをいくつか備えた営業中の店を見つけ、ツロヴァに電話をかけた。私はこの日をまるまる一日一人きりでは過ごせないとわかっていた。

「ツロヴァ、起こしてしまった？　悪かったね」

「あなたなの？　一晩中眠れなくて、あなたのことを考えていたのよ。ほんとうに不安なんだけれど、プリヴァが戻ってくるまでに——もし戻る気になるならの話だけれど——私は精神病院に入れられるんじゃないかしら！」

「ツロヴァ、ぼくらはイスラエルへ行くんだ！」と私は大声を出した。

「いつ？　なんの話？」

私は私の計画をツロヴァに繰り返し、いっしょに連れていくつもりのほかの四人について説明した。

「アレーレ――アレーレって呼んでいい？　私はあなたが行くところならどこでもいっしょに行くわ、あなたがいっしょに行くだれとでもね。今日から私、あなたの奴隷よ。そうよ、そうなのよ！」

「ばかなことを言うんじゃない、ツロヴァ」

「あなたは私を死から救ってくれた。もうすでに天井の梁を探していたのよ、そこに鉤をひっかけて首を吊れるようにね。神様が証人だわ。あなたはどこにいるの？」

「トレモント街、ぼくの同郷人《ランツライト》たちの家からさほど遠くないところだ」

「すぐにこっちに来て！」


その日はツロヴァと過ごした。私たちはリバーサイドドライブをぶらぶら歩いて、中華料理店で昼食をとった。シナゴーグを通りかかると、先唱者の歌声が外に流れてきた。ツロヴァは空中浮揚の腕前を証明しようとしたが、小さなテーブルは頑として持ち上がらなかった。彼女は言った、「なぜかと言うと、あなたがこういうことを信じていないからだわ」

「信じてる、信じてるよ」

「私たちのマンション、つまりあなたはミリアムの、私はプリヴァのだけれど、どうするの？」

「外国にいるあいだは、しっかりと鍵をかけておくさ」

ツロヴァは私に彼女の通帳を見せた。投資してくれるようにとマックスに渡した金とは別に、彼女はほぼ三千ドルを持っていた。ツロヴァはほかにも戦時公債とかなりの宝石を持っていた。彼女はキブツ（イスラエルの共同農場）に定住して自分自身の新しい人生を始めることだろう。細々した装身具や安ぴか物を全部持ち出して見せてくれたが、ちょうど私の幼なじみのショーシャがよく、私が子供だったころにしたようなやり方だった。

私たちは抱き合い、キスをした。私の側には愛情はなく、欲情さえなかったが、ツロヴァのようなきれいな女をほかにどう扱ったらいいというのか？　いっしょにプリヴァのベッドに横になると、ツロヴァが言った。「彼女はこのことを知るわ、すべて知るわ。私たちに秘密はないの。彼女は私に嫉妬したりしないのよ」

「プリヴァはきみがマックスと関係を持っているのを知っていたの？」

「すべて知っていたわ」

「マックスはきみにミリアムのことを話した？」

「細かいことまですっかり」

「どんな深みまで人は沈んでいくのだろう？」と私が思いめぐらすと、ツロヴァが答えた。「すごく深いところよ」

ほどなくツロヴァが起き上がり、広いマンションのどこかで動き回っているのが聞こえた――たぶん台所なのだろう。派手に飾り立てたネグリジェと室内履きという姿で戻ってきて、クッキーとワイングラスを二つ、そして赤ワインのデカンターを載せたトレイを持っていた。彼女は言った、「新年を祝って飲みましょう。まったくそのとおりね。乾杯《ルハイム》！」

私は眠り込み、ミリアムの夢を見た。夢のなかでもやはり〈新年祭〉だった。両親が生きていて、みんなでいっしょにタシュリク（〈新年祭〉の儀式。水辺に行って悔い改めの詩行（「ミカ書」第七章一八・二〇節）を唱える）に行くところだった。ビルゴライだったろうか？ 川は非常に川幅があり、ビルゴライのものではない。違う、これはヴィスワ川（ポーランド最大の川。ワルシャワを経てバルト海に注ぐ）だ。男たちが先導し、サテンのカポーテ（正統派のユダヤ教徒が着用する長いコート）を着て、シュトレイムル（ラビやハシドが安息日や祭日にかぶる毛皮の縁のある帽子）をかぶっている。私自身はタシュリクに行かず、トゥリスク（現ウクライナの町。一八三〇年代にトゥリスクのマギド（ユダヤ教の説教者）として知られるアブラハム・トゥエルスキがハシディズムの法廷を創設した）の〈ハシディムの祈りの家〉の窓から外を眺めているのだが、その〈祈りの家〉は丘の中腹に立っている。父は弟のモシェの方に身をかがめて、話しかけている。間もなく、娘たちや女たちが現われ、みな祭日の美しい服で身を飾っている。老ゲネンデレはロタンダと呼ばれる大昔の装いだ。「ゲネンデレが生きているのか？」と私は自問した。「もう百歳を超えているはずだ」そしてそれから私の母を見た。金色のドレスを着ているが、それは母が婚礼のときに着たもので、いつでも〈恐れの日々〉（〈新年祭〉と〈贖罪の日〉）に身に着けていた。かつら（敬虔なユダヤ教徒の既婚女性は髪を見せないようにかつらやスカーフをかぶる《マメーシ》）の上に白い絹のショールをかけている。片手に真鍮の留め金のついた祈禱書を持っている。「母さん、生きているの？」私は夢のなかで叫んだ。はかない高貴さが色白でほっそりした彼女の顔からにじみ出ていた。メシアが来たのか？　死者の復活が始まったのか？　母はカザフスタンのジャンブル（カザフスタン南東部の都市）で亡くなっていた。不意に私はミリアムが母の近くに立っているのを見た。彼女は母の腕を握っていた。「夢だ、夢だ！」と私は叫んだ。目をひらくと寝室は暗かった。たそがれが垂れこめていた。ツロヴァが私の上に身をかがめていた。

「アレーレ、六時十五分前よ。あそこへ行かなくちゃ」

　私はベッドから跳ね起きた。クレイトル家に六時半に行くことになっていた。ツロヴァに手伝ってもらって、すばやく服を着た。彼女が私の靴、シャツ、ネクタイを拾い上げてくれたが、それらは私がめちゃくちゃに投げ散らかしておいたもので、私はいつもそうなのだった。

　酒店を見つけ、再びシャンパンを一壜、招いてくれた人たちのために買った。今回はタクシーに乗る必要はなかった。店もクレイトル家もすぐそばだったからだ。クレイトル夫妻はセントラルパークウエストと七二丁目の、塔が二つある超高層建築に住んでいた。私は私のイスラエル旅行の計画をレオンとステファに発表する心づもりでいた。ゆったりとしたロビーに立ってエレベーターを待っていると、またまた自分を窮地に追い込んでしまったこと、もつれ合った蜘蛛の巣に自分からかかってしまったことがはっきりしてきた。だがどうして私はこういうことをするのだろうか？　マゾヒズムの一形態なのだろうか？

　ベルを鳴らすと、ステファがドアをあけた。彼女は見事な絹のドレスを着て、髪はブラシをかけ、櫛を入れたばかりだった。だが元気そうではなく、体重も皺も増えていた。彼女は私を上から下までじろじろと見たが、その表情から私自身の様子にも何か欠けたところがあるのだと私は気づいた。しかしすぐに彼女はほほえみで顔をぱっと明るくすると、両腕を私に投げかけ、私たちはキスをした。彼女は叫ぶように言った、「まあ、シャンパン！」

　レオンが姿を現わし、私たちは抱き合った。気恥ずかしさと、私自身の計画に感じていたおぼつかなさを打ち消そうとして、私は叫んだ、「おめでとう《マーゼル・トーヴ》！　我々はイスラエルへ行くんだ！」

「その『我々』ってだれ？」とステファが尋ねた。

「きみと、レオンと、ぼくと、ほかに何人か昔ぼくが世話になった人たち」

「昔世話になった人たちって？」

「ええと、ぼくの同郷人たちで、普通の家の出だけれど、いい人たちだ」

　ステファは肩をすくめた。「母がよく言っていた表現がある。『あの人は上役に相談せずに計画を練っている』」

「あっちで新しいユダヤ国家が芽を出しているのに、どうしてこのニューヨークにじっとしているんだい？」

「いつ行くつもり？」

「できるだけ早く」

　ステファの顔にこの計画を気に入ったことが読み取れたので、私は、「〈仮庵の祭〉にはそこにいるよ」と言った。

「レオン、聞いている？」

「ああ、聞いている。ずっと前にこうすべきだったんだ」

「あなたの仕事はいかがなんですか？」と私は尋ねた。

「私の仕事は勝手に進んでいくさ」とレオンは答えた。「新聞に、表面化していないインフレについて書いてあり、たしかに物価が上がりつつあって、安くなってきてはいない。だが私の仕事は手出しをしなければしないほど、うまくいくのさ」

「レオン、祭日なのよ！」とステファがさえぎった。

「〈死の天使〉は祭日なんておかまいなしだ。私のおやじの町に自分の経帷子《きょうかたびら》を何枚か持っている女がいた。彼女はだれかが祭日に死ぬとよくそれを貸してやっていた。祭日の二日目に遺体を埋葬するのは許されているが、埋葬のために経帷子を縫うのはだめだからな」

「死んだ人が男性だった場合にはどうなったんです？」と私は尋ねた。

「男を女の経帷子で埋葬することは許されている。死者はみな同じ性別だ」とレオンが言った。

「どうしてこんな死の話なんかするの？」とステファが尋ねた。「さしあたり私たちは生きているわ。ええ、私たちはあなたとイスラエルへ行くわよ。なぜあなたのその同郷人たちが必要なの？」

「六人いればさらににぎやかだろうから」

「そう、ちょっと考えさせて。〈仮庵の祭〉まであとどのくらい？」

「ちょうど二週間だ」

私たちは食べ、シャンパンを飲み、そしてステファの目は若やいだ火できらきら輝いた。そうだ、ありえないことは起こりうる――それをこれからの私のモットーにしよう。私たちは座って遅くまで語り合い、レオンとステファが二人とも私に泊まっていくようにと勧めた。フランカの部屋は今でもまだ私がいつ来てもよいようになっていて、今回私は言われるままに身をゆだねた。レオンはマックス・アバーダムとハリー・トレイビッチャー、そしてそのおじのハイム・ジョエルについて、詳細にいたるまですべて承知していた。レオンの言うところでは、何年も前にハイム・ジョエル・トレイビッチャーはマイアミビーチの土地を購入したが、それが今では何百万ドルもの値打ちがあるのだった。そのかつてのハシドはあまりに金持ちになったので、自分の財産が正確にはどれほどのものなのか、知ることもできないし、知りもしないのだ。彼、レオンもマイアミに不動産を所有してはいるが、彼はこう断言した。「彼と比較すれば、私はライオンにとってのハエだよ」

レオンが寝室に下がると、ステファが言った。「どうして突然このイスラエル旅行を計画することになったの？　あそこに愛人でもいるの？」

「かもしれない」

「新しい人？　昔の人？　ほんとうのことを言いなさいよ。嫉妬しているわけじゃないわ。いっしょに連れていくつもりのその同郷人たちってだれなの？」

「中年過ぎの夫婦とプリヴァの友人だ」

「故郷の人たちってわけ？　それにだれがその人たちの費用を払うの？」

「自分たちで払うことになっている」

「そう、私には関係のないことね。さあ、あなたのベッドを整えるわ」と彼女は言った。

私たちはフランカの部屋に入った。その部屋は闇に包まれていた。私はステファを抱きしめ、私たちはしっかりと抱き合ったまま長いキスをした。ステファが言った。「心配しないで、レオンは眠っているわ。すぐに眠り込んでしまって、それから二時間後に目を覚まして、もう寝入ることができないの。私も起こされてしまうから、それで私たちは一緒に横になって自分たちの悩みごとにふけるのよ。一晩中目を覚ましたまま横になっていると」とステファがつけ加えた、「脳は狂気の貯蔵庫になるわ。おやすみなさい！」

それらの日々のあいだ――〈新年祭〉と〈贖罪の日〉のあいだの〈悔い改めの十日間〉（〈新年祭〉に始まり〈贖罪の日〉に終わる十日間）のあいだ――私は自分の緊張が最高潮に達していると感じ、破裂しそうな気がした。それでも私は予定に従ってさまざまな手配をし続けた。チケットを確保して、〈贖罪の日〉の翌日にシェルブール行きの船に乗れるようにした。パリで数日を過ごし、そしてそこから飛行機でイスラエルの地へ行くのだ。〈律法感謝祭〉《スイムハス・トーラー》18の翌日に私たちはイスラエルにいるだろう。
船ではクレイトル夫妻はファーストクラスを使うだろうし、ブドニク夫妻、ツロヴァ、そして私は二等のチケットを手に入れた。ステファは私に、費用は持つから彼女やレオンといっしょにファーストクラスで過ごすようにと言ったが、私はそのような申し出を受けるわけにはいかなかった。私はだれからも何も受け取ってはこなかったたし、食事だけは別だったけれども、そのときでも常に招待主に贈り物を持っていくことを忘れなかった。

私は連載小説の二週間分の原稿を編集長に預けた。そのあとの連載分はイスラエルから航空便で送ることにしてあった。ラジオ放送については数週間分の助言を録音した。私はだれにでも同じ助言をした――自殺志願者、幻滅したスターリン主義者、裏切られた夫、癌を患っている女性、世に認められない作家、そして特許を盗まれてしまった発明家、みなにだ。この世界は私たちの世界ではない、私たちが作ったわけではなく、それを変える力は私たちにはない。〈いと高き力〉は私たちに一つだけ贈り物をした。すなわち、選択であり、一つの悩みともう一つの悩みのあいだで選ぶ自由、一つの幻想ともう一つの幻想のあいだで選ぶ自由である。私の助言は、何もするな、ということだ。私は自分自身のモットーを作り上げさえしていた。「無は無にすぎない」結局のところ、十戒のほとんどは「汝なすことなかれ」で始まる。私はゲマラを引用した。「座して何もせぬことが好ましい」ラジオの聞き手に指南して、さしあたり一つの情熱を別の情熱に取り換えてみるように、一つの種類の緊張を別の種類の緊張に取り換えてみるようにと教えた。もし恋愛でうまくいかないならば、と私は言った、あなたのエネルギーを商売に向けるか、あるいは趣味、またはなんらかの娯楽であってもよいから、そちらに振り向けるように努めてみなさい。いずれにせよ死を逃れられないというのになぜ自殺するのか？　死は人間の精神を止めることはできない。魂、物質、エネルギーは同じ素材でできている。死は一つの領域からもう一つの領域への移行にすぎない。もし世界が生きているのであれば、その枠組みに死など実際には存在しない。無限なるものにいかにして終わりがありうるだろうか。生きているものを恐怖で満たすそのもの——死——は果てしない至福の源であるかもしれないのだ。

　そんなふうにぺらぺらとラジオでしゃべっていたので、しばしば矛盾したことを言っていると気がついた。しかしそれがだれの害になるだろうか？　間違いなくどこかに、ある力が存在し、あらゆる矛盾を混ぜ合わせて、そこから一つの真実を作り出すのだ。私はスピノザの言葉を引用して、神性には嘘と呼びうるものは何もない、と言った。我々の嘘は真実の断片であり、律法が記されて打ち砕かれた石の板である、そしてそこには「汝なすことなかれ」が石のほんの一つの破片に刻まれたままとなっているのだ。我々にできるのはただ、できうるかぎり、我々自身と他者に苦痛を与えるのを避けることだけだ。私はラジオの聞き手に旅行をしなさいと助言し、良い本を読みなさい、何か趣味を始めなさいと勧めた——決してあれこれの制度を変えようとしたり、あれこれの政府を変えようとしてはならないと助言した。世の中の問題は我々の力の及ばぬところにある。我々が我々の自由意志を行使できるのは些細なことだけであり、我々に個人的にかかわる問題だけである。私は私の「説教」をさまざまな引用で飾り、ゲーテ、エマソン、聖書を引用し、ゲマラやミドラッシュ（聖書本文の解釈の一つの型。ラビ文学の一ジャンル）の論文で飾り立てた。話し終えると私自身は非常に慰められた気がした。

　イディッシュのジャーナリストはよく、カードゲームをやる人々について非難の調子で書くのだが、私は彼らに賛成ではなかった。もしカードが適度の緊張や喜びを個人の生活にそそぎ込むことができるなら、それは有益であって、害ではない。同じことが演劇、映画、音楽、書物、雑誌について言える。時間をつぶせるものはなんであっても良いものだ。時間とは、なんとかして埋めなければならない空虚である。

私は永続する平安があると保証しなかったし、人間の神経症やコンプレックスの治療法があると言いはしなかった。逆に、聞き手に警告して、一つの神経症から解放されるや否や、もう一つ別の神経症が瞬く間にそれに取って代わるのだと戒めた。神経症は列をなして待ち受けている。人生は一つの長引く危機であり、一つの延々と続く苦闘である。危機が終わると、倦怠がやってくる――すべてのうちで最悪の苦悶だ。私はもっとも好きな哲学者、ショーペンハウアーを引用したが、それでも彼が主張する、〈世界の意志〉は盲目だという意見には同意しなかった。私は確信しているが、〈世界の意志〉は、〈死の天使〉と同様、千の目を持っている。

私たちの海の旅はゆったりとしたものだった。パリに到着して、旅行代理店が予約しておいてくれたホテルに着いたころには、夜のとばりが降りていた。これがあの都市だとは思えなかった。私が覚えているパリは、三〇年代なかばにアメリカへ行く旅の途中に見た、エレガントで、陽気な、騒々しいところだった――カーニバルも同然だった。第二次世界大戦後のパリはくすんで、みすぼらしく、荒涼としていて、夜の闇に取り巻かれているように思えた。雨が降り、うすら寒い風が吹いた。コンコルド広場でさえその美しさを失っていた。まるでただの巨大な駐車場であるかのように、型の古い車で覆い尽くされていた。

リパブリック広場にある宿泊先のホテルにようやく到着すると、そこのレストランは営業していないと告げられた。ウエーターたちがストライキに入っていたのだ。実際、パリではほとんどあらゆるものがストライキ中であるかのようだった。職種別組合は脅しとして、間もなく列車は運行を止め、飛行機は飛ばなくなり、タクシーは通りから姿を消すだろうと予告した。心配だったが、私はミシャにあてこすりを言いたい気持ちを抑えられなかった。「うれしいだろうな」と私は言った。「結局、これが革命の望んでいたことなんだから」

フリードルだけが冷静さを保っていた。彼女はロビーにおりていき、フランス語はひと言も話せないけれども、なんとかあごひげをたくわえたアメリカ人将校を見つけ、その男が正統派のラビで、従軍聖職者だとわかった。この「インテレクト」というホテルはアメリカのユダヤ人でいっぱいだった。フリードルが説明して、八十歳の病弱な老人を連れていて、イディッシュ作家のアーロン・グレイディンガーといっしょにイスラエルへ行くところだと言うと、みなが援助の手を差し伸べてくれた。ラビは私の作品をずっと読んでいると言った。ユダヤ性についての私の見解は決して受け入れられないけれども、私が故郷の地で得た知識には敬意を払う、と彼は言った。その会話に加わった若い男が、近くのレストランに連れていってあげようと自分から申し出てくれた。わずかな闇市場がまだ営業していた。値段はほかよりも高いが、好きなものをなんでも注文でき、チョーラント（安息日用のユダヤ料理。肉や豆をとろ火で煮たもの）やクーゲル（スフレやプディングに似たユダヤ料理）まであって、夜遅くまで店をあけていることもしばしばだった。その若い男は——背は低くて肩幅が広く、羊の毛のように縮れた濃い髪をしていた——私たちをレストランまで案内してくれた。ぼんやりと明かりのついた路地で私たちは暗い階段を二つ上がった。チキンスープとチョップトレバーの良い香りを私は嗅ぐことができた。「この若者はまさしく預言者エリヤだわ」とフリードルが冗談口を叩いた。エジプトの暗闇（「出エジプト記」第一〇章二一‐二三節参照）がパリのほかの部分を支配していたが、ここではユダヤ人たちが座って遅い食事をとり、イディッシュを話していた。女が一人、ドレスにエプロンをかけて台所から出てきて、その姿に私はポーランドを思い出した。彼女が頭にかつら《シャイトル》をつけているのを見つけたとさえ思った。彼女は私に私の読者であると言い、パリのイディッシュ新聞が私の書いた記事や小説を転載していると教えてくれた。彼女は湿った片手を差し出して、こう叫んだ。「もしあんまり照れくさくなければ、キスするところなんだけど！」

戦後、フランスの市政はパリのとあるビルを知識層の難民——作家、画家、音楽家、役者、演出家たち——に引き渡した。ほとんどの難民は分散してアメリカやイスラエル、そのほかへ散っていったが、残った者たちもいた。私たちがパリに滞在していたあいだに、ユダヤ作家組合が私をそのビルでの歓迎会に招待した。左派の人たち——共産主義者、共産主義者らしき者、そして彼らの支持者たち——は苦情で武装してやってきた。彼らのなかの数名のシオニストが不満だったのは、私が著作のなかで諸政党を無視し、ファシズムとの闘いを取り上げず、イスラエルの復活、パルチザンたちの勇敢な行為、女性が男性との平等を達成しようとする闘争を扱わなかったからだ。彼らはみな、私が犯した政治的罪状を列挙し、あるトロツキー主義者は私を非難してトロツキーに味方しなかったと断罪した。私はこういう文学的な集会にはワルシャワ時代にすっかり慣れていた。彼らはいつもの決まり文句を繰り返した。作家たるものは大衆がバリケードで立ち上がっているときに象牙の塔に身を隠しているわけにはいかない、というのだ。ミシャ・ブドニクは、その集会に来ていたが、発言権を求め、長い演説をした。作家たちは承知しているのか、スペインでスターリンが何百という無政府主義の自由の闘士たちを虐殺したことを？　彼らは気づいているのか、ソビエト連邦で何千という無政府主義者が奴隷労働の収容所や監獄でつらい日々を送っていることを？　彼らは読んだのか、エマ・ゴールドマンや他の者たちがロシアに行って真実を広めようとしたときに、そこでいかなる扱いを受けたのかを？　ミシャはサッコとヴァンゼッティ（イタリア人移民の無政府主義者サッコとヴァンゼッティが一九二七年に処刑されたアメリカの冤罪事件）に言及し、シカゴで絞首刑にされた四人について触れた。聴衆のだれかがミシャに野次を飛ばした。「高名な演説者殿はマフノ（一八八九 - 一九二二。ウクライナの農民運動の指導者、無政府主義者）がユダヤ人にポグロムをやったことを知っているのか？」するとミシャがどなり返した、「マフノは英雄だった！」ホールで大騒ぎが勃発し、司会者がテーブルをこぶしでどんどんと叩き始めた。彼はミシャに演説の続行を禁じ、ミシャは演壇から降ろされた。

　順番が回ってきたときに、私は手短かに話し、ニーチェの永劫回帰の理論は正しいと語った。もし私が——今から数百万年後に——再びイディッシュ作家であったら、私は文学上の闘いをシオニストにもユダヤ人自治区獲得運動主義者にも挑むだろう、民族主義にも同化主義にも挑むだろう、マルクス主義にも無政府主義にも挑み、ワイズマン（一八七四 - 一九五二。シオニズム指導者、イスラエル初代大統領）にもヤボチンスキー（既出。七四頁参照）にも、ネトゥレイ・カルタ（ユダヤ教の宗教的過激派。シオニズムとイスラエル国家を否定する）にも「ケイナーナイツ」（ユダヤ人国家ではなくイスラエル生まれの人々による新たなヘブライ国家を目指す）にも挑むだろう、同じくユダヤ人社会民主主義労働者協会《ブント》にも、総合シオニズムにも、右翼のシオニスト労働者党にも、左翼のシオニスト労働者党にも、ハショメル・ハツァイル（シオニスト社会主義の青年運動）にも、フォルキスト（ポーランドやリトアニア、ウクライナのユダヤ人民党）にも、同じくルバヴィッチ・ハシディムにも、ボボヴ・ハシディムにも（ともにハシディズムの大きな一派）、正統派ユダヤ人にも、保守派ユダヤ人にも、改革派ユダヤ人にも闘いを挑むであろう。彼らすべてについて小説を書くだろうし、同様に自然主義、写実主義、象徴主義の流儀で物語と詩を書き、未来派、ダダイスト、そのほかあらゆる「主義」と「主義者」に従うだろう。聴衆のなかで数人が笑って拍手喝采した。ほかの者たちは文句を言い、抗議を表明した。軽食としてレモネードとプレッツェルが出された。胸の大きな、高齢の女性歌手がフォークソングを歌い、マイクを手放そうとしなかった。

　余興が終わると私は数人の女性と歓談したが、彼女たちは戦争を生き延びた人たちで、ある人たちはゲットーや強制収容所を生き抜き、またロシアで耐え抜いた人たちもいた。私はナチの残忍さやボルシェヴィキのもたらした混乱の話を新たな語り口で聞いた――お決まりの物語であり、真夜中の拘束、飢え、告発、人であふれた収監房、何日も立て続けに留め置かれたまま放置されたすし詰めの列車、闇市での取引き、酒浸り、窃盗、略奪、無法な蛮行、そして売春についての話である。すべてきわめて悲劇的なことに、聞き慣れた話だ。スターリンが粛清した著名な詩人について教えられた。壁を背に立たされて銃殺されるまさにその当日まで、彼は偉大な〈同志スターリン〉に寄せる頌歌を書き続けていたのだった。ある作家が私に告白したのだが、彼はウイスキーを一杯ひっかけて友人と腹蔵なく語り合ったあとで思わずスターリンについて厳しい意見を口にしてしまい、相手の友人もまた同様のことをした。酔いが醒めてから彼は怖くてたまらなくなり、友人を密告しに政治警察に直行した。どうやら彼の友人も同じ恐怖に襲われたらしかった、というのは、彼らは告発室の入口で鉢合わせしたからだ。

パリに滞在中、私たちのグループはいくらか離れて行動した。ステファとレオンは美術館を見学したり、高級レストランやカフェに出かけた。彼らはドーヴィル（フランス北西部の海浜保養地）へバスで旅行に出かけたりもした。ミシャとフリードルは無政府主義者たちを探しに出かけたが、その人たちはベルヴィル地区にたまり場があって、私たちのホテルからもユダヤ人急進派の中心地からもさほど離れてはいなかった。

私たちはパリにほんの数日いただけだったが、何週間にも思えた。年取ったイディッシュの古典詩人、ダヴィド・コーンが私を自宅に招待してくれた。ツロヴァはパリで私以外にだれも頼る者がおらず、私はいっしょに行こうと彼女を誘った。彼女はまるで妻のように私にぴったり寄り添っていた。その詩人は、ニューヨークのイディッシュ新聞の通信記者として生計を得ていたが、あらゆるユダヤ人指導者について苦々しげにしゃべった——左派、右派、シオニスト、反シオニストなどについてだ。彼は一人であらゆるモダニストと戦っていた——彼らは文学を殺した、文学を忌まわしい、退屈なものにした、詩をパロディに変えてしまったんだ。ヘルム（ポーランド南東部のユダヤ人が住みついた町。この町生まれの人は愚か者ということになっていて、彼らの愚行を扱った多くのユダヤ民話がある）の教師が女房に、バターや砂糖、レーズンや卵を入れないでケーキを焼いてくれとたのんだみたいに、モダニストたちはそんなふうにリズムも韻も音楽も愛もなしに詩を作ろうとしたんだ。ダヴィド・コーンは私の歓迎会に出なかったことを詫びた。「あいつらの醜い顔にがまんがならんのだよ、あいつらのずるそうな目にね。冷酷な一味だよ。やつらの正義についての言い回しときたら、むかつくようなもので口にもできん。スターリンがいたあいだは、あいつらはやつに媚びて、まるで偶像みたいにやつを崇拝した。今やあの田舎者のジュガシヴィリ（スターリンの本名）が死んだとなれば、あらゆる手を尽くして新たなスターリンを見つけ出そうとするだろうよ。奴隷には主人が必要なのさ」

彼の妻は、彼よりも若い人で、錠剤と水を入れたコップを持ってテーブルにやってきた。彼女の時代遅れの衣服と髪の整え方を見て、私は革命のために爆弾を作っていた若い娘たちを思い出した。

「ダヴィドル、ビタミン剤を飲んでちょうだい」

ダヴィド・コーンは怒った目で彼女をじっと見た。くちひげが雄猫のひげのようにぴくぴく動いた。

「ビタミン剤などいらん。ほっといてくれ」

「ダヴィドル、お医者さまがあなたに処方したのよ。飲まなきゃだめよ！」

「だめだって、ええ？　ああいう医者どもはみな詐欺師で、追いはぎで、いかさま師さ。やつらの薬など毒にほかならん」

「グレイディンガーさん、お願いですから、この人に錠剤を飲むように言ってください。病気なんです、病気なの。ようやく生きているのよ。興奮してはいけないの」

「コーンさん、お願いだから、ビタミン剤を飲んでください」と私は言った。「格言ではどう言いましたっけ？『役に立たないかもしれない、しかし害を及ぼすこともなかろう』」「くだらん。盗人みたいな薬屋が考え出したんだよ」

ダヴィド・コーンは錠剤を取って、口に放り込み、顔をしかめて、コップの水を半分飲んだ。「マヤコフスキーの詩の味だ」と彼はつぶやいた。

私たちは朝にイスラエル行きの飛行機に搭乗し、その日の午後遅くにロド（イスラエル中部の町）の空港に着いた。パリやニューヨークの巨大な空港に較べると、イスラエルの空港は田舎じみて見えた。安息日の平安が留まっていた。私たちが到着した便はハシドやイェシヴァの学生や、頭にかつらやスカーフを着けた女たちでいっぱいだった。乗客の一人は早めの午後の礼拝《ミンハー》を唱え、また別の者はミシュナーの一巻に目を通していた。赤いあごひげのラビは一人の若者を試問していたが、その若者はヘテル・ホラー（ラビに叙任されるための一つの形式）の授与に向けて勉強中だった。宗教上の掟を遵守する乗客たちが降りていくと、大勢のラビやほかのイェシヴァの学生たちが彼らを待ち受けていた。彼らの脇髪ほど長く、巻き毛になっていて、文字通り肩まで下がった脇髪を、私は何年も見たことがなかった。彼らは若々しさを発散していた。長いカポーテの下に短いズボン、白いストッキング、軽い上靴をはき、ベルベットの帽子は真新しく見えた。彼らはホロコーストを成人として経験するには若すぎたし、難民キャンプで生まれたと考えるには年齢が進みすぎていた。

パスポートと手荷物の検査はゆっくりと進んだ。ときどき税関の役人がスーツケースをあけて、シャツやズボン、セーター、そのほかの衣類をぱたぱた振り始めることがあった。持ち主は自分の所有物が混ぜ返されるのを不安げに見守った。ようやく私たちは税関を通過した。ミシャは自分の旅行鞄だけでなくステファやレオン、ツロヴァの鞄も運び、私のものまで運んでくれた。手伝おうとしたが、彼は私に向かってどなり声を上げげた。不意に私はミリアムを見つけた。彼女だ、だが彼女の様子がどこか変わってしまっていた。それがなんであるか、正確には判断できなかった。白いブラウスを着て、黒いスラックスをはいていた。私の方へ、両腕を大きく広げて走ってきた。彼女にはパリから電報を送ってあり、ほかの人たちといっしょに着くと言ってあったが、私はこんなに多くの同行者と到着したことをきまり悪く思った。ミリアムは私を抱き、キスをした。

「ああ、着いたのね」と彼女は言った。「バタフライ、車があるわ」

「どこで手に入れたの？」

「トレイビッチャーさんが彼の車を渡してくれたの。自分で来たがっていたけれど、やめてもらったわ」

「マックスはどう？」

「良くはなっている、でもすっかりいいわけじゃない。すぐにテルアビブで会えるわ」

私はミリアムをクレイトル夫妻とブドニク夫妻に紹介した。私はこう言った。「ミシャ・ブドニクはビルゴライからのぼくの幼なじみだ。それからこちらは、フリードル・ブドニクで、彼の奥さん、すてきな人だよ」

「おれはアーロンが脇髪を二本伸ばしていたころを覚えている」とミシャが言った、「そして〈学びの家〉でゲマラを読みながら体を揺らしていたころをね。ゲマラの下でこっそり『モーメント』に載っていた小説を読んでいたよ」

「ミシャ、もういいわよ」とフリードルがぶつぶつ言った。

ミリアムはステファ、レオン、フリードルに挨拶をした。どういうわけか彼女はツロヴァには片手を差し出さず、ただうなずいただけだった。彼女はミシャに「あなたもイェシヴァの学生だったの?」と尋ねた。

「おれはそのころは密輸業者だった。だが〈学びの家〉には夜によく、しゃべりに行っていた。アーロンの空想話を聞くのが好きだったんだ」

ミリアムは出ていって、大きな車に乗って戻ってきたが、六人と荷物、そして運転する者が乗れるほど大きくはなかった。ステファが、自分とレオンは別のタクシーを見つけると提案し、彼女がその言葉を口にしたとたんに、ネハグ――運転手は新しいイスラエル国ではこう呼ばれる――が現われた。ステファがミリアムにマックスのホテルの名前を尋ねると、ミリアムは答えて言った。「マックスは小さなホテルに泊まっています。でもクレイトル夫人、あなたがそこでいいとお思いになるとは思えないわ。もっと大きくて良いホテルが近くにあって、もっと現代的なホテルで、半ブロック先に行ったところです」

「それはいいわ。夫は健康が上々というわけではないのよ。専用のバスルームやら何やらがなければならないわ。そのホテルにレストランはあるのかしら？」

「すばらしいレストランですよ」

「夫には医者も必要なのだけれど」

「テルアビブでは患者よりも医者の方が多いわ」

私はミリアムとステファが互いを気に入ったとわかった。彼女たちはたちまちポーランド語でしゃべりだした。ミリアムは完全にツロヴァを無視した。フリードルが「私たちはどこに泊まるの？」と尋ねた。

ミリアムが答えた。「ハヤルコン通りよ。ユダヤ人がたくさん〈大祭日〉のためにここに来たのだけれど、ほとんどの人はもう帰ったわ。みなさんに部屋はあるでしょう」

「ご婦人、行くんですか、ここにいるんですか？」とタクシーの運転手が訊いた。

「行くわ。ハヤルコン通りへ」とミリアムが答えた。

ミリアムはすでにイスラエル人になりおおせていた。彼女の話すヘブライ語さえ、セファルディの発音だった。私たちは新参者だった。タクシー運転手はクレイトル夫妻が荷物とともにタクシーに乗り込むのを手伝ってから、先に出発した。ブドニク夫妻とツロヴァはハイム・ジョエル・トレイビッチャーの車に乗り込んだ。私はフロントシートでミリアムのとなりに座った。荷物はうまくトランクに収まり、いくつかの小さな鞄は私たちの膝に載せた。私は尋ねた、「どうしてトレイビッチャーは自分の車を寄こしてくれたの？」

ミリアムが答えた。「ハイム・ジョエルはマックスのためにいくらでもしてくれる。彼はあなたの熱心なファンでもあるわ。もし彼がいなかったなら、マックスはここでおしまいだったでしょうね。最高のお医者さんたちを呼んでくれて、マックスのために二十四時間体制で看護師たちを雇ってくれた。ワルシャワの半分がここにあるわ。マックスはエルサレムが好きじゃないの」

「どうして?」

「彼には神聖すぎるのね。相変わらず気が変《メシュガー》よ、でも魅力的でもあるわ」

車は飛ぶように走り、私は座って外の家々を眺め、ヤシの木、イトスギ、車庫を見た。ユダヤ人の兵士たち——青年も娘も——が道路沿いに立って、親指をつき出し、乗せてもらおうとしていた。夏の暑い日のただなかで、空はとても青く、雲一つなかった。あらゆるものが太陽のなかでちらちらと光り、まるで光が〈離散の地《ディアスポラ》〉にあったときよりも七倍も明るくなったかのようだった。私はイスラエルの土地に来ていた、私の祖先たちが二千年のあいだ思い焦がれてきた地に到着したのだ。

ステファとレオンはダン・ホテルの二つの部屋に落ち着いた。ブドニク夫妻はベン・イェフーダ通りのホテルに落ち着き、ハヤルコンからは一ブロック離れていた。ツロヴァと私はマックスとミリアムが滞在している小さなホテルに部屋を取った。マックスはすっかり変わってしまっていた——十八キロ近く体重が落ち、あごひげは白くなり、顔は青白くなっていた。ミリアムは毎晩彼のそばで寝た。彼は私にプリヴァがエルサレムで暮らしていると言った。彼女の最後通告は、プリヴァかミリアムのどちらかだ、というもので、そこで彼はミリアムを選んだのだった。彼は私に言った、「だがわしはそう長くはないと思うよ。ここよりも、むしろ、あっちの方にいるんだ」そして彼は指を天に向けた。

私は五人の友人をいっしょに連れてこようと決めたときに大失敗をしたのだった。ツロヴァはマックスではなく、プリヴァといたいと思い、到着して二、三日すると、エルサレムに移った。彼女から聞いたところでは、エルサレムでプリヴァは降霊術の手配をする金持ちの未亡人を見つけたのだった。彼女たちは雑誌を発行する計画で、半分はヘブライ語で、半分は英語にすることになっていた。プリヴァは電話で私に、彼女のあらゆる超自然的な力がエルサレムで以前よりも強まって戻ってきた、と語った。彼女と彼女の後援者、グリッツェンシュタイン夫人はヘルツェル博士（一八六〇‐一九〇四。シオニズム運動の創始者）、ヘブライ語作家で殉教者のY・H・ブレンナー（後出。三〇三頁参照）、マックス・ノルダウ（一八四九‐一九二三。シオニズム運動の指導者）、そしてアハド・ハアム（一八五六‐一九二七。ヘブライ語の著述家、思想家、初期のシオニズム運動の推進者）の霊を呼び出したのだった。もっとも興味深かったのはマックス・ノルダウだった。彼は有名な物質主義者で、宗教をことごとくあざけって、文学の巨匠たちをさえ狂人だとか堕落者と考えていたが、今では生きていたときには間違っていたと認め、自分の著作はすべて、ことに『堕落』と『逆説』の二巻は燃してしまうべきだと考えていた。より高き領域で彼はイタリア系ユダヤ人の物質主義者ロンブローゾ（一八三六‐一九〇九。イタリアの精神医学者、犯罪人類学の創始者）に出会ったが、ロンブローゾは天才と狂気は密接な関係があるとかつて書いていた。二人はともに彼らが以前に攻撃した人々の魂に赦しを求め、それらの人々のなかにはポーランドの霊媒クルスキやイタリアのパラディナがいた。さらにまたプリヴァは、マックスの亡くなった妻や二人の娘と連絡を取ったと私に告げたが、彼女たちはナチの手にかかって死んだ人たちである。

フリードル・ブドニクは〈イスラエルの地〉に夢中になったが、ミシャは彼女の喜びをみごとに台無しにしてしまった。到着した当日から彼はユダヤ国家について文句を言い、不満を口にした。何一つ気に入らなかった。レストランで騒ぎを起こしたが、それは肉を含む食事のあとにクリーム入りのコーヒーは出せないとウエーターが断ったときのことだった。経営者がミシャに説明して、これがこの地の決まりだと言うと、ミシャは大声を上げて、そんな決まりはファシストだと叫んだ。テルアビブでフリードルはイゼヴィス、ゴルシュカフ（ポーランド南東部ルブリン地方の町）、クラスニスタフ（ルブリン地方の町）から来た彼女の同郷人たちに出くわした。彼らのうちの数人はすでに彼らの地方のイディッシュを忘れてしまっていて、自分たちのあいだではヘブライ語で話したが、そのことでミシャは彼らを攻撃した。私はフリードルとミシャを、ステファとレオンが宿泊している真新しいダン・ホテルでのディナーに招待した。食事のあいだじゅうミシャは私をひどく非難して、神権政治家たちが支配する国に連れてきたと言って怒った。アメリカではユダヤ人は教会と国家の分離を要求するのに、一方イスラエルではユダヤの掟に適った食べ物を強制されるし花嫁は結婚式の前にミクヴェ（ユダヤ教の儀式沐浴場）に身を浸さねばならない。その理由を知りたいものだと彼は言った。ミシャはこぶしでテーブルを叩いた。マシギアッハ（マネージャー）に会わせろと言い、彼、ミシャにハム（ユダヤ教の食餌規定では豚肉は不適法とされている）を出せと要求した。八日目の終りにこの夫婦はアメリカへ帰った。フリードルは別れの挨拶をしたときに泣いた。ミシャについては、「まるで死霊が彼のなかに入り込んだみたい」と言った。

奇妙なことだが、私自身はときどき、自分がかつての自分と同じ人間ではないような気がした。その変化の本質はなんなのだろうか、そしてそれは気候と何かかかわりがあるのだろうか？　もしかすると何千年ものユダヤの歴史とかかわりがあるのかもしれない。古代ユダヤ人――司祭たち、レビ族、様々な支族の指導者たち、英雄たち、ハスモン家（紀元前二・一世紀にユダヤを指導したマカベア家のこと）、サドカイ派（紀元前二世紀から西暦一世紀まで栄えたユダヤ教の一派）、そしてそのほかの未知のもろもろの集団――の霊たちがここを支配しているのだろうか、私たち〈離散の地〉のユダヤ人がずっと昔に忘れ去ったり、あるいはひょっとするとまったく知りもしなかったもろもろの力が勢力をふるっているのだろうか？　マックスはここで年を取ってしまった。

　ミリアムは私たちとの会話でヘブライ語の単語や表現を使い始めていた。もはやニューヨークにいたときほどイディッシュに関心を持っていないのではないかと私は疑った。彼女は今でも私をバタフライと呼び、相変わらず私を抱きしめてキスをしたが、今やマックスが病気でどうやら不能になってしまうと、進んで私の意に応じようとすることはもうなかった。彼女は常に口実を見つけた。ツロヴァやクレイトル夫妻をいっしょに連れてきたことで私に恨みをいだいているのだろうか？　ときどき私はマックスの友情も冷めてしまったように感じた。いつにもまして私にすがるようになったのはレオンだった。彼は絶えず私をディナーやランチに招待した。私が記事を書いている新聞が継続して届くように手配していて、私の小説の連載が載るたびに論じたがった。レオンの健康は上向いて、彼はテルアビブの空気が病気に効くと主張した。ここに家を買いたいと口に出すことさえあって、残された数年をユダヤ人に囲まれて暮らしたいと表明した。

私の部屋にはハヤルコン通りを見晴らす窓があり、海に面したバルコニーがついていた。夜になると私はよくバルコニーに座って、自分の人生を顧みた。私は空路〈イスラエルの地〉へ愛する女と再会するために来た。かつて関係を持ったことのある女を三人連れてきたが、運命の命じるところにより、ここで、何年ものあいだで初めて、私は独身生活をしている。ミリアムはマックスのそばで眠り、ツロヴァはエルサレムにいて、フリードルとミシャはニューヨークへ帰ってしまい、ステファはすばらしく夫に献身的だ。

ポーランド系ユダヤ人はテルアビブでポーランド語の週刊誌を発行し、ドイツ系のユダヤ人はドイツ語の週刊誌を、ハンガリー系はハンガリー語の新聞を、そしてルーマニア系はルーマニア語のものを発行している。ベン・イェフーダ通りとディゼンゴフ通りの店のウインドウにはあらゆる言語で書かれた本の新たな版が陳列されている。ときどき私は真夜中に目を覚まし、バルコニーの椅子に腰をおろして、星のきらめく空と海をじっと見つめた。ニューヨークでは空に星があることを私は忘れてしまっていた。だがテルアビブの上空には、宇宙がそのあらゆる星、惑星、そして天の全軍（天体群、多数の天使）をともなって留まっている。空気はブドウ園の香りでかぐわしく、ユーカリの木、イトスギ、そのほか私にはなじみ深く思え、同時に新しくも思われる良い香りに満ちている。暖かい微風が吹き、名づけようのない香気を運んでくる。

私の目の前に広がるこの海は何かでたらめな水の寄せ集めではなく、ハヤム・ハガードール（ヘブライ語で「大きな海」の意。地中海を指す）、すなわち大海であり、ヨナがニネヴェの滅亡を預言する使命をまぬがれようとして神から逃げ出した海である（「ヨナ書」参照）。ユダ・ハレヴィ――中世最大のヘブライ語詩人――を〈イスラエルの地〉へ運んだ船はこの海を渡った。ここを帆走した商船は、「箴言」の中で〈価値ある女〉に喩えられた（「箴言」第三一章一四節「（彼女は）また商人の舟のように、遠い国から食糧を運んでくる」）。波は月明かりに照らされてきらめき、神自らがテルアビブを見守っている。静寂のなかで人は預言者の言葉を聞くことができる。「見よ、アモツの子イザヤが、ユダとエルサレムについて見た幻、時代は……」（「イザヤ書」第一章一節）すぐそばでラケルはいまだに彼女の子供たちを思って泣き、慰められることを拒む（「エレミヤ書」第三一章一五節）。私たちの周り一帯にペリシテ人、アンモン人、モアブの民、アラムの民が身を潜めている。カナン人、アモリ人、ヒッタイト人、エブス人、ギルガシ人――すべてが神と神の選民に対して古代の戦いを再開しようと待ち受けている。


ある日、一人の作家が私の小説のヘブライ語訳を携えて会いに来た。私がその作家のいるところで翻訳の訂正をすると、彼はこう尋ねた。「ヘブライ語をとてもよくご存知のようだから、イディッシュではなくヘブライ語でお書きになられたらいかがです？　ご存知に違いありませんが、イディッシュは消滅しつつあり、一方ヘブライ語は息を吹き返しました」

「消滅しつつあるということは私の目には欠点とは映りません」と私は彼に語った。「古代ギリシア語は消滅にいたりましたし、ラテン語もそうでした。ヘブライ語は二千年のあいだ死語でした。今日生きている我々はみな、遅かれ早かれ消滅するでしょう」

彼はしゃべろうとするかのように口をあけたが、そうせずに何も言わなかった。彼は原稿を取り上げると、立ち去った。

彼だけではなかった。私は同じ感想をほかの作家や学者たちが表明するのを聞いたことがあった。私は現代へブライ語に容易に適応できただろうし、セファルディの発音にも簡単に慣れたことだろう。だが私がもっとも頻繁に返したのは次の答えだった。「私の母はイディッシュを話しました。私の祖母たち、祖父たちはイディッシュを話しましたし、遡って『シフテイ・コーヘン』（十六世紀に編纂されたユダヤ法の法典『シュルハン・アルーク』の著名な注解）にいたるまで、ラビ・モシェ・イッセルリシュ（十六世紀ポーランドのユダヤ教法規の権威）にいたるまで、イディッシュを話しました。もしイディッシュがバール・シェム・トーヴにとって良いものであったなら、そしてヴィルナのガオン（一七二〇・九七。近代のユダヤ社会の最大の精神的・知的指導者の一人）、ブラツラフのラビ・ナフマン、ナチの手によって滅ぼされた何百万ものユダヤ人にとって良いものであったなら、それならそれは私にとっても良いものです」

「イディッシュは八十パーセントがドイツ語で、ドイツ語はナチの言語だった」とだれかがかつて私に言ったことがあった。

「そしてヘブライ語は私たちの敵が話していたのですよ――アンモンとモアブの民、ペリシテ人、ミディアン人、そしておそらくはアマレク人もね。アラム語は、ゾハル（カバラーの中心的著作）とゲマラの言語だが、ネブカデネザル（紀元前六世紀のバビロニアの王。エルサレムを破壊しユダヤ人を捕虜とし、バビロン捕囚を行なった）とハミルカル（紀元前三世紀のカルタゴの将軍でハンニバルの父）が話していました」と私は返答した。

イスラエルでは雨季が始まっていた。マックスの健康状態は良くなり、杖の助けを借りて歩けるようになった。私たちはよくミリアムといっしょに、ディゼンゴフ通りのカフェのテーブルでコーヒーを飲みながらおしゃべりをした。ステファァとレオンはこれから家を買ってテルアビブに定住するつもりのようだった。私自身はあまり長くここに留まるわけにはいかなかった。『フォワード』に連載中の私の小説の最終章は送付してしまい、どういうわけか新しい作品のテーマを決められないでいた。

ハイム・ジョエル・トレイビッチャーは新居でひらく新築祝いパーティの準備を進めていた。ミリアムと私はニューヨークでの彼のパーティに出席しなかったので、今回は欠席できないとわかっていた。噂ではハイム・ジョエルはハイファで金持ちの未亡人に出会い、そのアメリカ人の大富豪の女性と結婚する計画だということだった。彼の新しい家はロスチャイルド大通りにあり、マックスは冗談を言って、その通りは今やトレイビッチャー大通りと改名されるだろうと言った。ハイム・ジョエルはマックスにその未亡人、ベイグルマン夫人についてすっかり話したが、彼女は金があり余っているとのことだった。彼女の亡くなった夫は南アフリカの出身で、その地で金鉱を所有していて、超高層建築をニューヨーク、シカゴ、ロサンゼルス、ヒューストンに建てた。こうした幸運にもかかわらず、彼は心臓発作を起こして亡くなった。ベイグルマン夫人はマックスに会って彼の冗談にすっかりほれ込み、彼の魅力やお世辞、ワルシャワでの物語に夢中になった。彼女は自分の夫の手術をしたニューヨークの医者を推薦した。ベイグルマン夫人はハイム・ジョエルのパーティに来ることになっていたが、とてつもなく大きな女性で、身長がほぼ百八十センチあり、鼻は角笛のようで、ヤギの歯のような歯をしていた。しゃべると、声は太いアルト（女声の最低音域）だった。ステファはそっと私にささやいた、「彼女はトレイビッチャーを飲み込めそうね、そしてだれも絶対にそのことに気づかないわよ」

私の創作意欲は消えてしまったらしく、新しい小説にとりかかりたい気持ちがまるでなくなった。何年ものうちで初めて、私は休息が必要だと感じ、休暇を取りたいと思った。疲労に襲われ、手首が痙攣した——よく知られた書痙だ。それにまたミリアムに対する欲望もなくなっていた。説明のつかないなんらかの理由で、私は近々ひらかれるトレイビッチャーのパーティのことを考えると決まって不安感で胸がいっぱいになった。ハイム・ジョエルはホテルにいる私に電話をかけてきて、パーティには特別に注意して、くれぐれも遅れないように、と用心を促した。私が彼に、この件がなぜそんなに重要なのか尋ねると、彼はこう答えた。「今は言えないけれども、ある意味でこのパーティはきみのためなんだよ。びくつかなくていい。きみの物語の主人公がされたみたいにきみの頭にカボチャを載せてろうそくを立てたりはだれもしないから」私はハイム・ジョエルに文句を言いたくなり、かかわりのある人間に相談もなしに計画を立ててしまうなんて、と言ってやりたかったが、彼は「たのむから、遅れないでくれ」と繰り返して、受話器を置いてしまった。

テルアビブは雨が降っており、寒くなった。新聞は、ネゲヴ（イスラエル南部の砂漠地帯）で川が突然に氾濫していると伝えた。一瞬前には乾燥した土地で砂地だった場所が、あっという間に荒れ狂う流れに蹂躙され、人やラクダ、羊が押し流された。テルアビブからほど遠からぬところでは、深い水たまりができ、女、子供や、高齢者が通れなくなった。若者たちが買って出て、通行人を担いで運んだ。何度か夜に電気が消えた。テルアビブはエジプトの暗闇に投げ込まれた。クレイトル夫妻のホテルは新しいのだが、そこでさえ、どういうわけか冷水が出なかった。電話はちゃんと機能しなかった。あるとき、レオンとの通話の最中に切れてしまった。

プリヴァが今やツロヴァとともにテルアビブに到着したが、病気の夫に会うためではなく、ハイム・ジョエルのパーティに出るためだった。その結果ミリアムはマックスの部屋を立ち退かなければならなくなり、私のところに来て寝泊まりすることになった。彼女は腹を立てて、パーティなど拒否すると脅すように言った。

「もう一回そんなことはできないよ！」と私は叫んだ。

「あなたはね、行かなきゃだめよ。文学賞を授与されることになっているのを知らないの？」どうやらベイグルマン夫人が彼女の亡き夫の名前で五百ドルの賞を設立したらしかった。「トレイビッチャーがマチルダの名前で似たような賞をつけ加えようと計画しているから、あなたの賞金は千ドルになるはずよ！」ミリアムはそれを考えてくすくす笑った。それから彼女は真剣な口調で言った。「バタフライ、この件を持ち出したいと何日も思っていたのだけれど、そうする勇気がなかった。あなたは私に良くしてくれているけれど、私にとってマックスの代わりになるには若すぎるわ」

「若すぎる？　ぼくはきみより二十も年上なんだぜ」

「私はもうじき三十で、お墓に入る前に子供がほしいの。もし子供を持つなら、今がそのときよ。毎月、生理が来るたびに、私の最後の機会が消えていくって思うのよ。男の人には絶対にこれはわからないわね。私たちはみな、それぞればかげた夢想を持つものよ。あなたがかつて書いたお話は――実際は回想だったけれど――あなたのお友だちのお母さんについてのもので、二年ごとに子供、男の子を生んだ。そしてそれぞれの小さな男の子にそのお母さんはよく、その子をベビーベッドに寝かせて揺するとき、いつの日か大きくなってラビになるよって歌った。覚えている？」

「ああ、それはぼくの友だちのイサクの母親だった。息子たちはだれ一人、大人にならなかった。みんな子供のうちに死んでしまったが、彼女はその歌を歌うのを決してやめなかった。『モイシェレはラビさんになるよ、ベレレはラビさんになるよ、チャズケレはラビさんになるよ』って」

「私はこのお話に論文で言及しているの」とミリアムは言った。「もし、〈人〉という名に値するだれかを生み出さないなら、私はなぜ生きているの？　どんな目的が、あらゆるこうした性行動や私たちの愛やら情熱やらにあるの？　私が自分の内に感じるものは論理よりももっと強い。私を恥知らずと言ってくれてもいいわ。あなたはかつてゲマラからある表現を引用したことがあって、その表現を今は思い出せないけれど、性行為を要求する女を意味するものだった。あなたは、この女はケトゥバー（ユダヤ教の結婚契約書）なしに離縁してよいと書いていた。それはほんとう？」

「ゲマラにはそう書いてある」

「そう、私はあなたの妻ではないし、ケトゥバーを持っていないのだから、あなたは私を離縁できないし、私のケトゥバーを取り上げることもできない。私があなたにした誓約を覚えている？」

「すべて覚えているよ。でも、もしぼくがいやだときみに答えたなら、きみはどうするつもりなんだ、別の父親を探すのか?」

「私はただ、私のあなたへの誓いを破る気はないと言っただけよ。もし私が母親には絶対になれない運命なら、私はそれを知って、安らぎを得たいの。今、私に返事をくれる必要はないわ。ただ、どのくらい待たねばならないのかだけを教えて。来る年も来る年も、こんな宙ぶらりんの状態でいたくないの」

「子供を持とう」

私たちはどちらもじっと座って、しゃべらなかった。私は自分の言ったことに茫然とし、ミリアムは自分が耳にしたことに啞然とした。彼女は私を見たが、その様子はまるで同時に笑い、泣こうとしているかのようだった。


パーティの日がついにやって来た。マックスによれば、ハイム・ジョエルは何百人もの客を招き、「〈イスラエルの地〉の半分」を招待して、ひと財産かかっただろうということだった。私は自分のちゃんとしたスーツをアイロンがけに出し、シャツとネクタイもこの会のために買った。ミリアムが私といっしょに買い物に出かけ、私を説き伏せて新しい靴を買うように促した。プリヴァが戻ってきたので、マックスを訪ねる人はおらず、ミリアムさえ訪ねていかなかった。プリヴァとツロヴァだけが彼の世話をした。

ハイム・ジョエルは電話で、ミリアムと私のためにタクシーを差し向けると言った。マックスとプリヴァ、ツロヴァのためには彼自身の車を向かわせるとのことだった。彼は招待した著名人の長いリストを読み上げ、そのなかには大臣、国会議員、将校、作家、編集者、レホヴォト（イスラエル中部、テルアビブ南東の町で、研究学園都市）やエルサレムの大学の学者、そしてハビマ（イスラエル国立劇団）やイスラエルのほかの劇団の役者たちがいた。

パーティはセルフサービスの夕食で始まることになっていた。ミリアムはこの催しを終始一貫してけなしていたが、それにもかかわらず準備をした。彼女は髪を整えてもらうことすらしたが、彼女がそんなことをするのを私はニューヨークで目にしたことがなかった。そう、ハイム・ジョエル・トレイビッチャーは優雅な招待状を印刷し、そこには私の名前があって、私の文学賞受賞が告知されていた。彼はまた、賞の授与に備えて表彰状に類するものを注文し、それは羊皮紙で、イディッシュとヘブライ語の両方で文字が記してあった。

前夜は雨だったが、今は雨も上がり、空は晴れ渡っていた。私はバルコニーに出て、太陽が西に沈んでいくのを見た。私には〈イスラエルの地〉の太陽はポーランドやアメリカの太陽と同じではないように思えた。夕暮れどきの、ネイラー（〈贖罪の日〉の最後の礼拝）の前の、〈贖罪の日〉を思い出させる黄金色に満ちている。神聖さが水面を漂っているように思えた。これは聖書の海であり、「舟で海にくだり、大海で商売をする者は、主のみわざを見、また深い所でそのくすしきみわざを見た」（「詩篇」第一〇七篇二三・二四節）その海だ。預言者ヨナの海であり、「ヨブ記」の海だ。すぐ近くにツロが、シドンが、タルシシュ（いずれも旧約聖書中に出てくる海港で、ツロ、シドンは地中海沿岸、タルシシュ（口語聖書ではタルシシ）の場所は確定されていない）があった。これはありきたりの日没ではなく、ビルゴライやワルシャワ、ニューヨークのリバーサイドドライブで目にしたような日没ではない。この太陽はほんとうに海の水の中に沈んでいくつもりであり、ゲマラやミドラッシュに書かれているとおりなのだ。

ハイム・ジョエルの大きな家は、テルアビブの郊外に位置し、客でいっぱいだった——部屋また部屋が人で込み合い、その人たちは美しい女性、才能ある男性、傑出した市民の代表であり、博愛までをも代表していた。私はこのような場を目にしたことが一度もなかった。ハイム・ジョエルはベルリンでいくつもの招待会を催して人々の記憶に残っていたが、彼はその地でヒトラーが台頭する前年まで暮らしていたのだった。当時は亡くなったマチルダが女主人役を務めた。今回のパーティ、すなわちメシバア（集会）は参加自由のもののようで、いささか混沌としていた。ハイム・ジョエルは私に戸口でごく短く挨拶し、彼の妻となるはずの人といっしょにいた。彼はタキシードを着込み、そのため背の低い彼の姿が滑稽な様子に見え、サーカスの小人の滑稽さに似ていなくもなかった。彼のとなりの大きな女性は体じゅうを宝石で飾り立て、金のスパンコールできらめくドレスを着て、染めた赤毛を塔のように高く結い上げていた。彼らは愛想よく私たちに挨拶したが、耳を聾する部屋の騒音が彼らの言葉を飲み込んだ。世界中の言語を聞くことができた——切れ切れの語句となって、イディッシュ、ヘブライ語、英語、ドイツ語、フランス語、ロシア語、ポーランド語、ハンガリー語が聞こえてきた。ミリアムは私の腕にしがみつき、私たち二人は先へ先へと押されていった。ウエーターとウエートレスが盆にごちそうをどっさり積んで運んでいた。客たちがグループになって立食のテーブルに集まり、食べたり飲んだりしてうなるような声を立てていた。私が見かけた一人の見知らぬ人はへルツェル博士に薄気味悪いほど似ていた——あごひげも同じ、目も同じ、青白い貴族的な顔も同じだった。私はどうやら私の知り合いらしい何人かの男女に出くわした。彼らは私に挨拶し、私の手を握り、私の耳に向かって意味のわからぬ言葉をがなり立てた。ときどきだれかが人混みを制して叫ぼうとし、グラスをスプーンで叩いて、静粛を求めようとしたが、うまくいかなかった。空気はいよいよ熱を帯び、屋敷は今やひどく暑くなった。ミリアムが私の耳元で「ここから出ましょうよ！」と言った。

　私たちは部屋から部屋へ人混みを押し分けて進み、ようやく寝室に出た。二つの大きなベッドの上にコートやジャケットがいくつもの山になって積まれていた。一つの山のてっぺんには、ラヴ（ヘブライ語でラビのこと）つまりラビのかぶるベルベットの帽子が鎮座していた。もっと以前に気づいていたことだが、あごひげを生やし、長くて目の粗い外衣を着て頭にスカルキャップ（ユダヤ教徒の男性がかぶる頭蓋のみをおおう丸い小さな帽子）をかぶった男たちがいく人か来ていた。ハイム・ジョエル・トレイビッチャーが支援している組織のなかに、サファド（イスラエル北部の町）とエルサレムのいくつかのイェシヴァも入っていると聞いたことがあった。この部屋には静けさがあり、私は壁際に置いてある椅子の方へ進んだ。ミリアムが大声で言った。「バタフライ、おなかがすいたわ。私はばかみたいに、テーブル席に座らせてもらって食事が出ると思い込んでいたの」

「たぶんそうしてくれるよ。がまんしていてごらん」

「マックスを探さなきゃ。ここにいて」

「忘れずに戻ってきてくれよ」

私はバラ色の肘掛け椅子に腰をおろした。新しいハンカチを二枚、ズボンのポケットに入れていたが、それらはすでに顔の汗で濡れていた。ミリアムは私に投げキスをして、混雑と大混乱のなかに飛び込んでいった。彼女がドアをあけると、まるで千もののどが一斉に叫び声を上げたかのようだった。部屋は一つきりの明かりが作り出す影に満ちていた。なるほど、これが大富豪の寝室か、と私は思った。ここで彼は、妻が亡くなってわずか数か月後にあのものすごく大きな女と寝ることになるのだ。私は空腹だったが、同時にたらふく詰め込まれたような気もした。胃が膨らんだ感じがして、甘酸っぱい液体が口に広がった。「この乱痴気騒ぎのただなかで、どうやって私に賞を贈呈するのだろう?」と私は自問した。「私を見つけることさえ、どうやってするのだろう?」再び一人きりになれたのはよかった。彼らの金《かね》も彼らの栄誉もほしくなかった。

「結婚して、子供の父親になる?」と私自身に取りついた死霊が問うた。「もう一人アーロン・グレイディンガーを育てるつもりか、もう一人マックスを、もう一人ミリアムを、もう一人ハイム・ジョエル・トレイビッチャーを、あるいはひょっとすると彼の未来の妻みたいな猛女をもう一人?」遺伝子とその組み合わせがどんなものを生み出すかは決してわからない。私は何か読むものを求めて、本か、雑誌か、新聞はないかと探し始め、自分の考えを振り払おうとしたが、何も見つからなかった。頭を椅子の背にもたせかけて、目を閉じた。

大勢の人混みのなかに身を置くことになると、決まって私はこうした暗い気分に落ち込むのだった。一人か、あるいは二人か三人なら、楽にがまんできたが、集団となった人々は常に私を恐怖で圧倒した。群となった人々は醜悪になりがちだ。群衆は戦争を起こし、革命を、宗教裁判を、追放を、聖戦を始める。ハシドの一団や、葬儀につどった人々にさえ、私はおびえた。〈金の子牛〉（「出エジプト記」第三二章参照）を鋳て、崇拝したのは群衆だった。群衆がスピノザを排斥した。一九〇五年にユダヤの革命家たちが群れとなってクロホマルナ通りの商店主を襲い、殺害して、彼を資本家だと言い立てた。群衆がユダヤ人を焼き殺し、異端者を、そして魔女を火刑にし、黒人をリンチし、家々に火を放ち、強奪し、強姦し、幼い子供たちをさえ虐殺したのだ。

うつらうつらし始めると、いきなりドアがぱっとあいて、入り乱れた声が聞こえた。ミリアムがいて、ハイム・ジョエル・トレイビッチャーとマックス、ステファがいっしょだった。私は身震いして起き上がった。マックスは晩餐会用の服を着て、元気そうに見えた。あごひげを染めていた、というのは再び黒いものが混じっていたからだ。彼は大声でどなった。「なんだって恥ずかしがり屋の花嫁みたいに隠れているんだ？　わしらはおまえさんのために来たんだよ！」

「きみは、なんといっても、今夜の主賓なんだよ！」とトレイビッチャーが叫んだ。

「この人は、自分がどれほど控えめかを私たちに見せたいのよ」とステファが言い、その声から、私は彼女もまた、少しばかり酔っているとわかった。ミリアムは片手に飲み物を持ち、酩酊からくる幸福感が目のなかで輝いていた。

ハイム・ジョエル・トレイビッチャーが私の腕を取り、私を案内して大邸宅を進み始めた。いくつもある部屋は以前ほど込み合ってはいなかった。その晩は暖かかったので、立食と飲み物のテーブルは外に運び出してあった。ハイム・ジョエルの家には途方もなく大きな庭園があった。ミリアムが私に食べ物を載せた皿を手渡し、椅子まで見つけてくれた。野外の照明が神秘的な光を投げかけ、木々や草、客たちの顔を照らしていた。空気は秋と春の両方の香りがした。私たちはもはやテルアビブではなく、インドかペルシア、あるいはアフリカの奥地のどこかにある宮廷にいた。私はアハシュエロス王が奴隷や貴族、大臣たちとシュシャン（スサ。イラン西南部の廃都。「エステル記」の舞台）で宴を催した宮廷を思い出した。ワインで陽気になって、彼は妻のワシテの美しさを見せびらかそうとしたが、一方ではすぐそばに大勢の側女《そばめ》が宦官たちに見守られてくつろいでいるのだった。私は食べ、ミリアムが運んできた甘いワインを飲んだ。客たち——男も女も——がやって来て、私に挨拶した。彼らは私に、私の書いたものはすべて読んだと請け合った。私の本のうち二冊はヘブライ語に翻訳されていた。物語の方はヘブライ語とイディッシュの雑誌に掲載されて、ときには日刊紙にさえ載った。テルアビブはニューヨークとは違う、ニューヨークでは作家は生涯をそこで過ごして多くの本を出版しても、それでいて無名のままということがあり得た。ここでは人々はすべてを読み、すべてに通じていた。

その夜は生涯で初めて名声というものを味わった。私の名前が呼ばれ、私は名士たちに交じってテーブルについた。ハイム・ジョエルが私に、文字を記して飾りを施した羊皮紙の巻物と、なかに小切手の入った封筒を手渡した。彼は私についてイディッシュで手短かに述べた。それからだれかがヘブライ語で私の作品について語った。ミリアム、ステファ、そしてハイム・ジョエルの未来の妻が私の頬にキスをした。私自身は酔ったような心地になりつつあった。それにもかかわらず私はなんとかハイム・ジョエルと彼の客たちに礼を述べ、ユダヤ人とイディッシュの運命について二言、三言話し、拍手喝采を受けた。それからまた、私は忘れずにマックスとの友情について触れ、ミリアムとの交友について言及し、アメリカの大学で私の作品について博士論文を書いている女性であると紹介した。私が聴衆を前にして話をしたのは生涯でこれが最初だった。

賞の授与のあと、集まった客たちは小さなグループに分かれた。私はいつもの問題が論じられているのを聞いた。ユダヤ人とは何か？　今やユダヤ国家が生み出されたのだから、〈離散の地〉のユダヤ人にはどんな役割が残されているのか？　ポーランド系のある教授は不満を述べて、ドイツ系ユダヤ人がエルサレムの大学を完全に支配しており、ポーランド系やロシア系出身の学者を締め出していると言った。政治的な状況も論じ合われた。〈イスラエルの地〉のユダヤ人の数は少ないにもかかわらず――ユダヤ人の三分の一はアメリカ在住だ――それなのに多くの政党に分裂している――なかば左翼の者たち、七割がた左翼の者たち、共産主義者までいる。ロシアは国連でユダヤ国家に賛成票を投じたけれども、フルシチョフはエジプトやシリア、ヨルダンの味方をし始め、パレスチナのテロリストにまで肩入れしそうになっている。この小国は周りじゅう敵に囲まれている。あごひげの白いあるラビは、それにもかかわらず顔は若々しかったのだが、ヤムルカ（スカルキャップのこと。二八三頁参照）をかぶった数人の若者に道理を説いていた。「〈イスラエルの地〉という考え全体が聖書に基づくもので、我々の聖なる書物に基礎があるのだ。だが全能者と摂理に寄せる信仰が途絶えたときには――いかなる点でその人々がユダヤ人であり、〈イスラエルの地〉がユダヤ国家であるのか？　ウガンダやスリナムを選んだのと同様だ。我々のこの世俗性は愚かさや無知とは言えないまでも無価値だ。ラビ・クック（一八六五‐一九三五。現代の〈イスラエルの地〉における最初の中・東欧系ユダヤ教最高指導者）は真実を述べているのだが、彼がそのとき言ったことは……」

　私はラヴ・クックが何を言ったのかを聞こうとしてじっと耳を傾けたが、だれかが私の腕をそっと引いた。それは背が低く、肩幅のある中年の女性だった。目は黒かった。彼女が口をひらく前でさえ、私には彼女がポーランド出身のユダヤ女性であって、ヒトラーの犠牲者だとわかった。彼女は私にイディッシュで話しかけた。「お邪魔して申し訳ありません。私はあなたの読者です……。あることについてあなたにお伝えしなければならないのですが、急いで済ませてしまうわけにはいきません。どこかに腰かけてお話しできますか？」

「おいでなさい、場所を見つけましょう」

　いくつもの部屋は次第に人の数が少なくなり始めていた。私たちは客のいないある部屋を見つけて、隅に腰をおろした。「あなたと話し合いたい事柄はとても、とても重要なことなのです」と彼女は言った。「あなたに聞いていただくべきか、そうでないか、一晩中迷いました。私はハイム・ジョエルの妻、マチルダ――安らかでありますように――、彼女のいとこです。私の娘はワルシャワでミリアム・ザルキンドとギムナジウムに通いました。娘は、不幸にも、もはや生きている者たちの中にはおりません。ミリアムは今、私がだれであるかわかりません――どうしてわかるでしょう？　あのとき私はそこそこ若かったのですが、今は若くもないし健康でもありません。大きな手術を受けて、ごく最近になって病院から出てきたばかりです」

「お名前は？　ミリアムはあなたのことを聞いて喜ぶでしょう」

「彼女には私のことを耳にしてほしくありません。私がだれであるかわからないほうがいいのです」

その女は首を左右に振った。声を震わせて彼女は言った。「お願いですから、私に腹をお立てにならないでください。私があなたにお伝えしたいことは、あなたがお聞きになって愉快なことではありません、でも名誉あるユダヤの作家にお話しするのが私の義務であると思うのです」

私はその女がミリアムの行状について知っている、彼女のみだらなふるまい、もしかするとアーリア側での彼女の行為についても知っているのだと悟った。私は言った、「ええ、わかります、でも、ご理解いただきたいのですが、ホロコーストを耐え忍んできた人々を裁くことはできないのです。私が言っているのは、私はできない、という意味です。あなたは、おそらくやはりヒトラーの犠牲者のお一人でいらっしゃるのでしょう」

「そうです、私はあの地獄を生き抜きました、すべてをね」

「ミリアムもそうでした」

「わかっています、でも……」

その女は口をつぐんだ。彼女はバッグをあけ、ハンカチを取り出して、目に当てた。「人殺しどもが私たちにしたことは、それは神がいつの日かお裁きになるでしょう。でもその人殺しどもを助け、彼らのために働いた者たち——その者たちに対しては、私は軽蔑以外の何もいだくことができません」

「どういう意味ですか？」

「ミリアムはやつらのカポ（ナチスの強制収容所で囚人の監視役を務めた囚人）の一人でした」

その女はそれらの言葉を吐き出したかのようだった。痙攣で彼女の顔がゆがんだ。私のなかのいっさいが静まりかえった。

「どこで？　いつ？」

「最後まで聞いていただかねばなりません」

「ええ、ええ」

私ののどはあまりにも乾ききり、ほとんど言葉を発音できないほどだった。女は言った。「ご心配なさらないで。あなたに、私がナチの手にかかって耐えてきたすべてをお話しするつもりはありません。私は一つの収容所から別の収容所へと引き回されました。私はお針子でした、だからそれだけが理由で私の命は助かったのです。私はやつらの制服をつくろい、やつらのために下着を縫いました――将校用のものであって、兵隊のためのものではありません。全部お話ししようとしても話しきれないでしょう。私たち難民は本を山のように書きましたし、私はそのほとんどすべてを読みました。彼らが言っていることはほんとうです。でも真相は――それはペンでは捉えられません。私に関しては、いずれにせよ、もう遅すぎます。私に起こったことについて書き上げるまでに――もしできるとしての話ですが――私はもういなくなっているでしょうから」

「そんなふうにおっしゃってはいけません！」

「わかっていただきたいのは、私がたった今していることを私はつらい気持ちでしているということです。一九四四年の終わりに私がどんなふうにリガ（ラトビア共和国の首都）に送られたのかを正確にお話しすることはできません。私たちは一つのところから別のところへ引っ張っていかれ、気がついたらほかの何百人もの救われぬ人々といっしょにリガにいました。私たちのうちにはまだ多かれ少なかれ元気な者もいましたが、ほかの人たちはすでに終わりに近づきつつありました。ある日、やつらは私たちを船、貨物船ですが、それに乗せ、樽のなかのニシンみたいに私たちを詰め込んで、シュトゥットホフへ連れていきました。シュトゥットホフだとわかったのは、ただ、私たちのうちのわずかな人たちがデッキへ出て、日の光を見ることを許されたからにすぎません。それからやつらは私たちをマールブルク（ドイツ中部ヘッセン州の都市）へ移送し、そこが私たちの最後の停車場となるはずでした。そのときにはナチが戦争に負けたということはすでに明らかでした。けれども私たちが生きて解放を迎えられるかどうかは、まるでわからぬ問題でした。シュトゥットホフの外で、私たちはいくつもの山になった子供たちの靴や、衣類、あらゆる種類の品物を見ました。子供たち自身は焼かれたり、ガスで殺されたりして、彼らの小さな衣服が積み上げられていました。さてこれからが私があなたにお話ししたい部分なのです、なぜなら私はそうせざるをえない気持ちだからです。ミリアムはシュトゥットホフを、カポだけが持つことを許されていた鞭を持って歩き回っていました。私は今あなたを見ているのと同じくらいはっきりと彼女を見たのです。これがあなたにお話ししたいすべてです。あなたはご存知のはずですが、ユダヤの娘はその良き行ないの報酬としてカポになったわけではありません。鞭は使うためのものでした。それを使って彼女はユダヤの娘たちをもっとも些細な罪で打ちすえました、仕事に呼ばれたときに遅かったとか、ジャガイモを盗もうとしたとか、それに似たようなささいな罪で。カポのなかにはナチの手助けをして、子供たちをガス窯に引きずっていく者さえいました。そうです、これが私があなたに言いたかったことです。格言にはどうありましたっけ？――『事実は自ら語る』」

私は長いあいだ黙って座っていた。「彼女だったと確信がありますか？」と私は尋ねた。

「ごまかしようがありません。彼女はよく私たちの家を訪ねてきていました。一マイル先からでもわかります」

「彼女はあなたを見ましたか？」と私は尋ねた。

「いいえ、見なかったと思います。それにもし見たとしても、私だとわからなかったでしょう。私たちは、よく言うように、死にぞこないで、骸骨の一団だったのですから。いいえ、彼女は私を見なかった――つまり、私がだれだかわからなかったという意味です」

私はその女性に礼を述べ、ミリアムには何も言わないと厳粛に約束した。彼女と握手しようと立ち上がったちょうどそのときに、ミリアムが不意に現われた。その女性はさらに青ざめて、急いで手を引っ込めた。彼女は不安定に揺れながら立っていて、口をひらいてしゃべろうとしたが、一言も発しなかった。

ミリアムは私に尋ねた、「今までどこにいたの？　探していたのよ」

「もう行きます。さようなら」とその女性は言い、立ち去るときに彼女の声はうわずっていた。

「ええ、さようなら、そして重ねて――感謝します」

「あの女の人はだれ？　なんの用だったの？」とミリアムが訊いた。

「教師だ。助言が必要だったんだ」

「ここでも助言を施しているわけ？　マックスとプリヴァはツロヴァといっしょに帰ってしまったわ。行く前に教えて、あの女の人はなんの用だったの？」

「ああ、いつもの物語――夫とか、子供とか」

「知っている人のような気がするわ。どうしてそんなに動揺しているの？　あの人が何かあなたを動転させることを言ったの？」

「いつもの家族の悲劇だ」

「行きましょう」そしてミリアムは私の腕を取った。

その夜は寒くなかったが、それでも私は冷え冷えする気がした。私たちはタクシーか乗合タクシー《シェールート》が来るのを待ち、あるいはバスでもよかったのだが、三十分たっても乗り物は来なかった。田舎はほぼ暗闇だった。空には雲がかかっていたが、雲と雲の合間にまたたく星を見ることができた。ミリアムは軽い夏用のドレスを着ていたので、すぐに彼女もまた、寒いとこぼした。彼女は言った、「ここはどこかしら――砂漠のまんなか？　まあ、あなたの手がとても冷たいわ！　たいていは温かいのに」

「もう、そう若くはないからね」

「あなたは若いわ、若いわ。たぶん歩き出した方がいいのよ。遠いはずがないわ、でも問題は、どっちの方向に？　知る必要があるのはただ、海はどこかということよ」

「そうだ、どこだろう？」

　こうした言葉を言ったとたんに、その晩もっと早くに食べた食事が口から噴き出してきた。私は駆け出して、吐き始めた。街灯の柱に走り寄って、それにしがみつき、もうそれ以上は進めないとわかった。苦い液体がいくつもの波になって口にこみ上げ、それから噴き出した。こうして吐いている最中に、私の顔は汗まみれになった。シャツやスーツを汚さないように気をつけねばとわかっていたが、もはや自分の体が思いどおりにならなかった。ミリアムが叫びながら私のあとを追いかけてきた。彼女は私の首をつかんで、まるで私が食べ物をのどに詰めたかのように首を平手で叩いた。タクシーが通り過ぎ、ミリアムが運転手に止まるように呼びかけた。運転手は何か叫び返したが、おそらく私の吐いたものでタクシーを汚されたくなかったのだろう、そのまま運転を続けた。炎がいくつも私の目の前で踊り、膝が震え、私は力を振り絞って倒れないようにしていた。「気を失ってはいけない！いけない！」私は自分を戒め続けた。私はトレイビッチャーがくれた巻物をもう持っていないことに気づき、おそらく小切手を入れた封筒もなくしてしまっただろうと思った。ミリアムが私を見おろすように立ち、ハンカチで顔を拭いてくれた。その瞬間、タクシーが私たちの前に止まった。

　乗り込んだあとでようやく、私はミリアムがトレイビッチャーが賞としてくれたメギラ（巻物）を持っているとわかった。それからまた小切手入りの封筒も自分の胸のポケットにあるのが見つかった。ミリアムが尋ねた。「どうしたの？　食べたものの何がそんなに体に合わなかったの？　出されたものはどれもとても新鮮だったわ」私のはらわたはすっかり空になったが、口、口蓋、鼻までもが酸っぱい感じがした。これは私がミリアムの前で吐いた二度目のことで、最初はスタンリーがいきなり私たちのところにリボルバーを持って押しかけてきた夜だった。私はミリアムに返事をすることができなかった。

そうではあったが私はうしろのポケットから財布を取り出すことを忘れず、タクシー代の支払いに備えた。運転手は、話をしたい気分になっていて、ミリアムにヘブライ語で質問をした。私の耳はまるで聞こえなくなってしまったかのようだった。彼の声は聞こえるのだが、言葉の意味がわからず、発音はセファルディのものだった。ミリアムは流ちょうなヘブライ語で話した。私は彼女に運転手に支払う金を渡したが、彼女は多すぎると言った。ホテルの前に車が止まり、タクシーから降りるときに、私は再び膝が震えているのを感じた。夜間のフロント係は、年配の男だったが、私を見て、「どうされたんです？　お具合が良くないのですか？」と尋ねた。ホテルにエレベーターはなかったので、ミリアムに連れられて階段をのぼった。いっしょにのぼっているときに、私は生まれて初めて、老人が訴える苦痛を味わい、まるで足の血管が詰まったような感じがした。

ミリアムは私を手伝って服を脱がせ、私の体を冷たい水で拭いた。彼女は献身的な妻のようにあれこれ気を配り、私は次第に彼女といっしょにいようと考え始めた。以前の彼女がどうであれ——私にとっては同じことだ。ヒトラーの犠牲者を裁くとは、私は何者だというのか。それにまた聞いたことがあったが、カポのなかにもちゃんとした人々はいて、収容所の囚人を助けたという話だった。彼らみなが望んだのは、自分の命を守ることだけだった。私はこの若い女性に対する大きな同情で胸がいっぱいになり、二十七歳で、そんなにも多くの生きる苦しみを、ユダヤ人として、女として、人類の一員として味わってきた彼女をとてもかわいそうに思った。彼女は私のパジャマを見つけて、手を貸してそれを着せてくれた。私をベッドに押し込んだ。しばらくして彼女はこう尋ねた。「あなたとここにいていい?」

「いいとも」

彼女は自分の部屋に行き、そこで長いあいだ手間取っていた。私はベッドで仰向けになり、消耗し、疲れ果てていた。足は氷のように冷えきったままで、外部から来るいつもの冷たさではなく、私の内部から生じる冷たさだった。すでにうつらうつらし始めたとき、ドアのひらく音が聞こえた。ミリアムが私のところに来たが、彼女のからだもまた冷たかった。明らかに冷たい水で体を洗ったのだ。彼女が私を抱くと、彼女の冷たい指の感触で私の背筋にぞっとする身震いが走った。

「待って、もう一枚あなたに毛布をかけるわ」彼女はとなりのベッドでせわしなく動いた。ぶつぶつ言っているのが聞こえてきた。「ホテルはどこもあんまりきっちりマットレスの周りに毛布をはさむから、ヘラクレスのような人でないとはずせやしない」彼女はなんとか二枚目の毛布を引きはがしたが、ほとんど私を温める役に立たなかった。私の内なるユダヤ人が聖書の一節を思い起こした。「ダビデ王は年がすすんで老い、夜着を着せても温まらなかった」(「列王紀上」第一章一節)ともかく私は寝入ることができたが、眠っていても寒いと感じていた。

一時間後に、私は身震いして目を覚ましたが、ミリアムは眠り続けていた。彼女の乳房と腹が私の背中に押し付けられているのを感じることができた。彼女の体は温かくなっていて、私はまるでかまどで温められているように温まっていた。彼女はおそらくナチと寝たのだ、と私は思った。スタンリーの言葉がよみがえり、ナチが彼女に贈り物をしたが、それは殺されたユダヤの娘たちから奪い取ったものだった、と言っていたのを思い出した。そうか、どうやら私はあらゆる泥沼のなかでももっとも深いところに落ち込んでしまったらしい。「四十九の不浄の門」という句が頭に浮かんだ。「人がこれよりも低いところに落ちることはありえない」と私は思い、そしてどういうわけかそこから慰めを得た。「これ以上に過酷な打撃を受けることは決してないだろう」

ほんとうのことではなかったけれども、私は編集長から電話があったとみなに言い、すぐニューヨークに向かわねばならないと告げた。ステファとレオンはハイム・ジョエルのパーティの翌日に飛行機でアメリカに帰っていた。マックスは病院に戻る予定になっており、ミリアムは彼を一人きりにできなかった。出発前に私はミリアムの母、ファニア・ザルキンドと彼女の愛人フェリクス・ルクツグに会った。彼女は娘に似ていたが、娘とは異なってもいた。もっと背が高くて、肌の色も濃く、目が黒かった。ワルシャワのイディッシュを大変な早口でしゃべり、たくさん笑った——笑う理由はないと私に思えるときでさえ笑った。彼女は女優のような装いをし、厚化粧で、靴のヒールは私がこれまでに見たなかでもっとも高かった。非常に大きな帽子をかぶり、二色のドレスを着ていた。左側が赤で、右側が黒だった。

彼女はミリアムについて話すとき、まるでミリアムが妹か友人であって、娘ではないかのように話した。彼女は言った。「あの子は頑固なの、ひどく頑固なの。頭はいいけれど、頭のいい子にしては、あまりにもたくさんばかなふるまいをしたわ。ひざまずいて、お願いだからいっしょにロシアに来てちょうだいとたのんだのよ。学校では先が楽しみな成績だったけれど、ここだけの話――どの先生にも恋してしまったの。どんなふうに考えるのか理解できないわ。頭が良くて、知的で――そして小さい子供みたいに愚か。もしだれかがやさしい言葉をかけてきたら、すぐにその人のために身を捧げる。ときにはあか抜けていて、特に文学の話となるとそうなんだけど、それでいて同時にひどく世間知らずだわ。あのスタンリーには私は賛成じゃなかった。目さえあいていれば、彼が、アメリカでよく言うように、インチキだということが見て取れたわ。彼の詩は実にばかげたものだった。こんなこと信じられないでしょうけれど、彼は私とよろしくやろうとさえしたのよ。彼の肉体的な容貌だけでもぞっとしたわ――妊娠中の女みたいなおなかをしていた。

「マックスについては言わない方がいいわね。彼は私にだって年を取りすぎているわ。ワルシャワでは彼は第一級のいかさま師という評判だった。父親の金を使い果たしたあと、女で生計を立てたのよ。だれかが私に言ったけれど、彼は文字どおり、自分の愛人をアメリカの旅行客に五百ドルで売ったんですって。もしもっと若くて、もっと健康だったら、すばらしいぽん引きになるでしょうね。ミリアムは一人のごろつきの腕を逃れて、また別のごろつきの腕に落ちてしまった。あなたに訊きたいのだけれど、こんなことをしていて、どうなっていくのかしら？　私はあなたを勝手に違うふうに思い描いていたわ――もっと背が高くて、肌の色が濃くて、燃えるような黒い目をしているというふうに」

「はげる前は赤毛だったんです」と私は言った。

「そうね、わかるわ。眉毛がまだ赤いもの。赤毛の人って気分屋だって言うわね。あなたの声が気に入ったわ。ミリアムはあなたに心酔している。そうね、立ち入らないほうがいいわね。私たちはなんとかやってきたけれど、すべてがめちゃくちゃになってしまった。ほんとうにあなたには私の舞台を見てほしいの。友だちのフェリクス・ルクツグがあなたの物語のどれかを上演用に脚色できるわ。もちろん私が主役になるでしょう。彼の目には、私はこれまで存在したなかで最高の女優なの」そしてファニア・ザルキンドはどっと笑った。

フェリクス・ルクツグに会う機会もあった。背は低くて、肌の色が濃く、肩幅が広くて腹は平らだった。鼻はほっそりとしていて、唇は分厚かった。細くてぴっちりとしたズボンをはき、これ見よがしに赤いネクタイを締め、ダイヤの指輪を二つ、別々の指にはめていた――女にたかって生活する男の典型だ。フェリクス・ルクツグは相変わらず共産主義者で、スターリン主義者でさえあった。ワルシャワに残った唯一のユダヤ系雑誌にいまだに演劇の記事を寄稿していた。マルクス主義者でさえ、彼の陳腐な言葉遣いをあざ笑っていた。

ミリアムの母親とはほんのわずかの時間を過ごしただけだったが、彼女は茶目っ気のある話しぶりで、如才なく、冗談を言い、なれなれしかった。ミリアムはと言えば、びっくりした様子で母親をじっと見ていた。

すべてが終わった――別れの挨拶、キス、約束、誓い。ミリアムもマックスもロド空港まで送ってくれた。空港へ向かう道のりで、私は目に入るあらゆるものに目を凝らして〈イスラエルの地〉に特有の特徴、古さと新しさを分かつものを見出したいと思った。初めはここには聖書時代のものは何も残っていないように思えた。しかしすぐに古代の魅力を持ったものの姿を見分けるようになった――イエメン人の顔、オリーブの木、ロバがつながれた荷車。この地域はユダヤ人のものだったのだろうか？　ペリシテ人か？　ミリアムは私の手を握っていて、ときどき力を込めた。私は両親の宗教を裏切ったが、聖書はまだ呪文のように私を縛っていた。

マックスが話していた。「シオニストの夢が現実になるだろうなんて、わしが一瞬でも信じたことがあっただろうか？　いいや、彼らのシケル（イスラエルの貨幣単位）は買ったし、ユダヤ建国基金やユダヤ国家基金に寄付はしたけれど、一瞬だってこうした夢想から何かが生まれるなんて信じなかった。バルフォア宣言（一九一七年にイギリス政府が出したパレスチナにおけるユダヤ人の母国建設を支持した宣言）が発表されても半信半疑のままだったよ。だがユダヤ国家がここにあり、わしはここにいる。わしは死ぬように定められたのだから、この古来の土地に埋められたいよ」

「やめて、マックス！」とミリアムが大きな声で言った。

「ああ《ヌー》、ああ《ヌー》。当分は生きてるさ。わしらはみんな遅かれ早かれ死んじまうんだ。だが何かかすかなものは留まる、そう感じるよ。戻ってこいよ、バタフライ」

「あとでニューヨークへ行くわ」とミリアムが言った。「私たちみんな、アメリカへ戻るわ、それもすぐに」

「そうだ」とマックスが言って、私の背中を軽く叩いた。

　私は機内の窓側に座った。となりは小柄であごひげがなかば白い男、ラヴ（ラビ）だった。彼は長いカフタン（カポーテ。正統派のユダヤ教徒が着用する長いコート）を着て、カフタンの下に小さい房付きのショールを着け、膝にミシュナーを一巻載せていた。ミシュナーの黄ばみつつあるページのあいだには『メシラト・イェシャリム』（『義人の道』、カバラー思想家で倫理的著作の著者モシェ・ハイム・ルザットー（一七〇七・四六）の著書）がはさんであって、それがしょっちゅう床に落ち、ラヴは絶えず拾い上げては唇に当てていた。彼は帽子を軽いコートといっしょに包みの上に置いていた。頭にはしわになったスカルキャップをかぶっていた。私は彼に自分が何者かを説明した――ビルゴライのラヴの孫で、イディッシュの作家で、ニューヨーク在住である。彼はハイファのシナゴーグのラヴだが、彼が言うには、ハイファにはドイツ系ユダヤ人と無神論者が住んでいるのだった。安息日でさえ、彼のシナゴーグは礼拝の定足数《ミニヤン》（ユダヤ教では公的な礼拝を行なうために十三歳以上のユダヤ人男子十人が少なくとも必要とされる）を集めるのがやっとなのだ。彼、そのラヴは、エルサレムのイェシヴァの長になるよう招かれたことがあったが、彼はこう答えたのだった、「エルサレムはイェシヴァとトーラー（ユダヤ教の教え）に満ちています。私を必要としているのはハイファです」と。彼は妻と子供たちをホロコーストで亡くしていた。人々は彼を結婚させようとした。ほかにどうなさるおつもりですか、ラヴにはラビの妻《レベッィン》が必要なんですよ！　しかし彼はその人々に言った、「私はすでに『生めよ、ふえよ』（「創世記」第一章二八節）の掟は全うし、それで十分です」ラヴはハイファにイェシヴァを設立する資金を調達するためにアメリカへ渡るところだった。

彼は私に言った。「あなたのことはすっかり知っています。あなたの到着については新聞で読みました。おじい様はハシドでしたか？」

「ビルゴライの祖父はトゥリスクのマギドをよく訪ねましたが、息子のところにではありません」と私は言った。

「わかります、わかります。我々ガリツィアでは、よくベルズへ、ボボヴへ、ガルリツへ、シェニアヴァへ（ガルリツは不明。その他はいずれもハシディズムの指導者のいた町）、そしてリジン（ハシドの指導者だったイスラエル・ルジン（一七九七‐一八五〇）。以下の三つの町で彼の息子たちのうちの三人がそれぞれハシドの指導者となった）の系統を訪ねていきました。チョルトコフ、フシアティン、サダグラです。トゥリスクはロシアにあって（現在はウクライナ）、人々はめったにそこは訪れませんでした。でもわかります、わかります。『ディヴレイ・アヴラハム』。彼はノタリコンとゲマトリア[19]に好意的でした。師にはみな、それぞれのやり方がありました、そしてそうあるべきなのです。ご家族がおありかな、奥さんやお子さんは？」

「いいえ」

「奥さんを亡くされた？」

「結婚したことがありません」

ラヴ・ゼカリア・クラインゲヴィルツはあごひげを掻いた。「どうして？　ヒトラーが――彼の名が拭い去られてしまいますように――我々ユダヤ人をあんなにも多く虐殺したのだから、ユダヤ人は新たな世代を育てる義務がある」

「たしかに、しかし……」

「わかっていますよ、啓蒙された人々は次のように論じます。ユダヤ人は常に苦難に陥るのだから、なぜ新たな世代を育てるのか？　このようにみなが私に言います。一年を通して私のシナゴーグには人が来ません。しかし〈新年祭〉と〈贖罪の日〉には来る。みんなが、というわけではないが、多くの人々が来る。それはどういうことでしょう？　もし審判も裁き主も存在しないのなら、どうして〈大祭日〉が一年のほかの日々と異なるのですか？　私はその人たちに語りかけ、その人たちに問うて、なぜあなたたちは結婚しないのか、あるいは、なぜそんなにわずかの子供しか持たないのかと尋ねると、みんな同じ答えを返してきます。『なんのために？　殺す対象としての人間がいるようにするためですか？』〈邪な気質〉はあらゆることに対して答えを持っています。その一方で、火花のようなわずかなユダヤ性があらゆるユダヤ人のなかに存在しており、火花というものは容易に炎になりうるのです。だれがロシアのあの若者たち、ルフー・ヴ・ネルカー[20]と名乗る者たちを〈イスラエルの地〉へ行くように駆り立てたのでしょうか？　なにゆえ彼らはその代わりに、アム・オラム派（アム・オラムは「永遠の民」という意味のヘブライ語で、一八八一年設立のこの組織はアメリカへ移住して農業共同体を形成しようとした）の思想を採用してアメリカへ行くという道を取らなかったのでしょうか？　彼らはここに来て、身を捧げました。湿地を干拓してマラリアに倒れたのです。彼らの多くが死にました。例えば、ヨセフ・ハイム・ブレンナー（一八八一‐一九二一。ヘブライ語作家。アラブ人の暴動の際に殺害された）を考えてごらんなさい。彼なりのやり方で彼は熱意あふれるユダヤ人であり、殉教者として死にました」

ラヴはミシュナーを取り上げ、再び目を通しながら体をゆすり始めた。まもなく眠ってしまったようだった。しかしすぐに身震いして居住まいを正した。彼はこう尋ねた。「いろいろお書きになることで少なくとも生計は立てておられますか？」

「なんとか」

「何について書いておられるのですか？」

しばらくしてから私は彼に答えた。「ああ、ユダヤ人の生活についてです」

「どこの？　アメリカの？」

「アメリカです。ほとんどは故郷から来た人たちです」

「何を書いておられるのですか、小説？」

「ええ」

「そういう小説にざっと目を通したことはあります。『彼は言った』、『彼女は言った』こういう物語から何が生まれるのでしょう？　もし彼の身持ちが悪く、彼女の身持ちが悪ければ、愛はこれとどういう関係があるのでしょう？　それは憎しみであって、愛ではありません。彼らは互いに飽きてきます。こういう女たちはそれぞれがソーター（ヘブライ語で「不実を疑われる妻」の意）、姦婦です。昔、彼女らはマイム・メアレリム、つまり呪いの水を与えられましたが（「民数記」第五章一八節・二八節参照）、今日では彼女らはこうした水を自ら飲むのです。すべての駆け引きが嘘の上に成り立っています。今日《きょう》は彼が彼女を裏切り、明日には彼女が彼を裏切る。私の言っていることがおわかりになりますか？」

「ええ、ラビ」

「そしてこれがあなたの書いておられるものだとするならば、あなたの結論はなんですか？」

「私には結論はありません」

「そしてそのままでなければならないのですか？」とラヴが尋ねた。

「ラビ、あなたのような信仰がないときには」と私は答えた、「そのままでなければならないのです」

第十二章

ニューヨークは冬で、雪が降った。レオンとステファはマイアミビーチに飛ぶ準備をしていた。レオンはニューヨークの冬は耐えられないと言い、それに加えて、彼はマイアミにビジネスを抱えていた。新しいホテル事業の共同事業者となったのだ。ステファが彼をからかうと、レオンは言った、「私はビジネスマンなんだ、何をしろって言うのかね、ミシュナーを学べとでも？　息をしているかぎりは、人は何かをしなければならん。アーロン、正しいかな？」

「まったくそのとおりです」と私は答えた。

「きみは私の年齢になったら書くのをやめるかね？」

「やめないと思いますよ」

「人は何もしないでいると、死についてばかり考える、そしてそんなことはなんのためにもならん。忙しければ、忘れる。アレーレ、正しいかな?」

「あなたの観点から言えば、そのとおりです」

「そしてだれの観点から言えば、間違っているのかね?」

「ムサル（ユダヤ教の倫理についての教え）の書物の意見では、人は常にヨム・ハ‐ミター、つまり自分の死ぬ日を心に留めていなければなりません」

「なんのために?」

「罪を犯さないようにしてくれます」

「私は罪を犯さないようにしてもらう必要はない。罪を犯すことができさえしたらいいのだが」とレオンが冗談を言った。「少なくとも、ほかの人間がどんなふうに罪を犯すかを読むことはできる。死者たちはそれすらできない」

「レオン、あなたの見解は的外れだわ」とステファが口をはさんだ。「アーロンは、死者は船旅に出かけたり、情事を続けたりできると信じているのよ。あなた自身が先日、私に彼の書いた記事を読んでくれたじゃない」

「彼はこういうことをただ読者といっしょにゲームを楽しむために書いているだけさ」とレオンが答えた。「彼自身はそんなことを信じちゃいない。実のところは、敬虔なユダヤ人やラバイーム（ハシディズムのラビたち）は死後の生があると信じちゃいない。彼らは病気になると、医者に駆け込む。薬やらビタミン剤やらそういうものを飲むのさ。もし義人たちが天国で黄金の椅子に腰かけてレビアタン（聖書に出てくる海の怪物。メシアが催す義人のための宴会でその肉が供されると言われている）を食べているのなら、どうしてそれほど死に怖気をふるうのかね？」

「地獄を恐れているのよ」とステファが言った。

「嘘だ、自己欺瞞だ、ナンセンスだ」とレオンが言った。「彼らはみんな、死んだら一巻の終わりとわかっているのさ。モーセだって死にたくなかった。神に絶えず嘆願していた、もう一年、生かしてください、もう一週間、もう一日って。そうじゃないかい、アレーレ？」

「ミドラッシュはそう言っています」

「ミドラッシュそのものも死を恐れていたんだ」

「もしだれもが恐れているのなら、どうしてどの時代も何十万、何百万もの兵士が行進して戦争に向かっていくのでしょう？」と私は問いかけた。「世界は、ほんのささいなことのために戦ってくれる志願者が見つからずに困ったりは絶対にしない。ごく最近も七百万のドイツ人がヒトラーのために命を投げ出した。百万人のアメリカ人がヒトラーと日本を相手に戦おうと命を危険にさらした。もし今日だれか扇動政治家が立ちあがってメキシコと戦争せよと呼びかけたら、あるいはフィリピン諸島を占領せよと求めたら、その呼びかけに熱狂的に従おうとする志願者にこと欠くことはないでしょう。これをどう説明できますか？」

レオン・クレイトルは眉をひそめた。「めいめいが、死ぬのはほかのだれかであって自分ではないと思っているんだ」

「なるほど、それではそれがあなたの説明ですか？」

「心のうちのどこかで人は自分のなかの何かが残るだろうとわかっているんですよ」

「何が残る？　骨だよ。結局のところ、それだって朽ちていく。たわごとだよ」

「戦争というのは本能よ」とステファが言った。私たちの議論は彼女の台所で起きたのだが、その間ずっとステファはハンカチや下着にアイロンをかけていた。彼女はアイロンを金属製の台におろして、つけ加えた。「もし戦争に出ていかなかったら、敵がこっちに来るわ。どっちにしろ、命を失うわけよ。男はみんな狂っている」

「女性も今では兵士になっているよ――戦闘で、男とまったく同じにね」と私は言った。

　レオンとステファに別れを言うときが来て、私は彼ら二人にキスをした。私たちはとても親密になっており、その親密さはもはや夫と妻とで変わりはなかった。ステファはしばしばレオンに向かって、かつて私と関係を持っていたことを認めた。そしてレオンの方は、自分の死後には私が彼の妻と結婚するようにという希望を明言した。彼は私の作品をイディッシュで出版してやろうと言ってくれたが、私はその申し出を受けなかった。イディッシュは補助金がなければ本を出版できない段階に達しており、そういうことはすべて私には無益なことに思えた。彼らのところを立ち去る前に私は、マイアミビーチを訪ねますと固く約束した。もう二年すれば私は五十歳であり、すでに老人のような気がした。二つの世界大戦をかいくぐり、家族はすべて亡くなり、親しかった女たちはいくつかの灰のかたまりと化していた。私が描いた人々はすべて亡くなっていた。私はすでに化石となっていて、ずっと昔に消滅した時代の遺物だった。私の出版社が私を文学関係のパーティで紹介したとき、私よりも若い客たちがこう尋ねた。「まだ生きておられたのですか？　私はてっきり……」そして彼らは自分たちの間違いを詫びた。

いかに早くさまざまな状況が生じ、いかに早く終息することか。ミリアムと愛人関係になったのはほんの数か月前のことだった。私たちは性的な熱情で燃え上がったが、今、一月になって、すべて遠い過去のことに思えた。ミリアムがマックスと〈イスラエルの地〉に居続けることは明らかだと思えた。彼は、ありがたいことに生きているが、そうはいっても心臓を病んでいる。その上、今は糖尿病を患っている。ミリアムはその状態の彼を一人きりにできないし、したいとも思っていなかった。もしもハイム・ジョエル・トレイビッチャーがいなかったなら、彼はずっと以前に死んでいたことだろう。トレイビッチャーは文字どおりマックスを自分の家に迎え入れた。ミリアムやほかの人々から聞いたところでは、この度量の大きい男と新しい妻はまったくかみ合わず、妻はテルアビブよりもアメリカにいることの方が多かった。彼女には彼女自身の息子たちや娘たち、嫁や婿たち、孫たちもいた。保養地に出かけるし、彼女自身のビジネスの采配もしていた。彼女の財産と夫の財産が一つになるという事態にはまったくいたらなかった。彼らはどちらも、自分自身のビジネスのやり方を持っていた。彼女には大勢の遺産相続人がいたが、トレイビッチャーは自分の金をユダヤ国家とさまざまな慈善団体に残すつもりだった。加えて、妻は絶えず訴訟沙汰に巻き込まれていた。ミリアムがこうしたことをすべて手紙で教えてくれた。彼女自身はエルサレムの大学に出願し、その大学からは、彼女の博士論文を受理して博士号を授与できるかもしれないとの知らせがあった。必要なのはただ、彼女が若干のヘブライ語科目とユダヤ史を履修することだけだった。

ミリアムは私に長い便りを書き、私は返事に短い手紙を出した。マックスが生きているかぎり、彼女は彼の元を去らないだろう。彼らの関係はプラトニックなものとなっていて、以前よりも親密になっていた。まったく奇妙なことに、ハイム・ジョエル・トレイビッチャーもまた、彼なりのやり方でミリアムに恋をし、そこで今ミリアムには老人が一人ではなく二人いることになった。ミリアムはこう書いてきた。

笑わないで、バタフライ、でも私はこの状況がとてもうれしいの。これまでの人生でセックスと汚物は十分に味わってきました。私は年老いた人たちに深い愛情をいだくようになったのです。私は、私と遊んでみようとする学生たちや若い教授たちよりも彼らに惹かれます。マックスは私にとってすべてです——父であり、夫です。

でもハイム・ジョエルにも彼なりの魅力があります。彼は無邪気です、信じられないくらい無邪気です。彼がどうやって大金を蓄え、ヨーロッパの有名な芸術家たちの後援者になれたのか、私には想像がつきません。そして今日でも、ハイム・ジョエルは亡くなったマチルダに愛人が複数いたことに気づいていません。こんなに純粋な魂を持った人にこれまで出会ったことがありません。同時に彼にはユーモアのセンスもあり、それは常にタルムードとハシディズムの香りがします。彼はラビたち、ラバイーム、ラビの奥さんたち、みんなと知り合いで、彼らの法廷でのあらゆる秘密を承知しています。でも彼はすべてを無垢な、子供のような目で見ているのです。彼とマックスが論じ合っているのを聞くのはたぐいまれな喜びです。彼らのイディッシュは、ときに私には意味を捉えるのがむずかしいほどのものです。彼らは〈聖なる言語〉やゲマラ、ほかの書物からの言葉を織り込みます。そういうユダヤ人にとってはあらゆることがトーラーに由来しているようで、彼らの冗談でさえ、そのように思えます。

こうしたことがすべて彼らの世代とともに消えてしまうだろうと考えるのは、私にとって大変つらいことです。サブラ（イスラエル生まれのイスラエル人）たちの目から見れば、彼らはのらくら者、シュマゲゲと見なされます。彼らはよくあなたがユダヤ性に「浸りきって」いると言い、そのせいで私はあなたの作品についての自分の博士論文が浅薄なものではないかと心配になります。私にとってあなたは現代人です。私は夢をただ一つだけ持って生きています。ここであなたと会うこと。でもいつになるでしょう？

プリヴァはツロヴァとともにニューヨークへ戻っていた。二人のどちらもが私に電話をかけてきて、私を夕食に招待した。彼女たちは、失った金をすべてハイム・ジョエル・トレイビッチャーから受け取り、利子までつけてもらったと私に語った。プリヴァは一つの計画を抱いてニューヨークに戻ってきた。〈ユダヤ心霊協会〉なるものの設立である。イディッシュを話すユダヤ人は神秘学の雑誌を読まないし、自分たちの体験をもっともよく伝えられるのはイディッシュによってである。プリヴァが私に思い起こさせたのだが、私はかつて多くの読者からのこの種の手紙を載せたことがあって、もしこうした経験が真実ならば我々は我々の価値観のすべてを再考しなければならないだろうと書いたのだった。彼女は自分でそうした話を数多く集めていた。ホロコーストの生存者は数々の奇跡によって命を救われていたが、自分たちの物語を心理学者や科学者に語る勇気もなければ、語りたい気持ちもなかった。そうしたものはやさしく、親しさのこもったやり方で扱われねばならない。私はこの問題をプリヴァやツロヴァと検討し、二週間後に私の記事が載った。すぐに手紙が届き始めた。

　自分の書いたものに対する反応として、そんなに多くの手紙を受け取ったことはこれまでになかった。ライン博士（一八九五 - 一九八〇。米国の心理学者で、心霊現象や超心理学の研究で知られる）のように、心霊研究に関心のある人々は不満を述べて、調査に必要な資金が得られないと言う。しかし〈ユダヤ心霊協会〉にそのような資金は必要なかった。私たちは私たちの協会をいくらか、かつて敬虔なユダヤ人たちが初等学校を作り、〈ハシディムの祈りの家〉やイェシヴァを設立したように作った――認可書の恩恵を受けず、秘書、タイプライター、郵便物、切手の助けもなしに作ったのだ。事務所を設ける場所も必要なかった。報告したいことのある人々は手紙を書くか、あるいは『フォワード』にいる私や自宅にいるプリヴァに電話すればよい。編集長は自由にやらせてくれて、私は好きなことをなんでも書くことができ、どんな手紙を選んで掲載してもよかった。私は記事に、心霊研究は科学にはなりえないと書いた。どうやってなりうるというのか？　研究者は研究に際して人々に頼らねばならず、彼らの記憶や、正直さを当てにしなければならない。私は私の父の言葉を引用した。「もし天国と地獄が市場のただなかにあったなら、選択の自由など存在しないだろう。人は神を信じなければならなかったし、神の摂理を、魂の不滅を、報いと罰を信じなければならなかった。だれでも神の知恵は見ることができたろうが、神の慈悲は信じなければならなかった。信仰はといえば、疑いの上に築かれた」

　もっとも偉大な聖者たちでさえ疑いを持っていた。いかなる恋人も、彼の愛する人が彼に忠実だという絶対的な確信を持つことはできない。全能者が自らの取り分を要求することの証として、私は次の一節を引用した。「そして彼は神を信じた。そしてそれが彼の義と認められた」（「創世記」第一五章六節。口語聖書では「アブラムは主を信じた。主はこれを彼の義と認められた」）私はいわゆる精密科学でさえ、もはや確実なものではないと指摘した。もろもろのガスがあらゆる電磁気現象の基礎を成すと信じられていたが、それらは私たちの時代の何年も前に使い尽くされてしまっていた。原子は、分割不可能だと長いあいだ信じられてきたが、間違いなく分割されてしまった。時間は相対的なものとなり、引力は宇宙空間における一種の「皺」であり、宇宙は二百億年前に起きたと信じられている爆発ののち、どんどん後退している。数学の公理は永遠の真理であることをやめて、代わりに定義となり、規則に姿を変えている。

　私は夜にプリヴァを訪ねるようになったが、それは七〇丁目の私の部屋がしばしば寒かったからだ。安息日にブドニク家を訪問することを再開していたけれども、ほとんどの週日の夜をプリヴァとツロヴァとともに過ごした。この二人の女性をよくブロードウェイのティップ・トップ・レストランでの食事に招待した。ときどきツロヴァは私の好物のワルシャワ料理を作ってくれた——あつあつのスープ、豆入りの麺、炒めたタマネギとジャガイモとマッシュルーム入りのカーシャ（粗挽きの穀物で作る粥）、ときには私の母の粗挽き穀物料理まで作ってくれたが、それは丸い小粒の穀物のカーシャとジャガイモ、トラマメ、干したマッシュルームが材料だった。ツロヴァはどんな食べ物を私の母が作ったのか私に尋ねる必要はなかった。私の物語のなかに見つけたからだ。

　初めのうちプリヴァはミリアムの名を口にすることを私に禁じた。彼女はミリアムのことを「あのトレイフ（不適法の。ユダヤ教の食餌規定に適っていない）娘」と呼んだ。しかし私たちがウィジャ盤とともに座ったり、小さなテーブルを囲んだりしたとき、ミリアムの名がしばしば忍び込んできた。文字の上を走るプランシェット（心臓形の板に二個の小輪と鉛筆をつけたもの。指を載せると文字を自動的に書くと言われている）が私たちに、マックスがミリアムに失望したと告げ、そして彼女が彼を（そして私をも）裏切ってハイム・ジョエル・トレイビッチャーと通じたと知らせた。プリヴァが叫んで、「ショックを受けないでね。あばずれはあばずれのままなのよ」と言った。

　プリヴァと私は相変わらず互いにきちんと「あなた」と呼び合った。他方、ツロヴァと私は非常に打ち解けていて、たびたび口をすべらせて不用意なことを言ってしまうので、プリヴァが通告した。

「子供たち、こんなお芝居はもうたくさん。私はばかじゃないわ。あなたたち、秘密をうっかり漏らしているのよ」

　テーブルとウィジャ盤とタロットカードは、ある意味で、私たちの関係を正当化するものだった。ある晩、明かりがすべて消えていて、降霊会に使う小さな赤い電球だけが暗闇で揺らめいていたとき、プランシェットが私たちに、ミリアムがカポであったと告げた。プリヴァが「どこで?」と尋ねると、プランシェットは「シュトゥットホフ」という語を形作った。プリヴァは続けて質問し、ミリアムがどんなふうに身を処したか（彼女はその質問を厳粛な声で問いかけた）を尋ねると、プランシェットは非常な速さで飛ぶように動いて、次の語句を形成した。「ユダヤの娘たちを鞭で打ち、子供たちをガス室に引きずっていった」プランシェットはさらに明かして、ミリアムがヴォルフガング・シュミットというナチ親衛隊の将校の情婦だったと私たちに告げた。私は実際には一度もテーブルやウィジャ盤の超自然的な力を信じたことはなく、それはツロヴァが足でテーブルを持ち上げているのを感じたからだった。一度ならず彼女の膝が私の膝にぶつかった。どうやってあの二人の女性がプランシェットを操って、意のままに動かしていたのかは、私には決してわからないだろう。私は常にフーディーニ（一八七四‐一九二六。ハンガリー生まれの米国の奇術師）の意見に賛成で、彼は、あらゆる霊媒は、例外なく、だましているのだと言った。プリヴァの手はしばしば震えた。彼女はパーキンソン病を患っていた。彼女のような状態にある女性がどうやって文字盤の上でプランシェットを操れたのだろう? その夜、プランシェットは文字盤の上をジグザグに駆けまわり、まるで自らの力で突き動かされているかのようだった。目を閉じると、赤く色づいた闇のなかでヴォルフガング・シュミットが眼前に現われ出た。大男のナチで、あばたづら、袖にはかぎ十字が華やかにあしらわれ、太ももにピストルをつけ、片手に鞭を持っている。両目は丸く小さく光り、額には左右に傷跡が一つのび、短く刈り込んだ髪は直立して白く、硬く、まるでブタの毛のようだ。彼がきしるような声でミリアムにどなっているのが私には聞こえた。奇妙な感じがして、私は以前に、目覚めているときか、夢を見ているときかわからないが、こうしたことをすべて見たり、聞いたりしたような気がした。

一人で眠る夜のあいだ、私は自分の文学作品について心配になり、よく目を覚ました。新聞に掲載された物語数篇と一篇の小説はスーツケースのなかに入れてあった。しかしどんな出版者が五十歳近い無名の駆け出し作家の長篇小説を出版するだろうか？　英語で発表した私のもっと初期の小説は好意的な批評をいくつか受けたが、売れ行きはよくなかった。原稿の手直しの前払い金は使ってしまっていた。スイスを舞台とするエピソードを含めていたのだが、見たことのない国について書くのは良心が許さなかったので、私は本にする前にスイスに出かけた。その旅行は印税として受け取っていた金額の三倍もかかった。出版者はその小説の第二版を出すことを拒否した。彼は私に向かって、印刷用の版はゴミの山に投げ捨てた、とまで言った。

すべての過程を新たに始めるという考えは、イディッシュから翻訳することに付随するあらゆる厄介なことも含めて、恐怖で私を打ちのめした。私のなかの一つの声が、「遅すぎるよ、もはやおまえの力の及ばぬところにある」と言った。私はもう一つ別の小説を書いている最中で、それは私の持つ文学の力のことごとくを必要とした。三万人か四万人の読者が日々それを読んでおり、そのほとんどがポーランド系ユダヤ人で、私が描写するあらゆる町、通り、家を熟知している。ほんの些細な間違いが何十もの、ときには何百もの手紙を運んでくる。私の性描写や下層社会の描写はラビや共同体の指導者たちからの抗議をもたらし、彼らは私が反ユダヤ主義の火に油を注ぎ、ヒトラーの犠牲者たちを狼狽させ、辱めていると主張した。なぜキリスト教徒の世界にユダヤ人の泥棒や、詐欺師、ぽん引き、売春婦について教えなくてはならないのか、みな殉教者として死んでしまったのに。その代わりに、どうして正しいユダヤ人について書かないのか、ラビや、ハシド、学者、敬虔な女性、貞節な娘たちについて書けばいいではないか。あなたがいわゆる好ましい人々についても書いてきたことはたしかだ、だが時代が要求しているのは――と手紙の書き手たちは論じた――ユダヤ作家が善人と聖者のみを強調することである。

私はまた、ユダヤ系出版界ではほとんど禁じられている事柄にも触れた。私は小説でもジャーナリズムの世界でも、適合できないのだ。私が今発表中の記事は――テレパシーについてであり、千里眼とか白昼夢、予感についてのものだが――合理主義者や社会主義者、急進主義者を自認している読者を逆なでした。なぜ中世の迷信を復活させるのか？と彼らは問いかけた。なにゆえ昔の狂信的な言動を呼び覚ますのか？　共産主義系の新聞はあらゆる機会を捉えて私の書くものはユダヤの一般大衆にとってアヘンであると指摘し、社会正義と人類の団結を求める闘いを大衆に忘れさせるものであると主張した。シオニストまでもが、私の書くもののどこに我々の世代が目の当たりにしたユダヤの歴史の再生が描かれているのか知りたいものだと迫った。

私の内なるなまけ者、悲観主義者はこう弁じた。「作家としての成功はおまえの力の及ぶところにはない。あきらめろ！」私はブルックリンのどこかでエレベーター係になってみようかと思いめぐらしたり、どこかの安レストランの皿洗いはどうだろうと想像したりした。私は菜食主義者で、必要なのはただ、パン一枚と、一片のチーズ、一杯のコーヒー、そして寝るためのベッドだけだ。今でも一週間に二十ドルもかけずにやっていけるし、生活保護に頼ることも可能であり、自殺することも常にできる。だが別の声がこう論じた。「おまえは本物の文学作品をいくつか持っていて、あれらのスーツケースのなかに入れて、一つの家具つきの下宿からまた別の下宿へと引きずり歩いているではないか。それらをばらばらに崩れていくままに放置するな。四十八歳というのは正確に言えば老年ではない。アナトール・フランスは最初に書き始めたとき四十歳だった。さらに——彼らの名前はなんだったか？——文学上のキャリアを五十代で始めた者たちさえいた。さしあたりおまえには仕事があり、その仕事があるかぎり、それに打ち込め。明日始めろ！」

私はベッドを出て、明かりをつけ、ノートと数冊の日記帳を入れておいた引き出しをあけた。なんということだ、私はほんとうに若いころ、まだ二十歳にもならないうちに、選択の自由という賜物を尊び始めていたのだ。自由選択か死を、とノートの一ページに書きつけて、それからそこにアンダーラインを三回引いていた。最初は緑、次に青、そして最後に赤だった。私はこの小さな座右の銘を二十年以上も前に、オトウォックのホテルで書いたのだったが、それはほぼ二十七歳のころだった。そのとき私は今と同じ危機を経験していた。夜の静寂のなかで、私は片手を上げて誓いを立て、今回は誓言を守ろうと誓った。

その厳粛な誓いをしたので、私はもう眠れなかった。一枚の紙に次の一節があった。「悪事と恐怖のただなかでひそかに自分の道を貫け／おのれの穴に身を隠し、おのれのパンを食め」このひとくだりは無数の連想を呼び起こした。私はずっと以前に理論を構築し、選択の自由は断固として個人的なものであるとした。人が二人いっしょにいれば一人でいるよりも選択の自由は少なくなる。大衆には事実上、選択の自由はない。家庭のある男は独身者よりも選択の自由が少ない。ある党に属している者は、党とかかわっていない隣人よりも選択の自由が少ない。これは私の考えたある理論と協力関係にあって、その理論とは、人間の文明は、そして人間の文化ですら、より多くの選択の自由、より多くの自由意志を人類に与えようと奮闘している、というものである。私は今でも汎神論者だったが、スピノザの学派のものではなく、部分的にカバラーの流れに連なるものである。私は愛と自由を同一視した。男が女を愛するとき、それは自由なる行動である。神への愛は命令によっては起こりえない。それは自由意志による行動としてのみありうる。ほとんどあらゆる生き物が雌雄の結合から生まれるという事実は、私にとって、生というものが自由に関する神の研究室での実験であることの証明だ。自由は受動的なままでいることはできず、創造することを求める。それは無数の変種、可能性、組み合わせを求める。それは愛を求める。

選択の自由についての私のとっぴな夢想はまた、芸術の理論とも結びついていた。科学は、少なくとも暫定的に、制限の教義である。しかし芸術はある意味で自由の教義だ。それは自らが望むことをなすのであって、なさねばならぬことをなすのではない。真の芸術家は自由意志を持った人間であり、彼が好むように行なう。科学は研究者のチームの産物だ。科学技術は集団を必要とする。しかし芸術は一個人によって創造される。私は常にイポリット・テーヌ（一八二八 - 九三。フランスの文芸批評家・歴史家・哲学者）の芸術理論は誤りだと考えてきたし、芸術を科学に変えようと望む教授たちの理論も同様に誤りだとみなしてきた。

こうした眠れぬいく夜ものあいだ、私は自分の思考を自由に走らせ、寝入ったときに絶対的な強制の領域に入らないようにした。眠りのなかではすべての選択が停止する。あるいは、悪夢から目覚めたとき、私にはそのように思えた。

ある朝、目をひらくと外は昼の光に満ちていた。暖房装置のどこかの具合が悪く、私の部屋は外と同じくらい寒かった。ラジエーターに触れてみると、なま暖かくさえなかった。鼻が詰まり、咳が胸の中で込み上げてきた。腕時計を巻き忘れており、四時十五分前で止まっていた。専制的な因果律がいまだに世界を支配していた。この冷気のなかで入浴したりシャワーを浴びたりするのは問題外だった。しかしひげは剃らねばならない。蛇口をひらき、ひげ剃り用ブラシを冷たい水のなかで湿らせた。ミリアムのマンションで体を温めようと決めたのは、鍵を持っていたし、新聞社のオフィスに行くには早すぎたからだ。服を着て、セントラルパークウエストと一〇〇丁目に向かって出かけた。その建物に着くと、門番が私を迎えた。「お出でになられてよかった。電報をお預かりしています」

彼は私に封筒を手渡した。それをひらくと、こう書いてあった、「マックスが今夜、就寝中に亡くなった。愛をこめて、あなたのミリアム」

冬はほぼ終わりに近く、まもなく春となるところだった。ファニアとモリス・ザルキンドは私たちの結婚式を贅沢なものにしようと提案したが、ミリアムと私はささやかな式を望み、彼ら二人だけが参列してくれればいいと主張した。ある意味でそれは二重の祝典となったが、それはミリアムの母親がフェリクス・ルクツグと別れて〈イスラエルの地〉から戻り、モリスが彼女を再び迎え入れていたからだ。

四月のその早朝は初めはよく晴れていたが、私たちがブルックリンの市役所に車で出かけようとするころには、雪が降り始めていた。間もなく雪は吹雪に変わった。ファニアはミリアムのためにとびきり上等の麦わら帽子を買っておいたが、ミリアムは雪の中でそれをかぶろうとはしなかった。モリス・ザルキンドは私に二万ドルの小切手をくれた。私は彼に礼を言って、即座にその小さな紙をずたずたに裂いた。私は旅行鞄を三つ手に取り、そのうちの二つに原稿と新聞の切り抜きを詰め、ミリアムのマンションに移った。彼女はマックスの写真を拡大して額縁に収め、それを私たちの寝室のベッドの上に掛けていた。私たちの結婚式は民事婚というもので、それはミリアムも私もラビによる結婚を好まなかったからだ。儀式のあと、ザルキンド夫妻が私たちを招待して、菜食主義のレストランで昼食をとった。食事が終わると、彼らはロングアイランドの彼らの家に車で向かい、ミリアムと私はタクシーで家に帰った。モリス・ザルキンドは私に、「あれはアダムとイヴの結婚式以来、もっとも静かな結婚式だった」と言った。

タクシーのなかでミリアムは私の肩に寄りかかり、むせび泣いた。泣かずにいられないと彼女は言った。部屋に入ると、すぐに電話が鳴った。『フォワード』の校正係が私の記事の一つに間違いを発見し、それを訂正する許可を私に求めたのだった。私は彼に言った、「許可を求める必要などないよ。まさにこの目的のために、きみは生まれたんだからね。作家たちのへまを見つけたら、どこであろうとも訂正してくれ」

ミリアムのマンションは暖かさにこと欠くことはなかった。蒸気がラジエーターでしゅうしゅうと音を立て、雪はすでに降りやんでいて、太陽が雲間から顔をのぞかせ、そして壁に掛けられた写真のなかのマックスの顔が光にあふれていた。彼の目が私たちにそそがれて、死も消し去ることのできないあのポーランド系ユダヤ人の陽気さでほほえんでいた。ミリアムは泣きやんでいた。ベッドの上に身を投げ出して、彼女は言った。「もし子供ができたら、マックスと名づけましょう」

「子供など生まれない」と私は言った。

「どうして?」と彼女は尋ねた。

「きみとぼく、我々はラバのようなものだ」と私は答えた、「一つの世代の最後の者たちなんだよ」

訳註

1 イディッシュ新聞社――作者シンガーの母語イディッシュは、ドイツ、ロシアを含め、東ヨーロッパに暮らしたユダヤ人が日常生活に用いていたユダヤ人固有の言語の一つである。アメリカでは十九世紀末以降、イディッシュを母語とする東ヨーロッパからのユダヤ移民が急増し、その多くがニューヨークに定住した。イディッシュによる新聞も発行され、なかでももっとも広く読まれたイディッシュ新聞『フォルヴェルツ』（本文中では英語名『フォワード』）は、第一次世界大戦中に二十万部の発行部数を誇った。しかし移民の世代交代にともなってアメリカ社会への同化が進み、『フォルヴェルツ』も読者数が減少し、この作品の舞台となっている五〇年代には八万部に落ち込んだ。現在は週一回の発行となっている。

2 ラビ――ユダヤ教の律法学者で宗教上の指導者。

3 ゲマラ――タルムードは口伝律法ミシュナーとその注解ゲマラで構成されている。またタルムードそのものをゲマラと呼ぶ場合もある。

4 シュテトル――第二次世界大戦前まで東ヨーロッパに数多くあったユダヤ人村（町）。ナチスドイツのユダヤ人大量虐殺により消滅した。

5 〈贖罪の日〉――ユダヤ暦のティシュレイの月（西暦の九月‐十月）の十日。ユダヤ教徒にとってもっとも神聖かつ厳粛な日であり、終日断食して懺悔の祈りを唱える。

6 シオニスト――離散状態にあったユダヤ人がパレスチナにおけるユダヤ国家の樹立を目指したユダヤ民族主義運動をシオニズムと言い、シオニストはそれを信奉し支持する人。一九四八年のイスラエル建国につながった。

7　グルのレッベに従うハシド――ユダヤ教敬虔主義をハシディズムと言い、ハシドとはその信奉者。グルとはワルシャワ南東にあるグラ・カルヴァリアという町で、ポーランドでもっとも重要なハシディズムの中心地だった町。レッベはハシドの指導者。

8　〈聖なる言語〉――旧約聖書の大部分が書かれているヘブライ語のこと。ユダヤ人にとってヘブライ語は神の言葉が記された聖書の言語であり、もっぱら礼拝とユダヤ教を学ぶための言葉として神聖視された。現代のイスラエル国が公用語としているヘブライ語は現代ヘブライ語であって、話し言葉としては死語になっていたヘブライ語を十九世紀後半に復活させたもの。

9　〈過越しの祭〉――ユダヤ暦のニサンの月（西暦の三・四月）の十五日に始まり、七日間（イスラエル以外の地では八日間）行なわれる。イスラエル民族が奴隷にされていたエジプトからの解放を記念する祭。〈過越しの祭〉の期間中はパン種入りのパンを食べたり所持したりしてはならない。

10　イェシヴァの学生――イェシヴァはユダヤ教の専門教育機関。〈イェシヴァの学生〉は内気でうぶな世間知らずという意味でも用いられる。

11　〈イスラエルの地〉――パレスチナを指すが、ユダヤ人の離散（ディアスポラ。紀元前六世紀のバビロン捕囚後にユダヤ人がパレスチナから離散したこと）の地との対比、すなわち離散したユダヤ人が住むパレスチナ以外の地との対比で用いられる。

12　〈新年祭〉――ユダヤ教の新年の祭。ユダヤ暦の新年はティシュレイの月（西暦の九月・十月）に始まる。

13　プリム・〈プリムの祭〉――〈プリムの祭〉は「エステル記」に基づく祭であり、ペルシアのアハシュエロス王の廷臣でユダヤ人の殲滅を企てたハマンに対する勝利を祝う。〈プリムの祭〉では「エステル記」に基づく芝居が上演される。ユダヤ暦のアダルの月（西暦の二月・三月）の十四日に行なわれる。

14　ハヌカーのドレイデル――〈ハヌカーの祭〉は紀元前二世紀にシリア王からエルサレム神殿を奪回し清めたことを記念する祭で、ユダヤ暦のキスレヴの月（西暦の十一月・十二月）に始まる八日間の祭。ドレイデルは〈ハヌカーの祭〉で子供が遊ぶ四角いコマ。

15　〈七週の祭〉——モーセがシナイ山で律法を授かったことを記念する祭で、ユダヤ暦のシヴァンの月（西暦の五月・六月）の六日に祝う。

16　〈仮庵の祭〉——ティシュレイの月（西暦の九月・十月）の十五日に始まる八日間の祭。ユダヤ人がエジプトを出て荒野で暮らしたことを記念する祭であり、収穫祭でもある。

17　セファルディのユダヤ人——スペイン・ポルトガル・北アフリカ系のユダヤ人。イディッシュを用いていたのは東欧ユダヤ人だった。

18　〈律法感謝祭〉——〈仮庵の祭〉の最後の日に行なわれる祭で、一年かけて読み上げるモーセ五書の周期が終わり新たな周期が開始される。

19　ノタリコンとゲマトリア——ノタリコンは「ある単語を短くしたり、あるいは一文字で表わすことによって、別の言葉を引き出す方法、あるいはその逆の手法をいう。それを聖書の言葉の注解の方法として使う」（吉見崇一『ユダヤ教小辞典』リトン）。ゲマトリアは旧約聖書の解釈法の一つ。「ヘブライ文字は、それぞれ特定の数価を持っているが、その数価を用いて解釈の助けとする方法をいう」（吉見崇一、同書）。

20　ルフー・ヴ・ネルカー——「イザヤ書」第二章五節「ヤコブの家よ、さあ、われわれは主の光に歩もう」から取った句で、「来りて歩もう」の意。一八八二年にロシアのユダヤ人青年たちが〈イスラエルの地〉への帰還運動の組織を創設し、イザヤ書のこの句のヘブライ語の頭文字 BILU（ビールー）を組織名とした。

（＊聖書からの引用はおもに日本聖書協会の口語聖書（一九七五年）に依ったが、表記を一部変更した箇所もある。また、『メシュガー』の英語本文と一致しない場合は英語本文を訳出した）

訳者あとがき

アイザック・バシェヴィス・シンガー（一九〇四 - 九一）は「さまよう人々」というイディッシュによる小説を、一九八一年四月から八二年二月にかけて、作品中にも言及のあるイディッシュ新聞『フォワード』に連載した。本書はこの『さまよう人々』の英語訳『メシュガー』（*Meshugah*, translated by the author and Nili Wachtel, Farrar Straus and Giroux, 1994）の全訳である。

物語は第二次世界大戦が終わって七年後の、ニューヨークに始まる。戦前にポーランドからアメリカへ移住したイディッシュ作家アーロン・グレイディンガーと、彼を取り巻くユダヤ難民たちの物語となっている。お話の名手として名高いシンガーの小説であるから、読者にとっては、物語の展開と生き生きとした人物描写を楽しめればそれで十分な作品とも言える。ただシンガーの長篇小説全体から見ると、『メシュガー』は少なくとも次の三つの点で他の長篇と大きく異なっている。一つは語り手＝主人公が他の作品と較べて格段にシンガー本人を思わせること、もう一つは乱れた異性関係の過去を持つ女性を主人公が妻として迎え入れること、三点目として、主人公を取り巻く状況が物語の後半で大きく好転することである。

一点目の、語り手＝主人公であるアーロン・グレイディンガーと作者シンガーとの一致点については、訳註としていくつか指摘しておいたが、ほかにも多数ある。シンガーの作品ではおなじみの、ポーランドのラビの家系でユダヤ人街育ちのイディッシュ作家という設定だけではなく、『メシュガー』のアーロンはたとえば『ショーシャ』のアーロンと異なって、シンガーと同様に第二次大戦前の早い段階でアメリカに移住している。またアーロンには弟だけでなく作家であった兄がいたこと、その兄の家がコニーアイランド近くのシーゲートにあったこと、アーロンがイディッシュ新聞『フォワード』で仕事をし、編集長と確執があったこと、ショーシャという幼なじみやエステルといういとこがいたことなどもシンガーの実生活と一致する。さらに友人のステファとレオンに関しては、ステファの娘フランカにいたるまで、シンガーの自伝『愛と流浪』にそのままの名前で登場する人々である。そればかりかシンガーの作品への言及まである。短篇小説「混沌の世界のなかで」と、連載された長篇『荘園』については訳註で指摘しておいたが、ほかにも、ミリアムが数人の妻のいる男性の物語に触れてアーロンを「身を隠す人」と呼ぶ場面は、明らかに、二人の妻と一人の愛人のあいだで右往左往した挙句に主人公が行方をくらます『敵たち、ある愛の物語』への言及であろうし、物語の一部にスイスを舞台とする場面がある小説というのは、シンガーが一九四五年から『フォワード』に連載し、一九五〇年にイディッシュ版、英語版ともに出版した『モスカット一族』と考えられる。

そうしたいわば外的な事実ばかりでなく、アーロンの文学観、世界観もまさしくシンガー自身のものだ。イディッシュに寄せる愛着、この世の悲惨に対する憤り、徹底した悲観主義、作品を書くに際して心理主義や意識の流れの手法を退ける姿勢、すべてシンガーが常々主張していたことである。作中でアーロンの作品に加えられる批判もシンガー自身が受けた批判であることは、自伝『愛と流浪』やインタヴューなどから明らかだ。シンガーがこれほど意図的に自身を反映させている長篇はほかにない。

二点目についてもシンガーの他の長篇には見られない特徴である。シンガーの小説では男女とも複数の異性と関係を持つのが常だが、主人公が妻として受け入れるのは決まって貞節を守る女性である。『悔悟者』の主人公のシャピロは、不貞を働いた妻を離縁し、昔ながらのユダヤ教正統派の女性と新たな生活に入る。『ショーシャ』では奔放な男性遍歴を持つ女優ベティと結婚すれば、アーロンはヒトラーの迫るワルシャワからアメリカへ逃れられるのだった。それにもかかわらず彼は、一度は承諾したベティとの結婚を退ける。『ルブリンの魔術師』のヤシャは放埒な生活を送ったのち忠実な妻のもとへ戻り、『荘園』のカルマンは二度目の妻クララに愛人がいることが明白になると、亡くなった最初の妻と過ごした家に戻って一人で暮らす。『荘園』の続篇『地所』のエズリエルは妻であるカルマンの娘の存命中からオルガと愛人関係になるが、オルガには異教徒の愛人もおり、妻の死後オルガと別れて一人パレスチナに向かう。『奴隷』でヤコブが妻として愛し、息子をもうけるワンダ＝サラは異教徒だったが、ユダヤの教えを受け入れ、ヤコブにとっては貞節な真のユダヤ女性として亡くなる。『モスカット一族』のエイザ・ヘシェルの結婚相手となる二人の女性は、いずれも一途に彼を思う。

『敵たち、ある愛の物語』では、過去の奔放な異性関係の疑惑がぬぐえないマシャは最後まで愛人のまま自殺し、ハーマンがずるずると重婚を続けた二人の妻は、どちらも妻としてうしろ指をさされることのない女性である。『ハドソン川に映る影』のグラインには、過去に男性遍歴のある愛人と、結婚・離婚を繰り返す愛人がいるが、彼の妻は、彼自身が妻とはそうあるべきと考える理想の女性である。『メシュガー』のミリアムは、シンガーの描いた女性たちのなかで、忌まわしい過去を持つという点では、最悪の部類に属している。アーロン自身がミリアムを、「ぼくが運悪く出会ったなかで最大の悪党」だとまで言う。しかしアーロンは最終的にそのミリアムを妻とする。たとえば『悔悟者』のシャピロは妻と愛人が彼を裏切っていたと知ったとき、彼自身が自堕落な生活を送っていたにもかかわらず、まるで悪徳に染まることを恐れているかのごとく彼女たちから逃げ出す。しかし『メシュガー』のアーロンはミリアムが過去に犯したらしい最悪の事柄を知らされたときにも、シャピロとは異なって、ミリアムを退けることをしない。彼は自らをミリアムと同罪とみなし、「どうやら私はあらゆる泥沼のなかでももっとも深いところに落ち込んでしまったらしい」と思うが、同時に「ヒトラーの犠牲者を裁くとは、私は何者だというのか」と考える。ミリアムは生き延びるためにあらゆることをしたが、世界に悪の存在を許し、このような、生きるために互いに命を奪い合わねばならない世界を創造したのは神だというのが、アーロンの主張である。アーロンは、「二十七歳で、そんなにも多くの生きる苦しみを、ユダヤ人として、女として、人類の一員として味わってきた彼女をとてもかわいそうに思った」のだった。

そうした考えは『メシュガー』の早い段階で持ち出されるアーロンの「抗議の宗教」という思想が元となっている。そしてこの思想もまた、アーロンとシンガーの一致点だ。神の知恵は認めるが、神の慈悲を信じることはできない、そしてそのことに対して神に強く抗議するという「抗議の宗教」は、シンガー自身の確固たる信念だった。「抗議の宗教」という言葉をシンガーが用いたのは一九七九年のリチャード・バーギンによるインタヴューにおいてだったが、シンガーは一九八三年の『悔悟者』の英語訳に付した「著者あとがき」でそのインタヴューに触れて、次のように述べている。「私はそのインタヴューで創造と創造主に対して厳しい抗議の声を上げたのだった。次のように言ったことをおぼえている。私は神の存在を信じ、神の神聖なる知恵を信じるけれども、神の慈悲を見ることはできないし、賛美することもできない、と。インタヴューの締めくくりに私が言ったのは、もし全能者に対してピケを張ることができるなら、私は〈生に対して不当だ!〉というスローガンを書いたプラカードを掲げることだろうということだった」。

『メシュガー』と同じくアーロンを主人公=語り手とする『ショーシャ』では、この考えを表明するのは哲学者のファイテルゾーンである。ナチ占領下のワルシャワでファイテルゾーンは、「抗議の宗教」という言葉こそ用いないが神を激しく糾弾し、さらには抗議の姿勢を超えて次のように言った。「もし神が悪を望むなら、我々はその反対を熱望しなければならない。もし神が戦争を望み、異端審問、磔刑、ヒトラーを望むなら、我々は義を望み、ハシディズムを望み、我々自身がもたらす恩寵を望まなければならない」。『ショーシャ』のアーロンは戦後、生き残った友人のハイムルからファイテルゾーンのこの言葉を聞くが、これについての意見はひと言も述べることなく『ショーシャ』は終わる。一方『メシュガー』は、物語の早い段階で「抗議の宗教」が持ち出され、『ショーシャ』のファイテルゾーンの遺言のような言葉に対するアーロンの回答とも言えるだろう。アーロンはミリアムを堕落した女として退けるのではなく、彼自身と同じく神の創造したこの世界の犠牲者として受けとめ、彼よりも過酷な人生を送らざるをえなかったことへの同情をこめて妻として受け入れた。それは、「神に対して重大な罪を犯している」（本書二二七頁）ミリアムを人の力の及ぶところで掬い上げる行為であり、ファイテルゾーンの言う「我々自身がもたらす恩寵」のアーロンなりのあり方ではないか。

『メシュガー』が他の作品と大きく異なる三つ目の点として、物語の後半で主人公を取り巻く状況が次々と好転していくことが挙げられる。まず、ハイム・ジョエル・トレイビッチャーが甥のハリーの犯した横領の被害者たちを救済するとともに、マックスに関わるすべての費用を負担し、それによってアーロンは大きな不安の源であった経済的困難から解放される。アーロンはまた、イスラエルで文学賞とその賞金を手にし、「生涯で初めて名声というもの」を味わう。レオンからは自分の死後に妻の再婚相手になってほしいと望まれ、ミリアムの父親からは義理の息子として迎えたいと求められる。ミリアム自身は、敬虔なユダヤ教徒であったアーロンの母を思い出させるまでに変貌し、子供がほしいという彼女の望みにアーロンが一度は同意するほどだ。イディッシュ新聞の編集部との反目はなくなり、アーロンはプリヴァやツロヴァと始めた心霊研究について、書きたいことを書く自由も手にする。

このような結末はシンガーの小説としてはまったく異例である。唯一『悔悟者』だけは主人公のもっとも重大な決断が物語の前半でなされるため、主人公を追いつめる事情が作品の前半部に集中しているが、それ以外の小説では最終的な決断にいたるまで主人公は八方ふさがりで逃げ場のない、極端に厳しい状況におかれ、追いつめられるのが常である。ところが『メシュガー』の結末部では、アーロンは彼の人生においてこれまでにないほど恵まれた状況に身をおいている。ミリアムとの結婚式には彼女の両親だけが立ち会うが、その両親もまた、長い別居ののちに和解したのだった。アーロンとミリアムは「アダムとイヴの結婚式以来、もっとも静かな結婚式」で結ばれ、外の寒さとは無縁の、常に暖かいミリアムの部屋に戻る。目まぐるしい展開がもたらす緊張感はすべて解消され、あらゆる狂騒的なさまざまな事件の決着がつき、物語の結末は、まるでお伽噺のハッピーエンドのように、心地よい温かさとやすらぎに満ちている。アーロンはかつてない平安のなかで、落ち着いた、幸せな生活を約束されて、すべてと和解したかのようである。

ところが物語のまさに最後の一文で、私たちは、この、満たされ、恵まれた、まるで神に祝福されたかのような環境のなかで、アーロンがなおも否と言い続ける姿勢でいることを、衝撃とともに知らされる。子供が生まれたらマックスと名づけようと言うミリアムに、アーロンは、「子供など生まれない」と答える。これは「生めよ、ふえよ、地に満ちよ」(「創世記」第一章二八節)と命じた、命の源としての神に対する、断固たる明白な抗議である。聖書の「ヨブ記」では、耐え難い苦難に次々と見舞われたヨブが己には非がないという主張を悔い改め、その結果、以前に倍する繁栄を神から与えられる。一方アーロンは、神の創造した世界のなかでそれなりの幸せを与えられ、安寧な生活を約束されながら、なおも抗議の姿勢を崩さない。先にも言及した一九七九年のインタヴューでシンガーが言った言葉が思い出される。シンガーは、「私は多くの点で誤ったり矛盾をおかしたりしているかもしれないが、たとえそうであっても私の抗議は本物だ」と語ったのだった。

イディッシュで「さまよう人々」を連載したとき、シンガーは七十七歳だった。作者と登場人物を同一視してはならないが、シンガーは『メシュガー』のアーロンに意図的に自らを重ね合わせることで、長年にわたって描き続けた人と神の物語に作家として一つの決着をつけたのではないか。『ショーシャ』のファイテルゾーンの思想に対する回答として、『メシュガー』のアーロンは、うしろ暗い過去を持ち、神には拒絶されるであろうミリアムを妻として受け入れた。そして目の前に穏やかでやすらぎに満ちた生活を差し出されてもなお、神への抗議の姿勢をどこまでも貫く覚悟を鮮明にしている。『メシュガー』は、生涯にわたって神の責任を作品のなかで問い続けたシンガーの、文学上での総括として読むことができると訳者は考える。

冒頭で述べたように『メシュガー』は、イディッシュによる「さまよう人々」の英語訳である。シンガーの母語はイディッシュであり、彼は一九三五年にアメリカへ渡ってからもイディッシュでおびただしい数の作品を書き続けた。シンガーは自らの作品が広く読まれるとすれば英語訳を通してであると承知していたから、『ハドソン川に映る影』を英訳したジョゼフ・シャーマンの言葉を借りて言えば、「イディッシュによるオリジナルの大規模な犠牲の上に、選び出した小説の英語化を精力的に推し進めた」。この状況については拙著『アイザック・B・シンガー研究』（吉夏社）で詳述したが、翻訳に関してシンガーは極めて慎重で、自ら翻訳に加わり、多くの改訂も施した。題名を「さまよう人々」から『メシュガー』に改めたのもシンガー本人であると共訳者のニリ・ワフテルが明らかにしている。『メシュガー』は英語訳の出版がシンガー没後の一九九四年であるため、翻訳に際しての改訂が他の作品ほど徹底していない可能性もあるが、シンガーがそうした改訂作業を行なったなかでは最後の長篇小説である。前出の拙著では、『メシュガー』について論じた章で「この作品は長篇小説としてはシンガー最後の作品」としたのだったが、正確さを欠く記述であったことをこの場を借りてお詫びする。しかしながら主人公と自らを意図的に重ね合わせ、終生取り組み続けた問題を正面から扱っているこの作品は、やはりシンガーが最後に行きついた地点を示していると言えるだろう。

文学を取り巻く昨今の状況を考えると、『メシュガー』でアーロンが最後に言う「一つの世代の最後の者たち」とは、もしや文学に携わる者たちのことかと、ふと思ってしまうほどである。そうした状況のなかで、多くの困難にもかかわらず本書のような文学書を出版し続けてくれる吉夏社の津山明宏社長に、深く感謝する。そして、文学を単なる研究対象としてではなく、生きることそのものと結びつけるように教え、導いてくださった恩師の故須山静夫先生に、心よりの御礼と敬愛の念を改めて捧げる。

二〇一六年十月十五日

大崎ふみ子

著　者
アイザック・バシェヴィス・シンガー（Isaac Bashevis Singer）
1904年、ポーランドのワルシャワ郊外でラビの子として生まれる。25年から、イディッシュによる短篇小説を発表しはじめる。35年に、兄で作家のイスラエル・ジョシュア・シンガーをたよってアメリカへ渡る。その後もイディッシュで作品を書き続け、78年にはノーベル文学賞を受賞した。長篇小説、短篇小説、童話、回想録など、多数の作品が英訳されている。日本語に翻訳されたものとしては、『短かい金曜日』、『罠におちた男』（いずれも晶文社）、『ルブリンの魔術師』、『ショーシャ』、『悔悟者』、『タイベレと彼女の悪魔』（いずれも吉夏社）など、またイディッシュからの翻訳として『不浄の血』（河出書房新社）がある。1991年にアメリカで亡くなった。

訳　者
大崎ふみ子（おおさき・ふみこ）
1953年生まれ。明治大学大学院文学研究科博士後期課程退学。鶴見大学名誉教授。著書に『アイザック・B・シンガー研究』（吉夏社）、『国を持たない作家の文学——ユダヤ人作家アイザック・B・シンガー』（神奈川新聞社）、翻訳にアイザック・B・シンガー『ルブリンの魔術師』、『ショーシャ』、『悔悟者』、『タイベレと彼女の悪魔』（いずれも吉夏社）、「死んだバイオリン弾き」（『エソルド座の怪人』所収、早川書房）などがある。

メシュガー

2016年12月15日第1刷印刷
2016年12月20日第1刷発行

著　者　　アイザック・B・シンガー
訳　者　　大崎ふみ子
発行者　　津山明宏
発行所　　吉夏社（きっかしゃ）
〒101-0065　東京都千代田区西神田2-4-12-2F
TEL. 03-3239-5941　FAX. 03-3239-5941
振替口座 00140-0-168626
印刷・製本　　中央精版印刷株式会社

ISBN978-4-907758-25-7
Printed in Japan

乱丁・落丁はお取り替えいたします。
定価は外装に表示しています。

アイザック・B・シンガーの作品（大崎ふみ子訳）

ルブリンの魔術師
厳格な掟をもつユダヤ教と、現世的な幸福という相反する価値観の間を揺れ動く、ある遊蕩者の愛と新生の物語。
本体二五〇〇円

ショーシャ
ヒトラーによるホロコーストが迫るなか、主人公は二十年前と変わらぬ姿だった幼なじみショーシャと再会する。
本体三〇〇〇円

悔悟者
自らのユダヤ性を自覚しはじめたニューヨーク在住のユダヤ人が、先祖の地であるイスラエルへと向かうが……。
本体二二〇〇円

タイベレと彼女の悪魔
交錯する生と死、忘却と永遠、苦しみと救い、真実の愛……。イディッシュ作家シンガーによる珠玉の短篇十編。
本体二四〇〇円

アイザック・B・シンガー研究――二つの世界の狭間で
大崎ふみ子著　本体二六〇〇円
幾重にも重なった対照的な価値観の双方に目を向けながら生み出されていく、その独自の作品世界を丹念に考察。